动物形状的烟火

张悦然　常小琥　双雪涛
旧海棠　郑小驴　手　指　著
于一爽　朱　个　孙　频

海峡出版发行集团 | 鹭江出版社
THE STRAITS PUBLISHING & DISTRIBUTING GROUP | LUJIANG PUBLISHING HOUSE
2017年·厦门

图书在版编目（CIP）数据

动物形状的烟火 / 张悦然等著 . —厦门：鹭江出版社，2017.6
ISBN 978-7-5459-1294-4

Ⅰ.①动…　Ⅱ.①张…　Ⅲ.①短篇小说—小说集—中国—当代
Ⅳ.① I247.7

中国版本图书馆 CIP 数据核字（2017）第 080296 号

出版统筹：雷　戎　　**策划编辑：**董曦阳
责任编辑：董曦阳　王天阳　　**营销编辑：**范存榜　赵　娜
校　　对：慧眼校对　　**责任印制：**孙　明
封面设计：芦雪儿　　**排　　版：**九章文化

DONGWU XINGZHUANG DE YANHUO
动物形状的烟火
张悦然　常小琥　双雪涛　旧海棠　郑小驴
手　指　于一爽　朱　个　孙　频　著

出版发行：海峡出版发行集团
鹭　江　出　版　社
地　　址：厦门市湖明路 22 号　　**邮政编码：**361004
印　　刷：北京市十月印刷有限公司
地　　址：北京市通州区马驹桥北门口民族工业园 9 号　**邮政编码：**101102
开　　本：889mm × 1194mm　1/32
插　　页：2
印　　张：10.875
字　　数：185 千字
版　　次：2017 年 6 月第 1 版　2017 年 6 月第 1 次印刷
书　　号：ISBN 978-7-5459-1294-4
定　　价：42.00 元

目录

跛人

双雪涛

“无论你怎么想，世上的事情就是和你想的不一样。”

从现在算起，十七年前的时候，我的年龄是现在的一半，十七岁。在那个时期，除了大多数人都有的问题，还有两件事情困扰着我的精神：一是，我的母亲是一位德高望重（虽然那时候她并不老）、极容易焦虑的英语教师；二是，我的女朋友，刘一朵，是一位非常可爱，但又患有某种青春期疯癫的美丽女孩儿。关于后者，我举一个例子。在高三期间的那个寒假，一天凌晨，我正开着电褥子在被窝里呼呼大睡，身上沾着细汗，当时我做了一个奇怪的梦，自己正在一条狭长的跑道上奔跑，超越了身边一个又一个对手，可就在眼看要达到终点的时候，我跌了一跤。这一跤把我跌得实在够呛，我的双腿忽然不听使唤，怎么也站不起来。眼看着那些原本的手下败将，一个一个从我身边跑过，我心急如焚。可是两条腿就是怎么也动不了，用手去搬也一动不动，好像两座大山坐落在跑道上。于是我开始用双手向终点爬去，这时整个体育场响起了大人们震耳欲聋的嘲笑声。我破口大骂，可是我的声音瞬间就被更大的嘲笑声淹没了，好像一滴唾沫落入了海水里。当我醒来的时候，我发现刘一朵光着身子睡在我的身旁，我大叫一声，她捂住我的嘴说："你这是骂谁呢？"我说："你怎么进来的？"她指了指窗子，说："你家的窗户没有冻牢。"我才明白，她是在隆冬的夜晚，爬上二楼，从外面打开窗子，爬到了我的床上。而我的父母就睡在隔壁的房间里。我想拧身把她压在身下，这时我发现，我的双腿被绑住了，这个刘一朵用胸罩绑住了我的双腿。那个夜晚，她再次捂住我的嘴骑到我的身上，好像提着缰绳在草原上奔驰。最后她解开我的双腿，穿上胸罩从窗户溜走了。

之后我怎么也睡不着，我实在想不起来，最后我到底是不是爬过了终点。

而我的母亲，所作所为要比刘一朵文雅得多。她那时四十五岁，看上去还要年轻一点，她擅长打扮，衣柜里有无数条各种颜色的丝巾。她教过的学生全都对她无法忘怀，他们给她起了一个外号叫作"上校"。原先可能前面还有一个德国军官的名字，一些年过去，只剩下"上校"两个字。她这么多年来成功的秘诀是，永远不要把学生当作自己的臣民，而是当作自己的敌人。这让她时刻警觉而且重视每一个学生。我曾经翻到过她的一个小本子，上面罗列了她历年来在学生中安插的线人的代号。她还在代号底下对他们的工作进行品评。而不幸的是（当然这也是她自己的意愿），我是她班上的一个学生，这让她在面对我的时候陷入了两难的境地。就在高考前，一天早饭的时候，我正喝着她精心熬制的补脑汤，她突然问我："儿子，你想没想过，如果你落榜了怎么办？"我说："那我就去肯德基当服务员。"父亲看了我一眼，没有说话，他的眼神分明在问：为什么不是麦当劳？母亲点了点头说："不错，有计划就好。如果你落榜了，你知道我会怎么办？"我说："我不知道，你别太难过就行。"她说："我会去死。"然后她站起来，像往常一样，系上一条蓝色丝巾，收拾好碗筷，慢悠悠地夹着教案走出了家门。

考过最后一科的那个下午，我和刘一朵坐在考场外面的操场上。我们看见其余的人从我们眼前向大门口走去，他们有的两三个聚在一起，热烈地讨论着，好像此刻的讨论能够更改已经发生的事实；有人用手背抹着眼泪，独自慢慢地走着；有人把书本抛向空中，大叫着向门外狂奔而去。操场上遥遥相望的两个球门，没有网子，好像永远不会相遇的两张嘴巴。我们知道门外就是我们的家人，此时他们绝对不会离去。刘一朵跟我说："哎，问你个问题。"我说："问。"她说："你到底是喜欢我多一点，还是喜欢别人多一点？”我说：“别人是谁？”她说：“别人就是别人，别的人。”我说：“那喜欢你多一点。我们分头走吧，横竖都要出去，大不了再来一年。”她说：“还有个问题，你知不知道世界上最大的广场在哪里？”我说：“这时候不要再给我问答题，我做卷子已经够够的了。”她从书包里拿出了一千块钱和两张车票，说：“我们跑了吧。”这时候天光正亮，操场上空无一人，盛夏的暖光落在刘一朵的脸上，我看见几颗被挤破但尚未痊愈的青春痘，看见她充满着欲念的薄嘴唇，看见她镇静而又温情的大眼睛。日光倾城。胸中有一种热气荡开来，在脊柱里缓速地流动。有一次，几个外校的孩子来我们学校寻我，他们想要结结实实地揍我一顿，这事儿的起因好像是其中一个孩子从我们学校转学过去，他和我的母亲有点恩怨。我在教室里等了很久，然后准备从学校的后门逃走，可是刘一朵已经去前门挥舞着带钉子的板凳条把他们击溃了，不知道为什么，这时候我想起了这件事。我说：“你穿着裙子能爬墙吗？”她用实际行动证明了我的担心是无谓的。她脱掉裙子叼在嘴里，穿着内裤翻过学校的围墙。我紧随其后。从墙头跃下的一瞬间，我感到从未有过的欢愉，似乎在空中飘浮了很久，像跳水运动员一样折叠翻滚了几周，才终于落在地上。

火车站到处都是人。许多人背着大包，包的体积基本上和人相当。有的人除了背着大包，手里还抱着孩子，孩子在这种嘈杂的环境里肆无忌惮地大哭，像指南针一样挥舞着小手。我和刘一朵，背着书包，拉着手挤在人群里，我忽然对自己的轻装简从感到有些惭愧。一个老人，足有八十岁了，脸上的尘土和皱纹好像伤疤一样结了痂，光秃秃的头上长了一只红色的瘤子。他弓着背走到我们身边，晃动着手里的铝制饭盒，里面有几枚小小的硬币，无情地相互撞击。“佛祖保佑你，菩萨保佑你。”他对我们说。我扭过头，看向别处。刘一朵从书包里拿出一百块钱，放在他的饭盒里。我说：“你干什么，烧的？”她说：“让佛祖保佑我们吧，能顺利看见那个广场。”我说：“然后呢，还回来吗？”她说：“你想回来吗？”我说：“我不知道。”她说：“你是那种人不？能赚钱养家那种人。”我说：“我不知道。”她说：“你养我吧，好不好？”我伸出头，轻轻地吻了吻她的嘴唇。

终于挤上了那列绿皮火车。我们裹挟在人流里，向着自己的座位移动，根本就不用费力，因为前胸后背都贴在别人身上，只需要适时地移动双脚就可以。等我们终于挤到了座位，火车已经驶出了站台，把一栋栋楼宇甩在身后，窗户外面的景物也开始逐渐稀疏，露出大片的旷野和零星的小屋。我看见有些小屋的屋檐底下，挂着成串的辣椒和玉米，有人站在迟缓流动的小河边上，从河里向外拽着渔网。落日在向远山的外缘靠拢，余晖散在所有的景物上面，使人发困。刘一朵倚在我的肩膀上，瞪着眼睛沉默不语。车厢里闷热异常，没有座位的人东倒西歪，包围了我们，有人试图钻进我们的座位底下睡觉，被我拒绝了，刘一朵穿着裙子呢。

“热吧？啊？”对面有一个人问我。

“热啊，上不来气。”我说。车厢里有股混杂的臭味，可是我没好意思直说。他坐在我的正对面，四十岁左右，皮肤晒得黝黑，穿着一件黑色T恤，两只手叉在一起，放在我们面前的茶几上。手指又粗又长，关节好像核桃一样。一双浑黄的眼睛一眨不眨地看着我。

“来，把窗子开开。”

我们俩一人扶住一面的把手，向上一提，把车窗拉开了一道大缝。风“呼”地吹进来，车厢里的气味也向外逸散了。我发现这人力大无比，我还没有用力，手刚刚放在把手上，窗子已经向上开启了。刘一朵一只手按在我的裤裆上，把鼻子送到窗户旁边，努力吸气。风吹动着她的短发，使她看起来如同奔跑一样。我担心她一不小心摔出去，把她拽回座位。

“你们到哪里？”中年人问。

“北京。你呢？”刘一朵坐回来说。

“我回家。北京，你们以前去过北京吗？”

“没有。”

“我也没有。我一直想去看看天安门广场。”

“然后呢？”刘一朵问。

“我去过好多个城市，二十几个吧，就是没去过北京。”他从挂钩上的兜子里翻出两个苹果，递给我们。

“不吃，谢谢你。”刘一朵看着他的手，说。

他把两个苹果小心翼翼地放在茶几上：“你们俩多大了，啊？”

“十七。”我说。

“好时候。十七，好时候。”这时我发现，他虽然力气很大，可是那两只放在一起的手，一直在轻微地抖动。每次说到一句话的末尾时，都要扭动一下脖子，好像想用下巴给脖子根挠痒痒。

“小兄弟，十七，好时候。”他重复了一遍，然后突然扫视了一下我们俩说，“能喝一点吗，一点？我请。”

刘一朵偏过头，看着我。我和她喝过酒，那是个冬天，我们刚刚恋爱，她的父母也刚刚分开。喝过酒之后，跑去城市中央的广场放风筝。我拽着风筝奋力奔跑，她在我的身边拍手笑着，后来寒风把风筝吹到了广场中间那尊领袖人像的脑袋上，风筝线缠上了它的脖子。我和刘一朵比赛谁能先把风筝取下，有几次我差点从人像的大衣上滑下去，那是一个五米高的人像，也许滑下来会摔死吧，可是当时好像已经忘记了这些。刘一朵抢先站在了它的肩膀上，向天空挥舞着风筝。我也许永远不会忘记她当时的样子。

要么不喝，要喝大家一起喝，今天正应该喝一点，一点。这是刘一朵眼神里的意思。

“能喝一点。我们俩都能喝一点，我们请吧。”我想要招呼卖货的列车员。

“不用不用，”他把两手一拍，“我年纪大，酒我带了，这就好了，我们有七个小时。”他再次把头扭了扭，用手指了指上面的行李架，“劳驾把那个黑箱子帮我拿下来，东西都在里面。”

我站起来帮他把箱子取下，箱子不赖，还有密码锁。他背对我们调好密码，把行李箱打开。里面满满一箱子罐装啤酒，一件衣服都没有。

“我的东西，数这箱子最贵。有意思不？”

我开始怀疑这人有些问题，也许是傻子，也许是和傻子相近的某种状态，可是刘一朵好像没有意识到这些，她把那人递给她的酒打开，迅速地喝了一大口。

“你是做什么的？”她问。

“我啊，”他再次把苹果递给我们，“下酒菜。我啊，我干过好多事情，好多事情。卖过东西，修过自行车，还在火葬场给人挖过坑，骨灰盒知道吗？”说着，他用手比画一下骨灰盒的大小，“把骨灰盒放进去，上面盖上石板，有时候坑里渗水，我就得把水舀出来，有意思不？像是船要沉了那样，赶快把水舀出来。”

说完，他打开一罐啤酒，把拉环顺着窗户扔出去，几口把酒喝干，然后又拉开一罐，把拉环扔出去，端着酒看着我们。

“刚才那杯是解渴，这杯是欢迎你们，去北京。”说着他在我们的酒罐上撞了一下，又一下把酒喝干了。

刘一朵也喝光了酒，她的脸颊开始泛起红润，眼睛变得水汪汪。她再次把手放在我的裤裆上，然后在我耳边说：

“我喜欢这哥们，一会儿跟我去洗手间。再喝一会儿的。”

我喜欢洗手间，想一想就让人喜欢啊，飞驰的火车上的洗手间。

“你现在干什么啊？”刘一朵问。

“我很小就出来了，比你们还得小两岁，什么也没有。现在我有钱了。”他冲上指了指他的箱子，“我有钱，这衣服是脏了，可买的时候很贵，不信你摸摸，料子好。我现在替人打架。”

“替人打架？”我说。

“是，替人打架。”他抓住衣襟向上掀起，前胸有一道修长的刀疤，好像平原上一道紫红的山脉，“我用棍子，铁棍，这么长，一下把人敲倒，有意思不？我有劲儿，不信你跟我掰腕子，小兄弟，咱俩掰腕子，我让你两只手，啊，窗户得关上，要不然把你扔出去。我掰腕子没输过，有一次赢了两百块钱，你信不，我掰腕子也能挣钱。”

他咬了一口苹果，又把酒喝光了。

“我和我爸打了一架，因为什么，我现在想不起来了。小兄弟，我告诉你，你应该少喝点酒，慢点喝，对，一口一口喝，对，就这样，用嘴喝，别用喉咙喝。我把他打趴下了，我妈把我拦腰抱住，我给她来了个大别子。坐长途汽车，跑到了一个地界，什么地界，反正很冷，我就在那给人修车。我先把夹克卖了，卖了二十块钱，卖给了一个收破烂的老头，然后我买了个气管子，在路边给人打气。用我的气管子，自己打气两毛钱，我给他们打气五毛钱。两只手都是冻疮，可是我给自己挣了口饭吃。如果一直那样也挺好。可是世上很多事情和你想的不一样，这是我总结出来的，无论你怎么想，世上的事情就是和你想的不一样。”

他低下头，看着自己的两只手，他把两手摊开，两只手已经不再颤抖。然后他抬起头看着我们。

“这是谁的主意？”他说。

“什么谁的主意？”我说。

“你们两个跑出来玩，是谁的主意？”

“我的主意。”刘一朵说。她已经喝多了，不是在说话，好像是突然嚷了一声。

“书包里是什么东西？”他一直在喝酒，我发现自从他喝上酒之后，脖子也不扭了。

“没什么东西。都是书。”

“打开我看看。”

“你什么意思？”

他拿起半只苹果扔出车窗，火车正和另一列车交会，苹果摔在那列火车的车窗上，发出“嘭”的一声闷响。

“打开我看看。”

“给他看看。咱们书包里有什么啊。”刘一朵又嚷起来。

我转头看了一眼身边的人，他们有的向这边望了一眼，不过好像没有看见什么，夜已经来临，车厢里的灯还没有亮起来。坐在那人旁边的中年女人，用头巾裹住了自己的脸，一只手抓着自己的皮包，在睡觉。大家都在昏昏欲睡。

他接过我们的书包，移开啤酒罐，把东西倒在茶几上。我的书包里只有几本教材、准考证和考试必需的文具，刘一朵的书包里东西可就多了。钱、床单、化妆品、安全套，还有一把折叠刀。

他拿起钱数了数。

“九百块钱，干什么用的？”

“去那边生活啊。”刘一朵笑着说。

“生活，生活，啊？”他把钱放回茶几上，拿起那把折叠刀，打开，用手试了试刃。

“这是干吗的？给苹果削皮，啊？”

“谁敢欺负我，我就捅他。”刘一朵说着，右手做了一个前刺的动作。

他把折叠刀放在我手上说：“来，捅我试试。”

“我不捅。”我说。

“捅我试试，啊？”

“不捅！”我感觉自己好像有点生气了。

他一把把刀夺过去，掰折了，扔在茶几上。

“赔我刀，你大爷的！”刘一朵站起来，伸手向他的头发抓去，他拿住刘一朵的手腕一拧，刘一朵号叫了一声，坐在我的身上。她挥拳向我打来，劈头盖脸地攻击我的脑袋。

“给我打他，打他！”

我任她痛打，没有出声。到底是怎么搞的？什么时候一切就全不对劲了？

窗外的夜色已经沉下来。月亮高悬，默然无声，只有夜风吹进来。不是熟悉的气味，我发觉这是全然陌生的地方。

刘一朵不闹了，抱着我的胳膊呜呜地哭了起来。他又拿着那叠钱看了一会，好像是他突然捡到的，在想着应该拿这钱怎么办。终于，他把我们的东西全都放回书包，钱、安全套，一样一样放回去。他把两个书包递给我说：

“我爸死了，有意思不？”

“……”

“我爸死在家里的炕上，死之前一声不吭，他能说话，但是一声不吭，有意思不？”他看着外面，又喝起了酒，这次喝得很慢，一口一口从喉咙里咽下去。

“下一站我就下车了。到家了。”他轻声说着。我好像透过衣服，看见他的刀疤在闪闪发光。

车厢安静下来，刘一朵不哭了，她睡在我的怀里，嘴角流出的东西弄湿了我的校服。我和他谁也不说话，就这么面对面坐着。

在之后的几个钟头里，他无声地喝光了所有的啤酒，把空酒罐一个一个扔出窗外。没有发出任何声响。

在一个陌生的站台，我从来没有听说的一个地方，他取下了挂钩上的兜子，对我说："小兄弟，劳驾，帮我把那个东西拿下来。"

我站起来用手去摸行李架的深处。那是一根木头拐杖。他接过拐杖支在腋下，从黑暗里立起来。一个只有一条腿的人从黑暗里立起来。他把兜子斜挎在肩上，一手拉着轻飘飘的行李箱，看也没看我们一眼，挤在人群里一晃一晃地走开了。

刘一朵醒来的时候已是午夜，我还没有睡着，她用手理理头发，晃了晃脑袋。

"人呢？"

"下车了。"

"我们的书包。"

"在这儿呢。"

"刚才我闹了吗，是不是打你了？"她看着我身上的脏东西说。

"没有，你一直在睡觉。"

她贴过来舔了舔我的耳朵，说：

"我们再也不和陌生人喝酒啦。还有多远了？"

"还有最后两站吧。"

“跟我去洗手间吗？”

我看了看她，她是认真的。

“去吗，帮你把衣服弄弄。”

火车的洗手间狭窄坚固。在这个密闭的空间里，她用手纸帮我把衣服擦干净，然后脱了我的裤子，蹲了下去。

“谢谢你跟我出来，我爱你，你知道不？”

过了一会儿，她脱掉自己的裤子转过身去。

我看着那块黑暗，弯下腰帮她把裤子提上，然后抱住她说：“我们回去吧。”

她推开我：“害怕了你？”

“不是害怕。我们回去吧。”

“我要去天安门广场放风筝。我要去天安门广场看你给我放风筝。”

“那个地方不能放风筝。”

“我不管，那是他们的事儿。”

“那个地方不能放风筝啊。”

“最后问你一遍，你跟我去还是不去？”

“我真的得回去了，跟我一起回去吧，好不好？”

她伸手摸了摸我，好像在摸一件自己的东西，然后贴过来吻了吻我的脸颊，打开门出去了。

我撒了泡尿，洗了洗脸，在那块脏兮兮的镜子里，我看见自己十七岁的面容，窄小、白皙，在那个时刻，那是无法更改的十七岁。

我回到座位，发现刘一朵和她的书包已经不见了。她的位置上坐了一个三十几岁的女人，借着头上昏暗的小灯，在看一本书。她身体匀称，穿着一件素色的连衣裙，头发在脑后梳成马尾，看上去十分美丽。我走过去把窗户关上，那窗户真是沉得可以，我把整个身体压在把手上，才终于“咣当”一声把它关上了。

“谢谢。”她说。

火车再次停靠的时候，我没有看清到了哪里。但是我下了车，在火车站睡了一夜，第二天一早，找到一部公共电话。我回到家里的时候，感到前所未有的疲倦，爬到自己的床上很快就睡着了。等我醒来的时候，发现父亲睡在我的身边，鼾声如雷，母亲在厨房里准备着早饭，她的动作很轻，好像拿着什么易碎品。

半个月之后，母亲让我去复读，她已经完全恢复过来，找回了过往和我交谈的方式。

“出息点，好吗？你想让我活不？”她坐在我面前，妆容典雅，即使在家里她也穿戴得相当整齐。

之后我再也没有见过刘一朵。没有人找到她。现在的我，大部分时间在北京生活，偶尔回家。我从没有遇见过她，即使在天安门广场，在全国各地来此朝圣的人流里，我也从没有遇见过她。

我也没见过有人在那里放风筝。不过据我观察，在夜深人静的时候，那里确实是一个放风筝的好地方。

不速之客

孙频

“我知道，不爱是不能接吻的，我和其他人都不接吻的，就只和你一个人接吻……”

一

大约晚上十一点钟的时候，又是三声敲门声从天而降：羞怯、笃定。敲在门上像落进了一只空桶里，那回音一落进去就迅速破土而出，直长得蓊郁妖娆，阴森森地爬满了整间房子。

苏小军扯开被角翻身坐起，紧张恼怒地盯着那扇门。三声敲门声无声无息地落下去了，空气里出现了一段短暂的空白。然而，这空白倒像是一只紧闭的柜子立在他面前，有装满了敲门声的嫌疑，似乎只要他一打开，它们就会立刻占领他的整个房间。一定又是那个女人。他下床，光着脚轻轻走了几步，无声地把灯关掉了。然后，他赤着脚戳在黑暗中，静静地等待着。果然，一分钟之后，又是三声同样质地的敲门声响起。“笃、笃、笃。”苏小军站在原地一动不动。他从最下面的门缝里窥到了楼道里一线昏暗的灯光和那个正守在门前的影子，那影子也一动不动，像是本来就长在他门口的一株植物。

又是几秒钟的空白，门外的影子不动，门里的苏小军也不动。虽然身体没动，苏小军却觉得他整个人都被一口气提起来了，正悬在空中。他等待着一秒钟之后再次拔地而起的敲门声。果然，又是三声敲门声。只是比刚才烦躁了些，急促了些。苏小军发现自己居然还是一动没有动。在那一瞬间，他都有点惊讶于自己的残忍了，他居然能在九声敲门声后还待在屋子里装死，只是为了不让门外这个女人知道他在里面。

屋里的这团黑暗比外面的夜色更加坚硬，盔甲一样裹着他，让他闻到了一种生铁的味道，还有一缕细若游丝的血腥味。他有些恐惧，但这恐惧里还夹杂着一种奇异的快乐。他看着自己的那双手，在黑暗中，它们看起来面目模糊，安详残忍。

就在这时候，他的手机忽然响了，该死，他忘记关机了。就在他扑到床头要摁住活蹦乱跳的手机音乐时，门外的人已经听到了。一阵猛烈的敲门声倾巢而出向那扇门砸过来，这样再砸下去所有的邻居都会被砸醒，大家披着睡衣揉着眼睛出来看热闹，说不定还会有人报警。他知道，如果今天不开门，她会一直砸门砸到天亮。这个可怕的女人。他扔下手机走过去，开了门。屋里还黑着灯，猛一开门，他有些不适应楼道里的灯光，然后他眯着眼睛看到了灯光夹裹着的那个女人，她身上披着一轮光晕。果然是纪米萍。她敲第一声门的时候他就知道是她了。

除了她还有谁会在深夜里死不罢休地敲他的门？

他站在那扇门里，像个邪恶的门童一样守护着背后满满一屋子的黑暗。借着黑暗的庇护，他仔细地打量着她。她头发散乱，眼角泪痕未干，就着灰尘和成了两粒黑色的眼屎，肩上又背着那只鼓鼓的黑色大挎包。肯定又是坐火车长途跋涉过来的，和以往每次都没什么不同。她终于敲开了门，却不敢与他对视，仿佛刚才敲门的是另外一个人。她歪着一只肩膀，那只包可能太重了，扯着她的肩膀，露出了一根黑色的胸罩带，她也不打算把它收进去。她歪着肩膀低着头站在他面前，一缕油腻的头发垂下来遮住了她的眼睛。

这已经不知道是第几次了，每次都这样，她事先连个招呼都不打就跑过来找他，坐七八个小时的火车，如果买不到坐票，她就一路站到太原来找他。然后，她就站在他家门口一遍一遍开始敲他的门，如果他真的不在，她就在他家附近找个最便宜的小旅店住下来，几天几夜安营扎寨专职等他。以至于他每次一走到楼下就有一种踩上了蜘蛛网的恐惧感，同时又生起另外一种感觉，要是不撞到这网上又有点对不起她，因为这蛛网是专门专心为他布下的。

他阴沉沉地立在那里不说话，她也不动，以固定的姿势垂着眼睛，只让自己躲在那缕油腻头发的门帘后。那只大包正从她肩膀上往下滑，每滑一次便把她的衣服往下扯一点，仿佛地下有什么神秘的力量正把那只包连那只胳膊拉向深渊。她不抗拒。渐渐地，她的整个肩膀都露出来了，她上身偏胖，肩膀本有些肥腻，又箍着那根黑色的胸罩带，倒也有几分萧条的肉欲。她似乎是在以此刻意提醒他，衣服下面，这衣服的下面还有别的，好比超市的货架，你要用什么随时可以来拿。他盯着那肩膀心里一酸，叹了口气，往后退了一步，说了声："进来吧。"

她像刚刚被赦免的犯人一样，诚惶诚恐地跟着他进了屋，关上门他顺手开了灯。光亮来得太突然，她受惊了一般仍然不敢放下那只大包，拖着它站着等候发落。他像个观众一样又看了她几秒钟，然后又叹了口气说："把包放下吧，你也不嫌累。"她得了指令便怯怯地把包放在墙角，似乎那桌子上是收费的。头依然垂着，他看到她那只扯衣角的手在习惯性地抽搐着。他知道她一紧张就这样，一只手放在腿上抽搐的时候就像她正在练习弹钢琴。她怕他看见了，忙使劲往下拽衣角。他假装没看见，只说："快去洗把脸吧，这都几点了。"

她终于抬起脸来看了他一眼，她看上去并不痛苦。准确地说，她的五官都像泡在某种溶液中一样，呈现出一种夸张的休眠状态，似乎它们是某种海底生物，可以几千年地蛰伏着不动。

她从包里取出自己的毛巾，然后借着脸上那缕头发的掩护向卫生间走去，好像这样护着自己，他就暂时不会看到她了。他看着她的背影，她走得很慢，佝偻着背，抱着自己肥硕的毛巾，整个人看起来忽然变得很小很小。她进了卫生间，把门关上了。苏小军再次倒在床上，他脑子里一遍又一遍地想：这个女人，这个可怕的女人，简直好像随身携带着棺材一样，好像随时准备着一死，好像她压根就不打算活长久。真是比他还要亡命徒，他最多被人雇来做临时打手讨讨债，出出气，杀人的事还从来没干过。他简直不是她的对手。

过了一会儿，她从卫生间出来了，苏小军感觉她慢慢走到床前了，她似乎从自己的包里又掏出了什么，她站在床边低声对他说："这是给你买的衣服。"他并没往她身上看一眼，她每次不打招呼跑过来的时候都会给他一件东西，衣服、围巾、袜子，没有什么牌子也看不出价格，和她身上的衣服如出一辙。他从来不会穿，但也不阻止她。他皱着眉头说："先关掉灯睡觉吧。"她听话地关掉灯，整间屋子"咣"的一声再次掉进了黑暗的箱底，他突然觉得黑暗的空气里全是她，站满了密密麻麻大大小小的她，她们像千佛洞里的佛像一样向他挤压过来。

就在这时，被子被掀开一角，她无声地爬进了他的被子里。在这张床上她睡过不是一次两次了，她很熟稔地躺在他身边，把半张被子盖在了自己身上。她身上冰凉滑腻，还挂着水珠，像一尾刚刚捞上岸的鱼。她躺在那里慢慢蠕动着，好像要在这床上给自己刨出一个坑来，在这个过程中她和他有几次短暂的肢体接触，这些接触很细小很轻微，小心翼翼的，好像从她身上长出了无数气根一样的小手，这些小手试探着触摸着他，见无处生根便又自己缩回去了。他静静地躺着不动，好像已经睡着了。她终于停止了蠕动，也静静地躺在那里，他感觉到她把脸侧到了一边，好像在黑暗中都怕他会看到她的脸。两个人像两具尸体一样并列在床上。

不知过了多久，他叹了口气，终于伸出了一只手，这只手准确无误地放在了她的一只乳房上。她上身是光的，他继续往下摸，她全身都是光的。在上床之前她就把自己脱光了，像是要祭献给他的一盘肉。他仍然是那个姿势，懒懒地躺着，那只手从她上面摸到下面，又从下面摸到上面。在这缓慢的抚摸中她开始了低低的抽泣，他每摸她一次，她的抽泣声便大一点，似乎是在给他计件付报酬。她的乳房肥硕松软，一躺下来便流得到处都是。他慢慢摸着那只乳房，像是要耐心地把它们都收集起来，收好了像雪人一样堆成一堆。他慢慢摸到中央，她变得冰凉而坚硬。与此同时她忽然便大声抽泣起来，这骤然响起的哭声在黑暗中听起来鲜艳凛冽，像块刚揭了皮的伤口。他下意识地把手抽出来，像是怕不小心碰到了这鲜红的皮肉。她的哭声像玻璃碎片一样四处硌着他，在这张床上他几乎没有容身之地了。

他知道他再没有别的办法可对付她。黑暗中，就着这裂帛似的哭声，他鞭策自己一跃而起，趴在了她身上，他像给汽车加油似的又使劲揉了她两把乳房，下面好歹硬了，可以发动了。可是他进不去，她下面太干了，干到了铜墙铁壁，连丝缝隙都没有。她没有声息了，在屡次实验中他的脸碰到了她的脸，他感到她无声地躺在那里却是在比刚才更汹涌地流泪，她的整张脸都是湿的，她在那儿无边无际地流泪，流泪。他把手放在她的眼睛上，想把那泪水堵回去，可是他的那只手很快就被淹没了，泪水从他指缝间涌出来。他简直像趴在一眼泉上。

他像被大雨浇透一样再没了心情，可是他刚要从她身上下去又被她死死抱住了，她一边抽噎一边哑着嗓子乞求，和我做一次，就一次，好吗？她一边乞求一边流泪一边揉搓着他下面，他也快流泪了，但是他知道他现在唯一该做的就是进去，进去了才是对她的安慰，好像只要他一进去她就可以把他整个人都霸占住了。她才不会这么恐慌，这么神经质。

为了接纳他，她几乎张开了身上的每一个毛孔，似乎要给他一道永久免费的通行证，他什么时候想进去就可以进去。可是，他还是进不去，她那该死的眼泪还在不停地决堤不停地淹没他。他随手打开台灯，几乎要求她了，求求你不要再哭了行吗？灯光下他看到她两只眼睛已经哭得红肿，眼泪鼻涕糊了她一脸，脖子里也全是泪，再往下是那两只四处流淌不成形的大乳房。她使劲“嗯”了一声，伸手撕了一块卫生纸狠狠擦了擦鼻子、眼睛，然后，她肿着两只通红的眼睛，大义凛然地对他说：“我不哭了，来吧。”

他也急于想进去，不是他多想要，而是，他知道，若不进去今晚便没完，可是他软了硬硬了又软还是徒劳。果然，她的泪又出来了，她又一次无声地流泪，两道泪水在她脸上闪闪发光，像两把利刃对准了他。他不想再看，又伸手把台灯关了。她在黑暗中抽噎着说，你吻我一下好吗？你都不吻我。就一下……你知道的，你不吻我，我是不行的……就一下，让我知道你还是爱我的。他没有说话，嘴唇也没有向她的嘴唇伸过来。她忽然再次大声抽泣起来：“你明明知道，你都知道，你就是不肯吻我一下，吻一下就那么难吗？”

"我知道什么？"

"你撒谎，你知道的，从第一天起你就知道，不接吻我根本不能做爱，我不是妓女，我得接吻，你不吻我的时候你根本就进不去。你早知道的，你从一开始就知道。"

"你和其他人不接吻又不是没做过。"

"……"

她不再说什么，只是把自己摊在黑暗中歪着头无声流泪。他的手碰到枕头，那里已经湿了一大片。他的眼睛一阵酸涩，泪差点也下来了。这个女人啊。他使劲掰过她的脸，终于对着那张湿漉漉黏糊糊的脸吻了下去。在他的嘴唇触到她的脸的一瞬间里，她把自己整个人都送了上去，忙不迭地，唯恐过时不候地。在找到他的嘴唇之后，她贪婪地吮吸着，恨不得把他整个人都吸进去，咽下去。她嘴里满是浓烈的牙膏味，好像刷个牙便挤掉了半管牙膏。他知道，为了迎接他，她恨不得把自己身体里的每个角落都打扫干净。这牙膏味像鞭子一样抽在他身上，使他忽然便生出了很多蛮力，他一使劲，总算进去了。这次的任务好歹是完成了。他知道，只要进去了，哪怕只有一分钟，她对他也会感激涕零。

她痛苦地叫了一声，然后便更紧地抱住了他，她紧紧紧紧地抱着他。他在这馥郁浓烈的拥抱中几乎动不了，就像身上驮着一个人试图要飞起来一样，两具沉重的肉身压着他拖着他，只三分钟就结束了。他趴在她身上想对她说一句对不起，却发现她还是那么紧那么不顾死活地抱着他，他开始感到一阵强烈的恐惧，他知道她又要说什么了。可是晚了，他根本拦不住她，她抽噎着在他耳边断断续续说了三个字，谢谢你。他趴着不动，像被枪打中了一样。

两个人恢复了原来的姿势，像两具尸体一样平躺在黑暗中。她的身体在黑暗中悄悄蔓延，试图向他偎依过来，他便坐起来，点了一支烟，靠在床头上一明一灭。他抽了两口烟之后还是开口了："这次你打算待几天？"

她慌忙说："我不会待久的，就和你待两天，待两天我就走。"她急切地强调只要两天，似乎两天是不算数的，是可以被忽略的。

"你那边也不扣你工资？"

"我请假了，反正也不忙。"

"你怎么老是招呼都不打一个就跑过来了，我和你说过多少次了？"

"谁让你不理我了。"

"你跑过来又怎样？你觉得有用吗？我早和你说过了，不要再来找我，找我也没有用的。"

“你真的不爱我了吗？”

“是的。”

“……你撒谎，我不信，你心里对我还是有感情的，我能感觉到。”

“我原来是喜欢过你，可是现在真的耗光了。你这样每跑来一次我对你的厌恶就多一点，现在我已经很怕看到你了，你知不知道？”

“……我不信……我不信……你刚才还吻我的。我知道，不爱是不能接吻的，我和其他人都不接吻的，就只和你一个人接吻……”

“够了。你和别人又不是没睡过，睡都睡了，还一定要装作根本没接过吻，从来没有和人接过吻，这有意思吗？”

二

她啪地打开台灯，从床上一下跳了起来，她披头散发地半跪在床上，把下半身埋在积雪似的被子里。她的眼睛因为流泪太多已经肿成了两条缝，她向他探着上半身，两条缝里挤出的目光湿嗒嗒的，像狗的舌头舔在了他的脸上，殷勤地，急切地，讨好地，不顾一切地要舔着他的脸他的手他的全身。她用一只手在胸口大幅度地比画着，指着自己的心脏部位，似乎随时准备着要把那里剖开，要把里面的东西一览无余地给他掏出来。她养的指甲很长了，半透明的指甲在灯光里闪着釉光，一把把匕首似的在肥腻的胸脯上划来划去，两只乳房跟着她的手势活蹦乱跳。她在胸前比画着，探着头盯着他的脸，似乎要把她整个人都送出去："你不信？你不信我说的话吗？原来我说什么你都不信吗？你居然……不信我从来没有和别的男人接过吻？"

"……无聊。"

她的两只手以更大更焦躁的幅度在胸口乱扒拉着，好像一定要在那里刨出点什么来，好像她全身都快着火了，唯有胸口那个地方能流出泉水来解救她。他看着她的脸，心里像塞满了石头，硌得他生疼，连他那只抽烟的手都跟着抖了一下。然而，在这种疼痛的薄膜下还包着另一种物质，它像蛋壳下一只正在成形的雏鸟，正渐渐长出爪子，长出嘴，正渐渐地破壳而出。他忽然认出它来了，他浑身一哆嗦，那薄膜下又是那种快乐，那种见不得人的诡异的快乐。每次痛到极点了，这种快乐便也会跟着现形，似乎它们是一母同胞。她的动作越剧烈，那快乐便在他心里长得越茂盛，它简直快要长成庞然大物了。他忽然明白了，其实是她用她的苦痛饲养了它。它在他的身体里喝着她的血长大了。可是他唯恐它会跑出来，因为在它的映照下，他会像一个被投射在幕布上的巨大剪影，他会觉得自己比它更凶残更阴森。果然是一个做打手的料，他再次害怕他自己厌恶他自己，觉得自己像个刽子手。

他大喝一声："不要说了。"手又是一抖，一截烟灰掉到了被子上，她也不顾手烫，低下头去急急摘掉了那截烟灰。他愈加烦躁，转身碾灭烟头，对着她绝望地说："我求求你，这次走了就不要再来找我了好吗？我对你这样的不好，为什么还要来找我？"她还是那样半跪着，两只手还搭在胸口。她脸上已经没有泪了，两只眼睛肿得快要把整张脸淹没了，这使她看起来分外丑陋。她跪在那里喃喃自语："我来看你是我自己的事，我需要它，你不懂吗？你不相信我吗，这么久了你还是不相信我吗？我和别人睡过觉那是由不得我，可是接吻不接吻我是可以自己做主的啊。"

他冷笑一声："由不得你？有人逼着你卖吗？"

她哑着嗓子叫起来："你不和他们睡你怎么活？十几岁我就开始养活自己了，我没有本事没有钱没有亲人，我什么都没有，他们看你年轻就要和你睡，你说怎么办？我怎么活？你让我怎么活？"她的声音忽然又兀自低了下去，就像绕过了一个激流险滩后忽然被搁浅了。她声音低低的，浑浊不清的，像是在自言自语，又像在向着一个神父忏悔，他就是站在她面前的神父，她忏悔着，一定要把自己从一汪血泊中解救出来。她喃喃地说："可是，这么多年里我从来不和他们接吻，因为他们没有人爱我。我知道，他们只是要和一个身体睡觉。我和他们睡觉是因为我觉得那身体我早就不想要了，可是，我还可以给自己留着一个吻。"他鼻子里又是一声冷笑，心里的疼痛却更剧烈了，他忽然无比恨她，恨她要一直这样喋喋不休下去。可是她还在继续："我一直在想，只要你是爱我的，我就什么都不怕，我就怎样都可以……你能相信我吗？我怎样才能让你相信我？"

他不再看她，只说："我们结束了，以后不要再来找我了好吗？"

她的目光从那两条石缝里艰难地透出来，哑着嗓子问：

"你真的一点都不爱我了吗？"

"不爱了。"

"……你知道我心里是把你当成亲人的，我就你这么一个亲人。"

"我知道，可是，我真的爱不起来了。对不起。"

"不要对我说对不起，我不需要，我不需要，"她的声音猛地高起来，然后再次落下去，向深不见底的地方落下去，"你放心，我就只是来看看你，看看你我就走。我就是觉得不放心，不放心你一个人住在这里，你不会做饭不会洗衣服，你看看你的桌子有多脏，你看看你的裤子开线了你都不知道。不知道为什么，我经常觉得你还是个小孩子。你记不记得有一次你在路边摘了一朵花送给我，你不知道，我捧着那朵花，跟在你后面悄悄哭了一路。那时候我真觉得你像个调皮的小孩子啊，我就总想着，能为你做点什么就做点什么，哪怕给你洗一次衣服做一次饭，我也会觉得安心一些。就算你真的不爱我了我也还是心疼你。我明天就走，我来就为了和你待一个晚上，待几个小时，我明天就会走的。只是现在……你再抱抱我好吗？”

他眼泪就流下来了。“他妈的。”他说。

他第一次见到她是在两年前了。那一晚一个朋友请他去一家夜总会，叫了两个陪酒小姐。其中一个是新来的，二十一二岁的样子，脸上还带着点婴儿肥，穿着一件廉价的黑底白点裙，浑身上下到处是圆鼓鼓的，散发着一种肉质的荤腥。她就是纪米萍。她坐在那里，表情看起来有些怪异，表示她对所有的人爱理不理。她才喝了一瓶啤酒就把酒瓶往桌上使劲一墩，然后像个烈士一样大义凛然地对两个男人说：“我可是只陪酒不陪睡的。”另一个陪酒女低头偷笑。两个男人想，这女人怎么有点二百五。她看起来似乎酒量极好，一瓶接一瓶地往下喝。几瓶啤酒下去之后，她身上那层怪异的肃穆忽然裂开了一道缝隙，有什么东西正挣扎着从那道缝隙里探出一只触角来。她忽然对他抛了个媚眼，抛完后又向另一个男人也抛过去一个，好像她前面的宣言就是为了抛这两个媚眼做准备的。然后她坐在那里跷起一条腿架在另一条腿上，“咣”地又喝下去半瓶。这个媚眼像枚大头针一样，穿过了苏小军的身体，使他忽然动弹不得。

倒不是这目光多么妖媚，而是，他忽然觉得这目光像是从她身上拔起的一个塞子，有更多的东西即将从里面倾倒出来。果然，又是一瓶酒下去之后，她呆呆地坐在了那里不动也不看任何人，像是突然在思考什么问题。几分钟之后，她带着一副被打扰了的不耐烦的表情抬起头来看了他们一眼，好像一个被迫中断了工作的伟人。她又喝了半瓶酒，然后对自己凛然一笑，就像在空气里忽然看到了自己的倒影。她好像感到包间里很热，便把领口往下撕了撕，于是露出了半个肥硕的乳房。两个男人的眼睛都落在了那半个乳房上，她感觉到了，对着空中笑着晃了晃身子，半只乳房也跟着她晃动。然后她看着他们，又抛来一个娴熟的媚眼。媚眼之后她赶紧又灌了一口酒，好像急于要把刚才那媚眼压下去，仿佛她很厌恶它，都不知道它是怎么跑出来的。

又是整整一瓶酒，这瓶酒下去之后，她的表情明显开始呆滞，她呆呆地坐在那里，好像正在空气里费力辨认着什么。苏小军坐在旁边像看一出戏一样一直看着她的表情。她好像还是有点不相信那个抛媚眼的是她自己，她好像不知道该拿那个已经存在的自己怎么办。她的另一个自己似乎受到了极大的威胁，她的目光松脆、零散、慌乱，像是忽然走失在了异国他乡。她似乎正在忙于探究自己的身份，在费力地辨认自己究竟是谁。

他看到她那只放在大腿上的手正神经质地抽搐着，四个指头胡乱敲着大腿，像是正在弹一架钢琴。发现他在看她，她便举起那只手，做出燠热难耐的样子又撕了撕领口，这次，是一条很深很肥沃的乳沟被挤出来了，她自己在前面给他们引路。她不再看他们，只是挺着这道乳沟傲然地坐在那里，好像她根本不知道人人都能看到她的乳沟，甚至她都不知道自己有一道很深的可以埋人的乳沟。

她就这样浑然不觉地喝了一瓶又一瓶，不讲荤段子也不唱歌，像恪尽职守似的喝酒。喝完第十五瓶，她开始呕吐。直到呕吐的前一秒，她喝酒的样子都好像从来没有呕吐过一样，而一旦呕吐起来，就是排山倒海般地呕吐。刚才的喝，现在的吐，次序分明，仿佛一道程序。

呕吐完之后她开始哭泣。哀哀地没有任何理由地开始哭泣，仿佛想起了很久以前的伤心事，和面前的人没有半毛钱关系，她一个人沉浸在自己的世界里。朋友皱着眉说："今天怎么这么背。"苏小军平日里最讨厌喝点酒就痛哭流涕的人，好像全世界都欠了他们。但眼前这个女人哭的样子有点特别，哭得很单纯，不给人压力。他说："今天先这样吧，我把她送回去，你看她吐成什么样子了。"

苏小军打了一辆出租，上了车问她住在哪。她缩着脖子看起来迟钝寒冷，好像正踽踽独行在冰天雪地里。她指指这又指指那，苏小军叹口气，把她带到了一家宾馆。他指着房间里的那张床说："今晚你就睡这吧，早点睡。"她迷惑地盯着那张床看了半天，忽然扭过头来，用浑浊不清的目光盯着他："这是哪里，我到哪里了？"他说："你喝醉了，回不了家，这是宾馆。""宾馆？"她忽然咧嘴笑了，一边笑一边挣扎着毫无必要地抛出一个媚眼。

她指着那张床，媚笑着说："你带我来这里，是不是想和我睡觉啊？"他看着她，不说话。她跌跌撞撞地游到了他面前，绕着他转了一圈，好像他是地球，她是卫星。然后她忽然又扯了扯领口，那条乳沟再次露出来，殷实而肥腻，似乎等着有什么东西跳进去。她用拉皮条的眼神瞅着他，然后独自在房间里转了一圈，似乎这屋子里站满了密密麻麻的人，她正和他们交谈，手舞足蹈。他听见她对着空气说："每个男人都想和我睡觉，我就知道，你们都想和我睡觉。我在这个社会上已经混了五年了，五年啦你知道吗？我十八岁就开始端盘子做服务员，那时候就老有人摸我的胸摸我的屁股。他们都说我胸大屁股大，真是个抗操的货。可是你知道吗？我从来不要他们的钱，我不要任何男人的钱。为什么要他们的钱？难道我是只鸡？他们太小看我了，太小看我了，你看看，你看看我身上的衣服，三十块钱的衣服，如果我要他们的钱，我会这么穷吗？三十块钱啊。”

他说：“睡吧，你喝多了。”

她忽然跳到了他面前，嘴里吐着酒气，用迷乱却异常明亮的目光看着他，她像讲神秘的耳语一样对他说：“可是你知道吗，我有一个秘密……我从来没有和一个男人接过吻，一次都没有。”像是怕他不认识一般，她比画出一根指头，表示那是一。她笨拙地晃着这根指头问他：“你说，接吻是不是比做爱更重要啊？就算他们把我睡了那又怎么样？反正我没跟他们接过吻。”

他还是不说话，只是看着她。

她终于被他看得有些害怕了，后退了几步，一屁股歪在了床角上。刚才那点邪气的明亮烟花一般从她眼睛里退去了，她重新变得呆滞笨重，好像一枚常年浸泡在酒里的标本。她低下头去喃喃自语：“真的，我真的没和他们接过吻。我说的都是真的。你不相信我是不对的。”

他再也不愿听下去了，粗暴地打断她：“不说了，你喝多了，睡吧，我走了。房钱我已经付过了，快睡吧。”

他转身要走，她忽然冲过来拦住了他，她仰着脸，用狗一样潮湿的目光阻拦着他，不让他过去。她又像狗怕挨打一样一边躲闪着他的注视，一边喃喃地低语，像是要让他知道，又生怕他听清楚似的：“我说的都是真的，我没有，真的没有。”说着说着，眼皮好像要合在一起了，又使劲睁一下。

他不愿再看她的样子，一把推开她走了。

第二次见到她的时候已是半个月之后了。他一个人去了那家夜总会，单点了她一个人。他想，她会不会已经离开了，好像他点她就是想证明她还在不在。可是，几分钟后，她穿着一件白裙子出现在了他面前。她坐在他身边拘谨冷漠，好像根本不认识他这个人。他咬开两瓶啤酒，递给她一瓶，然后，他就一口啤酒说一句话，像夹着花生米下酒。他说：“你还是干别的吧……干这个……不适合你……看你也没什么酒量……再喝那么多酒就是找死了。”

“你就是想说这个？”

“嗯。”

她笑了一下，摇摇头，突然豪爽地用酒瓶子撞击着他的瓶子，说，来，喝。来，再喝。

包厢里只有他们两个人，她这次的话出奇的少，只是不停地跟他碰瓶子，好像是故友相见，千言万语无法说出口一样。他很少碰见这么二的陪酒女，自己也有点发蒙了。

于是她很快就喝醉了。

三

这次她跳过呕吐，直接开始哭泣，边哭边接着半个月之前的话题继续控诉，原来那天的事她记得清清楚楚。

她接得天衣无缝，好像每天都在心里默默彩排一样，唯恐生疏了："我没上过大学，体面的事都做不了，哪里都不愿意要我这样的人。你以为我愿意像只鸡一样来陪酒吗？她们每天往死里喝，喝多了就给客人干。当然是要收费的。可是，我不。我偏不。我就不做收费的事。她们笑我给人白睡，说白睡还不如收费，我说我就情愿给男人们白睡，只要是白睡，他们就不会把我当成一只鸡……我就不是一只鸡。我告诉过你吧？我从来不跟男人接吻，真的，不信你看。"

她用手指着自己的嘴巴，忽然停下了，看着眼前这个男人，似乎记起了这个人是谁一样，一下子醒悟过来，忽然羞涩地冲他笑了一下。橘色的灯光下，她的笑容看起来纯净而温暖，羞涩而无辜，好像她忽然小下去了，小到只是那个小学时候邻桌的女孩，不小心被同桌的男生碰了手，便无地自容地想把那只手剁掉。

为了遮羞，她又抓起桌上的一瓶酒往嘴里灌。他一把夺下，厉声呵斥："不能再喝了。"她惊愕地看着他，似乎刚刚才注意到他的凶狠，她忽然看到了他手背上的刀疤，又是一惊。然后，她听话地低下头去，放开了瓶子，不再说话，好像又潜入了独自一个人的幻想。他带着她出了门，打上车，说："我先送你回去，今天知道你家住哪吗？"她指着前面一条胡同："就那，就那。"他皱着眉头，不相信地看着她："这么近？"她振振有词，像是完全清醒了："住得近了上班方便。"他指责到："那上次你怎么乱指一通，害得司机绕路。"

胡同太窄，出租车进不去，他让司机等着，两个人下了车走进了胡同。这是一排很古老的平房，估计曾是哪个工厂的宿舍，已经被列入了拆迁的范围。胡同里荒草茂密，不时跳出一两只野猫野狗。住在这里的都是些外来务工者。她在一间黑灯的屋门口站住了，她不开门，只冷冷地说："你走吧，我到了。"他说："我看着你进去。"她面无表情地说："你先走我再进去。"他提高了嗓门："这到底是不是你家，你是不是又在骗我？"她低头掏出了钥匙，嗫嚅着："开就开，干吗这么凶？"

果然是她家。破旧的木门嘎吱一声开了，他不由得打了个寒战，觉得里面那团黑暗阴冷潮湿，好像正站在墓穴前面。她一伸手，"啪"的一声把灯打开了。这是一间十平方米左右的屋子，里面唯一的家具是一张木床，木床上铺着一卷单薄的军绿色行李。靠墙的地方放着几瓶化妆品，一面镜子和一把木梳，还有一本破旧的杂志。地上扔着一只大大的塑料编织袋，袋子敞着口，吐出了里面五光十色的衣服，像流出了一截肠子。靠门的窗台上晾着一排面包片，大约是怕发霉了。还有两只腐烂的木瓜，一只木瓜往出流着水，伤口里爬出了几只黑色的虫子。

他没有再往前走一步，却忽然一伸手关掉了灯。屋子"咣"的一声再次掉进了黑暗里。黑暗中他听见了自己干涩的坚硬的声音："跟我走。"他不由分说，拽着她的一只胳膊拖着她出了胡同。她挣扎着："去哪？又去住宾馆？我不去。"他不说话，把她塞进车里，直到出租车开到他楼下，他才说："我家。上去。"

就是从这个晚上开始，她知道了他住在哪里，也开始了此后一次又一次对他的突袭。后来他想，这是他自找的。她突袭他的理由永远是："我要是和你说了你就不让我来了，你要是躲起来我来了都找不到你。”

她穿着一件他的衬衣从卫生间出来了，光着两条白花花的腿。他注意到她的大腿根部很圆硕，有点像古代的三足鼎。她一边用两只手拼命往下拽衬衣，一边目光游移着，并不看他，最后她看着沙发说，我就睡这吧。嘴上说着，身体却并不动，还恋恋不舍地站在刚才那个位置。他伸手把灯关了，这样就看不到她的表情了。他躺在黑暗里说，上来吧，上床睡舒服点，在沙发上睡不好的。

她又在黑暗里磨蹭了几分钟才爬到床上来，睡在了他身边。两个人都一动不动，连呼吸都小心翼翼的，因为小心又变得加倍粗重，好像这黑暗里睡满了打呼噜的人，拥挤，嘈杂。很久她都一动不动，他疑心她是不是已经睡着了，便有点懊恼又有点惊诧。他惊诧的是，他这样的人，也是吃喝嫖赌惯了的，睡个女人根本是小菜，可是对这个女人他却怎么都不去碰。

他眼前再次浮现出她那道深犁出的乳沟，那里是够肥沃的。他又想起了她往下撕领口的动作，好像要敲锣打鼓急吼吼地给自己打广告似的，急着要和男人们分享她那里有什么样的宝藏，怎么还没有人去开采她。还有她的臀部，是够宽阔的，怕是一个人都抱不过来，怪不得她那么自豪自己的这两样东西。大约也是因为身无长物，只有这两件东西还拿得出手。他下面已经很硬了，独自在黑暗中蠢蠢欲动。可是他忽然想起了从她嘴里说出的那两个字：白睡。这两个字像咒符一样箍着他，他忽然便觉得有种莫名的恐惧，好像睡在他身边的是一个陷阱。他便继续一动不动地躺着，由着下面软了硬，硬了又软。

就在这时候，忽然有只手伸过来抓住了他下面。他一惊。接着他听见黑暗中传出一声甜腻的夸张的巧笑，因为用力过度反倒像未熟的橘子，涩而硬。她又抓了两下，像在鉴赏什么宝石的硬度，然后他听见她边笑边说："我还以为你真不想要呢。"他无语。她一定要在他头上别一支标签，他也不能再拔下来扔到地上，否则就有点太过了。她接着在被子下面调戏他，手指从他那里出发一路游到了上面，娴熟有序。他咬着牙想，可能每个男人到了她手里都不过是流水线上的产品，她对他们完全一视同仁，用相同的程序来处理每一件产品。她要求他们睡她……既然这样，他在黑暗中翻身而起，压在了她身上。

他刚把嘴唇凑到她胸前，便听见她郑重而严肃地说了一句："我知道你是个好人。"太煞风景了，他趴在那里又动不了了。然后，他又听见了更惊心动魄的话："你爱我吗？"他在黑暗中挣扎着抬起头来，想看看这个女人脸上的表情。可他无法看清楚，只看到她黑黢黢地躺在那里，杂乱无章地庄严肃穆地躺在那里，有如一处倒塌的烈士纪念碑。他想翻身下去，忽然间却感觉到她捧住了他的脸，她倔强地像发高烧一样又呻吟了一句：“你爱我吗？”他垂下头去，睡这个女人太费事了。尽管她自己假装得那么简单，好像睡她比做世界上的任何事情都简单。他趴下去，脸贴到了她的脸上，她的脸上湿漉漉的，她早已经满脸是泪了。他心里忽然就一痛，他就着这生鲜的疼痛，在她耳边说了一个字：“爱。”说出来他忽然又有些后悔，预感到事情的严重性了。

她的脸上更湿了，眼泪正滔滔不绝却又寂静无声地在她脸上奔流。她努力想装出正常的声音，却还是哽着嗓子说了一句：“那你能吻我一下吗？”他在黑暗中沉默了三秒钟，然后向她的脸俯了下去。几乎是在他的嘴唇碰到她的第一个瞬间里，她便像蚂蟥一样牢牢地吸住了他。她用尽全力在吮吸他的嘴唇，好像她已经干渴了一万年了，她太需要一点水分的滋润了，为此她几乎愿意丢掉性命。她不顾一切地吮吸着他的嘴唇，他的舌头，他的牙齿。她嘴里的酒气犹在，这让他觉得有些眩晕，有些恶心想吐。他极力坚持着，像在参加耐力比赛。

他只觉得自己周身被她的眼泪和唾液包裹着，他周身也变得湿漉漉了，他们两个人像是一同掉进了河里，像两个即将溺死的人。他们的嘴唇终于分开了，他却已经被吸得精疲力竭，再没有多余的力气做爱。她湿嗒嗒地躺在他身边，不再摸他，却又说了一句："第一次见你时我就知道你是个好人。"

他觉得无端地被她加冕上这样一顶金碧辉煌的帽子有点消受不起，却又有些得意，还有些悲凉。平日里他的职业无非也就是打打杀杀帮人追债，多少年里都没有人用"好人"两个字来形容过他了，以至于总让他觉得她说的并不是他，而是这黑暗中另有其人，还有第三个人横亘在他们中间做替身似的。这种纵横交错的复杂让他愈加疲惫，好像忽然误闯进了一处时光深处的迷宫，一时间，他兜兜转转找不到出口。然而，她并没有罢休的意思，他听见她哽着嗓子又说了一句更具有杀伤力的话："今晚你就不想要我吗？"

不和她睡就是看不起她。正如她所自豪的，她可是向来给人白睡的，她认为这是一种美德，起码是她与妓女的最显著区别。她挣扎着一定要向他证明，她绝不是妓女。那他就必须白睡她。她的手又伸过来，在那里抓了几下，他再次被迫坚硬。他决定成全她，成全她那点可怜的骄傲。

可是他再一次崩溃，他进不去。她那里干燥异常，几乎没有一滴水，好像她脸上有多湿，下面就会有多干似的，他根本找不到进去的路。成人之美的欲望诱惑着他，做好人的责任感也胁迫着他，他便义不容辞，失败再尝试，尝试再失败，周而复始，却死活找不到一点裂缝。与他的崩溃交相辉映的是她那兀自鲜活晃动的乳房，她躺在那里，用略带自豪的口气重复着："我已经告诉过你了，你看是不是，我不是鸡，不是谁想睡我就能睡得了的。"她好像正在用一系列的实验来证明她伟大的科研成果和辉煌特性，结果证明她确实是真理。为此她不能不自豪，甚至已经有点近于炫耀了。

他再次气馁，准备败下阵去，然而她还不肯罢休。她忽然更紧地抱住了他，死死抱着他，唯恐他跑了。她又开始流泪，又开始遍地潮湿，她就着他的耳朵呻吟："说你爱我，告诉我你爱我，这样我才能变湿。快告诉我，你爱我。叫我宝贝宝宝乖乖傻孩子傻丫头，快叫我啊。"她好像在一边哀求，一边身体力行地向他传授如何进去的秘籍，而他真是在当场学艺了，而且是现学现卖。

他不肯说，她的泪水再次汹涌，几乎要把他淹死了，他终于哽着嗓子，如含着一块鱼骨头一样在黑暗中呻吟出一句："爱你，我爱你。"她继续鞭策他："再告诉我，多告诉我几遍，说你爱我，你是爱我的。"他机械地接受命令，像复读机一样重复她刚才的录音："爱你，爱你，爱你。"

她终于湿了。她再次捍卫了她的真理。

这次做爱中流泪的不是她，是他。

这只是一个开端。此后他们的做爱必得有一个冗长的接吻来开头，简直像一把开山劈石的利斧，无往不胜。中间还必须点缀着一些夹生的不辨真假的情话，爱、喜欢、爱吗、真的爱吗，他开始的时候并不吝惜这些词语，倒不是不值钱，而是把它们施舍给她的时候，他多少觉得心安，甚至觉得替她高兴，好像替她丰收了一样。似乎这话一说出来便是真的了，真的有人在爱她，真的有人是因为爱她而和她做爱。

到后来，次数多了，他渐渐有些烦了。因为她每次来找他的时候都不打一个招呼就跑过来了，搞得像突袭，不像要给他惊喜，倒像是要存心捉奸一样。他是她的。她给他这种暗示。因为他愿意吻她，因为他说过爱她。

有一天晚上，她忽然跑来敲门。一进门就迫不及待地告诉他，她又辞职了。她不再做陪酒女了。他知道，她的意思是想告诉他，她为了他辞职了，她为了更贞洁更伟岸地对待他，再次辞职了。她满脸放光，有如莲花盛开，一副已经重新做人的欣喜。他忽然就感到很厌烦，她在以这种方式向他施加压力，仿佛在告诉他，她是为他辞职的，她再一次没有了饭碗，为了他。所以，他是要向她负责的。负责，妈的。他在心里骂了一句。不错，她是给了他一些成就感，让他在自己十恶不赦的壳子下挖掘出了另一尊自己，文物似的自己，那个自己貌似好人。这让他遥想起很多往事，在那些如烟的往事里，他确实曾是个好人。其实他从小喜欢哭，心肠并不硬，看个电影也能看哭，见个乞丐就要给钱。他忽然悟到，其实一直到现在他还是保留着这样的习惯。他正在施舍她，所以她对他感激涕零。根子里的东西真是顽固，烧不尽砍不光。

他淡淡地说了一句："辞职了去做什么？"她偷偷看着他的脸色，低声说："还没想好，慢慢找个工作吧，正常一点的工作。"她又是一副随时要立地成佛的架势，仿佛此前她真的是身在地狱，污浊不堪。她急吼吼地要转世投胎，重新做人。于是，她投奔到他这里来了。因为，她大约觉得他爱她，或者爱过她，再或者，愿意爱她。有了这点东西垫底，那她来找他就是正大光明的了。

可是他并不想无限期地收留她。因为他还不想结婚，他觉得自己不适合。就算他哪天真想结婚了，也不打算找她结婚，她只适合怜悯不适合结婚，甚至，她都不适合做爱。这个变了形的贞洁烈妇。

但他不能告诉她她的无用。因为他深信本质上他真的还是个好人，就算他偶尔会因为业务把欠债的人打断一条腿。

她自己跑来的次数越多他越是厌烦，就是她躺在他身边，他也不打算去碰她，更不用说接吻。她一次又一次地怯怯地像挨打的小狗一样问他："你是不是不爱我了？你是不是开始烦我了？啊？你还爱我吗？"

他忍住不去看她的目光，她的目光里有蛊，看了他便心软。他终于硬着心肠说："是的。"她不愿相信，继续像无辜的迷路的小孩子一样看他，一遍一遍地问他："你真的不爱我了吗？"他开始咆哮："是的，是的，是的。要我说一万遍吗？是的。我不爱了。"他不能告诉她，他从来就没有爱过她，他只是收留过她怜惜过她。那怜惜是真的，那收留也是真的。

她泪如雨下，一声不吭地转身离去，步履踉跄。他喝住自己不要追过去，追过去就永远摆脱不了这个包袱了。过了几天她却发来短信，说有人帮她在大同找了份工作，在矿务局的办公室里打打杂，很轻松，工资也还不错。她要一个人去大同了。他回短信，多保重。她没有再回一个字。

他以为她从此就要消失了，甚至有点懊悔，当初应该对她再好一点。她走了，倒是把目光给他留下了。那挨了打的狗一样的目光，真是具有原子核的威力，久久辐射着他。

四

然而他发现，他已经被她下蛊了。

天快黑了，他一个人走在街上，一片灯火忽然钻进了他的眼睛，天上的盛世一般。女人们穿着裙子三三两两从他身边走过，没有一个女人和他有关系，就算他现在和她们做爱了，也还是没有关系。事实上，这世界上的每一个人都和他没有关系。他如一个气泡悬浮于他们之中，没有人能看到他。他在路边抽起一支烟，忽然就想起了那个远在大同的女人，她是不是也像他一样正被夹裹在人群中，正在寻找下一个猎物。再下一个男人再下下一个男人的时候，她是不是还是先把腹腔里录制好的磁带放一遍，不厌其烦地放给每一个男人听。世上的每一个男人都可能会拯救她，都可能是她闪闪发光的救世主。你想和我睡觉吗？我不是鸡，不要以为我是一只鸡。你能抱抱我吗？对不起，我做不了爱，你能吻吻我吗？你爱我我就会变湿。你不想要我了吗？啊？不想了吗？

抽完一支他又点起一支，在路边坐下，闭上眼睛开始回忆她留给他的那些目光。他突然发现，那些目光他其实一直就随身佩戴着，像一件诡异的配饰，触着他的皮肤，硌得他生疼，却也让他欢愉。他朝夜空中慢慢吐着烟圈，把那些储藏着的女人的目光倾巢放出，由着它们像风中落花一样落在他脸上、身上。忽然，他哆嗦了一下，它们仍然带着武器的威力，每次碰到它们他都像在受刑。可是，再往这种刑罚的深处走，顺着这种疼痛的脉络再往里走，便是柳暗花明了，这时候他会忽然感觉到一种欢愉，一种隐秘的不成形的欢愉，若隐若现，但他知道那一定是一种欢愉。它因为和疼痛掺杂在一起不可分离而显得加倍妖娆加倍明亮，如雌雄同体。是的，他必须承认，他其实一直享受着她的目光。她越是像狗，他便越是享受，如服了辛辣无比的芥末，虽然涕泪交流，后面却是加倍的舒泰。

在她的目光中他仿佛成了一尊天神，隐去了真身，他住在天上遥远的国度里，他凌空而下，只要一个吻就能把她活活带走。虽然她也知道再接下来，无非还是要跌到地面，更加心力交瘁，却还是愿意被那一个幻影带走。这么多年里他活得像一粒沙子，却不料有一天他在她这里做了回国王。

烟头烫到他的手了，他一惊。忽然为刚才的得意感到羞耻，这种羞耻再次让他觉得债台高筑，觉得是他欠了她。他掏出手机终于给她发了条短信，在那边还好吗？她的短信以迅雷不及掩耳的速度回了过来，以至于让他疑心她像个猎人一样静静埋伏在手机那头，随时准备着捕获他的任何一点信息。她说，我每天都在等你的短信，晚上睡觉都不敢关机。她把自己说得像个地道的应召女郎。他再一次不能不得意，这种见不得人的得意像蛇一样阴凉地从他身上心上爬过。与此同时，他又觉得欠的债更多了些，他便给她回短信，我也想你。短信发出去他感觉轻松了些，似乎这短信携着他的债务一起发射过去了。

让他没想到的是，第二天晚上他刚走到自己家门口就发现那里蜷缩着一个人在等他，是纪米萍。她都没和他打个招呼就自己从大同跑过来了，反正她知道他住哪，即使他不在她也大不了守株待兔就是。震惊之余他有些后悔昨天是他先撩逗了她，给了她可乘之机。她大约也觉得不请自来有些心虚，瑟瑟地从那个角落里站起来，蜗牛一样背着一只黑色的大包。她垂着眼睛，不敢看他，像个知道自己犯了错误的小学生。

“你怎么跑过来了？不用上班？”他唯恐她张口又告诉他，她再次辞职了。

“这几天不忙，我就是来看看你，看看你我就走。”她重重强调了她随后就会走，以便让他宽心。大约她心里也为自己感到羞愧，好像突然跑过来是来做贼的，见不得人。

“怎么过来的？”

“坐火车，七个小时，慢车。”

“有座位就行。”

“站过来的。”她嘴角往下撇，带着点邀功请赏的悲壮。

……

他不知道下句该说什么，便开了门，让她进去。屋子里好多天没有收拾过了，她不请自来，他没有时间提前收拾，不过就算他提前知道了他也不会为了她收拾打扫。他努力按捺住那三个慢慢爬过的字，不值得。尽管还有更多感情压在这三个字的上面，但它们照样活了下来，可见生命力之顽强。她一进屋便一惊一乍地叫了起来：“这么乱啊！”“你这衣服都多少天没洗了？”“你看看这桌子上的土有多厚！”

她的声音听起来丰富得近于富丽堂皇，歌剧一般，正好掩饰她在门外的萧索。他微微一笑，由着她。她卷起袖子开始扫地、拖地、擦桌子椅子、洗衣服、擦洗厨房。他听见她在厨房里一边刷盘子一边唱歌，好像她此时真的是个快乐的主妇，无比享受这样的忙碌和琐碎。她端着一杯茶出来，递给他的时候眼睛闪闪发光。她又在习惯性地谄媚。她在感激他所赐给她的主妇的忙碌。

她真是勤劳能干。房间迅速被打扫得窗明几净，衣服已经挂在阳台上滴着水，像一只荒唐的时钟在尖锐地滴答着。已经没有什么活可干了，她还站在那里摩拳擦掌跃跃欲试，她大约知道他心里在感激她，只想把这感激的药力发酵得久些再久些，储存起来才好。他看着明晃晃的屋子再次感到了一丝恐惧，忽然觉得自己此时正站在一座教堂里，而眼前这不顾一切忙碌的女人也多么像一个虔诚的修女，一心来拜谒上帝。可他知道她真正在拜谒的并不是他，他只是一个替身。其实对她来说，哪个男人都可能是这个上帝的替身。

他不由得再次鄙视她。他听见自己说："以后不要这样不打招呼就跑过来，你好歹提前说一声。"

她低着头，完全是做错事的愧疚："你不在我也可以等你的。"

"你赶紧回去上班吧，小心又丢工作了。"

"你放心，我不会待久的，我待两天就走。我就是想过来看看你，我不放心你。"她说着又偷偷瞟了一眼他手上的伤疤。

他心想，不放心？把他当瞎子聋子残疾人？

她住了两晚上，他们做了两次爱。仍然是那套铁打的程序，她说抱抱我，吻吻我，然后一遍一遍地问他，你爱我吗？爱吗？爱吗？在得到回答之后便开始滔滔不绝地流泪流泪，然后他终于允许被进去了。此时他已经精疲力竭最多三分钟完事。简直有损于他的尊严。他诧异于怎么之前会有男人想和她做爱，如她所说的每个男人见了她都想和她睡觉，如今想来也大约是她的一种幻想。但她看起来并不在乎做爱做了多久，她真正满足的是他的这种疲惫和诧异。她好像在不厌其烦地向他卖弄，怎么样，我没骗你吧，我说的是真的吧，我其实就是个烈妇，别人是装烈妇我是装鸡。懂了吗？

第三天一大早她背着那只大包走了，没有再赖下去。他以为此事可以告一段落了，没想到，一个月后的一个黄昏，他再次在自己的门口看见了缩成一团的她。

“你怎么又来了？”他真正想说的是，你他妈的怎么又一声不吭地跑过来了？

“我想你了，就想见你一面，见见你我就走。”

“你为什么就那么想见我？”

“因为你喜欢我爱我。”

“我已经不喜欢你了，不了不了，你能听懂吗？”

“……我能感觉到你还是爱我的。”

“真的不爱了，真的。我们结束吧好不好，你以后再不要来找我好不好？”

就在楼道里，她趴着门框开始号啕大哭，一边哭一边求饶：“求求你再给我一次机会好吗？我以后来的时候一定告诉你还不行吗？……呜呜，我是真舍不得你啊，只有你对我好过。就算你不爱我了那也没有关系，我只要能来看看你帮你做点事情也就行了。你看看你身上的伤疤，你连洗衣服都不会，也没有什么亲人，呜呜……有时候我觉得你就像一个小孩子，你一个人怎么过啊？我就是希望你过得好一点，看到你过得好了我就放心了。”

他想说，我一个人活了这么多年也没见死掉。可是他说不出口了，他抱住这一把鼻涕一把泪的女人，叹了口气，把她抱到了屋里。她紧紧地依偎在他怀里，生怕他把她扔下，再扔进黑暗的楼道里。

坐在桌子旁，两个人各抱一瓶红酒，红酒已经下去一半了。灯光昏暗，把两个人照得像两只古董，好像摆在这里已经有一千年了。她把腿搭在桌子上，两手抱瓶，又灌了一大口。他发现她喝酒非常功利，直奔一个目标而去，就是喝醉。至于喝什么酒并不重要。一旦喝多她就达到目的了，然后像被催眠了一样开始哭泣开始一股脑地往出倾倒，恨不得把心肝肺全给人倒出来。大约她还是体会到了这其中的乐趣，正因为深谙其味，便越发贪得无厌。

他说：“哎哎哎，喝慢点，事先和你说好，喝多了不要再哭行不行？你不知道一喝酒就哭有多傻逼。”

“我本来就是个傻逼。”

“你确实是个傻逼，不过我也是。你今年才多大，二十三，二十四？我又不会和你结婚，你这样缠着我有意思吗？”

“你真的烦我了吗？”

“我们已经完了，真的完了。你能以后不来找我吗？”

“不能，因为我爱你。”

“你怎么知道你爱我，你可别告诉我你就我这一个男人。”

“和其他男人都不算，我和他们都没接过吻。”

“又来了，真的，我没法和你在一起了。”

她凛然一笑：“爱你就一定要和你结婚吗？”说完又灌了一口酒，喝得猛了，又吐出来半口，挂在嘴角鲜血似的。大半瓶酒下去了，她两只眼睛已经开始发直，木木地看着前面一团空气，好像真正和她说话的人正在那里面。

他用手指敲了敲她的脑门，说：“有时候我觉得你这里有问题。还喝，快不要喝了。你喝多了就吐，也不觉得难受？”

“难受，当然难受，最难受的时候三天不能喝一口水，喝什么吐什么。可是，越是难受才越是觉得快乐。”

“……你脑子是不是真的进水了？”

“放屁，你才进水了。你不要以为我就不是人，你一次次地骂我羞辱我我不是听不懂，可我还是会摇尾乞怜，还是会一次次跑来找你，因为这感觉让我心里太疼了，所以我反而对它有了依赖。就像我愿意依赖着你，不管你爱我还是不爱我了，我心里都愿意依赖着你的那个影子。依赖着一个人，我心里就不那么害怕了。”

他明白了，他对她来说根本不具有肉身。

她在对着那团空气说话，一边说她一边异样地笑着，她的目光还在往上升往上升，仿佛她整个人都要随着那缕目光飞起来了。她脸上有一种巫师的神秘，仿佛她是一炷被点着的香，正化成一缕青烟去祭祀那庙宇中的神像。

“可我们不会有结果的。”

“我不稀罕。我从来没说过要和你结婚，只要你还让我爱你就够了。”

她的舌头已经木了，转不动了，眼泪又开始唰唰地往下流。他不得不扔掉瓶子抱住了她，她流着泪说：“你再叫我一声傻孩子好不好，我喜欢听。”他叹着气，低低地唤她，傻孩子，傻孩子。

他知道事情不会结束的，他知道她会一直这样下去的。果然，每隔一段时间，他就会在自己门口看到不请自来的她，大大的黑色挎包，一身的火车味。简直像一棵长在他门口的怪树，砍掉就会自己再长出来。

他越来越恐惧于看到她的到来，她彻底被她的自我意识催眠了。更重要的是，她根本不愿醒过来。大约是因为一旦醒来，她又不得不奔赴于找下一个男人的途中，她早已经怕了，所以情愿不醒，一直不醒便也是一种自在。用她的话说，怎么活都不过是这几十年，耗尽了就好。可是，他无法压制这日益茂密的厌恶，他感觉自己简直是活在她的监控之下，他的每一天都得对她打开，他屋子里的每一个角落每一个抽屉都被她收拾过清理过。他的一切像被解剖的尸体一样，每个角落都被她一览无余。

她又打来电话，他不接。他下定决心不再接她的电话，他要强制结束。见他不接，她便一个接一个地往过打，连点空隙都不留。他怀疑她在那边根本就不是在上班，倒好像是在专职给他打电话。他被铃声搞烦了，使劲摁掉，这一摁向她证明了他是在电话跟前的，于是铃声越发反弹。无论他走到哪，那手机都一路唱着唱着，好像他随身携带着录音机正在放音乐一样，引得人们纷纷侧目。他调了静音，随它自己唱去。过了一小时，他战战兢兢地往手机上一看，六十个未接电话，平均一分钟一个。还有几条短信，一模一样的短信，好像刚从模型里磕出来，还冒着新鲜的热气："为什么不接我电话？为什么？为什么？"

正在这时候第六十一个电话又打过来了，他犹豫了一下，终于还是接了。

“喂。”

“你为什么不接我电话，为什么为什么为什么，为什么一个电话都不肯接？”

接着是电话那边汹涌的哭声灌进了他的耳朵，他不得不把电话拿得远一些：“你要说什么？”

“呜呜……呜……”

“你到底要说什么？”

“……”

电话那头只有断断续续的哭声和久久的沉默。他说：“不说就挂了。”说完就挂了，滴滴几声，电话里再度荒芜凄凉。

忽然又一个电话跳起来追杀过来了，他绝望地再度举起手机：“喂？你、到底、要、说、什么？

“……”

“神经病。”

“……”

“你这个疯子。”

“……”

“你到底要怎么样，啊？”他的声音快哭了。

"……我想让你接我电话回我短信，哪怕就说一个字，就是一个字也好。"

"够了。"

"啪"的一声，他再次摁掉电话，然后抱着路边的一根电线杆大口喘气，活像个发作起来的哮喘病人。他想，要不搬家吧。可是一想到如果他搬走了，那一根筋的女人三天三夜石狮子一样守在那里等他怎么办？他相信她一定能做到的，她一定能几天几夜不吃不喝地往下等。他不能搬走，他得为她留一条活路。他果真是个好人。他惊愕地看着玻璃里的自己，不能不再次得意。

五

现在，这女人又横亘在他房间里了。赶不走，打不死。

天光已大亮，两个人都没有睡好，一脸疲倦，倒像是赶了一晚的夜路。他决定在出门之前把酝酿了一晚上的语言组织起来，锤进她耳朵里：

"你在这里待两天，这两天我们好好在一起待着，我会好好对你。但你要答应我这一定是最后一次了，这次你走了之后我们就再不要见面了好吗？"

"……"

“我真的受够你这样一次次不打招呼就跑过来了，你感觉不到你这样做是完全不尊重我，来不来都不需要经过我的同意，你觉得你来与不来只是你一个人的事情，你大约觉得与我无关。可是我受不了了。真的，求求你，饶了我吧，算我求你了。”

她不看他，只是专心致志地盯着前面一堵墙。她好像不认识这是一堵墙，呆呆地盯着看了不下二十回。忽然她独自笑了，然后她像服毒一样哽了哽嗓子，吐出了一个字：“好。”

他赶紧出门，说有事要办，便急忙走了。天黑下来的时候，他还是出现在了自己家门口。他先是蹲在楼道里抽了半支烟，烟抽到一半，他掐灭了，站起来先是趴在门上听了听动静，然后才缓缓掏出了钥匙。他知道她一定会在屋子里变魔法给他看，她每次都这样，一定会把他的房间天翻地覆地收拾一次，把每个角落都擦洗干净，把所有的床单被罩只要能洗的她会全部洗一遍。她只要进了他的屋子就必须得不停地找活干才会感到舒泰，好像空气里悬着一只巨大的鞭子正不停地抽打她，把她抽打得如同一只陀螺。

他慢慢推开门，做了个深呼吸，好像即将从跳板上一跃钻进水里。一屋子的灯光轰隆隆向他碾压过来，他下意识地挡了一下眼睛，好像不适应如此辉煌的明亮。然后他慢慢移开了手，一切都不出他所料，地板亮得吓人，他站在门口就像站在一汪水边，可以清楚地看到家具落在里面粼粼的倒影，天花板上的吊灯落在里面就像是一轮水中的月亮，似乎一伸手就可以捞出来。桌子上的玻璃器皿闪闪发光，像树上刚摘下来的水果，新鲜茁壮得让人流泪。可以瞥见阳台上招摇的衣服，阴凉的水草一般渐渐弥漫在这房间里。没有一样是逃出他的假设的，没有一样。

可是他隐隐觉得不对，无端觉得这屋里还有更恐怖的东西等着他。他慢慢往这屋子腹地走，慢慢走到了那一抔灯光下，忽然一抬头他看到靠墙站着一排柜子。一排簇新陌生的柜子忽然像蘑菇一样在他屋子里长出来了。他惊愕地看着它们，看了半天他忽然明白了，是她干的。原先那只临时的柜子门早坏了，他也懒得修理，没想到她帮他换了整个柜子。可能因为匆忙，那些刚拧进去的螺丝像骨头一样露着一截，他能想见她是怎样匆忙地买回这些木板和螺丝，然后跪在地上像搭积木一样，一颗螺丝一颗螺丝地把它们搭起来装起来，就为了在他回来的时候能给他一个惊喜，这是临别时她送给他的礼物。

他僵着背久久站在那里，一动也动不了。这个女人，这个女人，她为什么要这么虐待他，她究竟要虐待他到什么时候啊？他的眼泪已经涌出来了，他又硬生生地把它们憋回去了。身后是她很轻很柔软的声音："吃饭吧。"这一天时间里，她不仅打扫了房间洗了衣服，还装了柜子居然还做好了晚饭。她为什么要让自己贤良到无耻的地步，她就是愿意看着他在她面前债台高筑吧，就是想让他这辈子再还不清她吧。他忽地转身，愤怒地绝望地逼视着她。她不敢看他，好像刚又做过什么错事，只是低下头去，躲在自己的目光里不肯出来，仿佛那是一丛遮天蔽日的芦苇荡。他吼道："为什么要这么做？"

她悄悄抬起眼睛偷看了他一眼，又低下去了，她狡辩一般地说："我看你的柜子坏了，灰尘进去了衣服就脏了，他们送过来的，不是我自己搬过来的。"

"谁让你换的？"

"……我这是最后一次来看你了，我，能为你做点什么就做点什么。我怕我走了你的衣服会脏，你自己又不会换。我只是能做点什么就做点什么……"

他的眼睛因为憋着泪水，火辣辣地痛着。他几乎跳了起来，一拳捶在了柜子上："你这次走了以后再不要来了，再不要为我做什么了，我求你了。"

"好。"她流着泪。

他必须把她赶走。他下了狠心，忽然抬起头说："我还没有告诉你，我已经有别的女人了，我真的爱上别人了，你不要再出现在这里了，她很快就会搬过来和我一起住。真的，要不要我给你看看照片？”

她静静地流泪静静地看着他：“你会和她结婚吗？”

“是的。”

“你和她在一起很快乐？”

“是的。”

“你们认识多久了？”

“一个月前开始的，我还没有来得及告诉你。”

“……我不信。”

“我现在就可以打电话把她叫来。”

他开始往出掏手机。她呆呆地站着，张着嘴，翕动了几下，忽然就向着房间里的那张桌子冲过去。她抓起桌子上的杯子、盘子、花瓶，抓起什么算什么，统统向他砸去，他不动。她又冲到电脑前面，把显示屏推到地上，抓起键盘和鼠标向他砸去。他还是不动。她佝偻着背站在地上大口喘气，慢慢蹲在了地上。两个人就这样一个站着一个蹲着僵持了十几分钟，她忽然好像从一个很深的梦里醒过来了，慢慢用膝盖爬到了他脚下，忽然就抱住他的腿号啕大哭起来。她一边哭一边使劲揉着他的手，她俯下身抓起他的一只脚，用嘴亲吻着他的脚，她嘴里不停地说："对不起对不起，我是不是把你砸疼了，你这里还疼吗？我给你去拿药好不好？对不起对不起，对不起……"

他说不出一个字。

她抱着他的腿仰起一张湿漉漉的脸来，她一边流泪一边笑了，她说："爱一个人就是怕他受苦吧。我只是想照顾你，只是怕你过得不好，现在有人替我照顾你了，我应该高兴才是。我一直都想着，等你要和别人结婚的时候我就会消失的，到时候你就不需要我为你洗衣服为你打扫房间了。我真的替你高兴，你相信吗？我知道我不是什么好东西，我十八岁就和男人上床就堕胎，我知道我是贱货我不过就是个傻逼。可是在你这里我做了一回好女人，我要谢谢你。其实我要的真的不是结婚，只是想做回好女人。谢谢你。谢谢。"

他仰起脸，泪如雨下。

第二天早晨他又早早出门，直到晚上才回到家中。他慢慢推开那扇门，却不敢往前迈一步。里面是黑的，一种巨大的彻底的黑暗。他走进了那黑暗里，只觉得自己像一只被封在黑暗里的虫子，无法辨认方向，也不知道该去哪里。过了很久很久，他终于摸到了一面墙，打开了那墙上的开关。骤然亮起的灯光空旷荒凉，屋子显得格外大，简直比平日里大出了十倍。他觉得自己正一个人踽踽独行在一片荒野上。她不在了，连同她那只黑色的挎包也不在了。不仅如此，她平时放在这里的所有小东西连同那盆她买的仙人掌都全部消失了，消失得一干二净，好像它们从来都没有出现过。

他久久地站在那张电脑桌前，桌子上的电脑是簇新的，键盘和鼠标也都是簇新的。她在走之前为他换的。他的手指从那冰凉的键盘上划过，忽然想起了她的那个动作，几个指头不停地敲打，就像在敲打着一架虚拟的钢琴。

他想，她也许还会再来的。她是一个病人，她患有依赖症，也许她还会再来找他的。他甚至暗暗期待着哪天忽然又在昏暗的楼道里看到了蜷缩成一团的她。可是，没有。一个月过去了。两个月过去了。四个月过去了。她没有再来，他再没有见过她。

他晚上开始了严重的失眠，只要睡着了十个梦里有九个都是她，她鲜血淋漓满脸是泪地站在他面前。他惊奇地发现，当她彻底从他生活中消失了之后，他却真正开始思念她了。他躺在黑暗中，想着关于她的一切，她的所有往昔如黑白照片一样在这黑暗的房间里冲洗出来，一张一张地挂在了他面前。一张一张飞快地过去了，它们连在了一起，于是变成了一部她的电影。他是黑暗中那唯一的观众。他一边看一边流泪。

他一次又一次地拿起电话想和她联系，却忽然又一阵恐惧，他恐惧于她如果再一次不请自来，他又该怎么办。他还是会把她赶走，除非，他再没有了把她赶走的能力。

半年过去了，她杳无音信，再没有出现在他的门口。一次他正走在街上，忽然看到前面走着一男一女，男人年龄很大了，大腹便便，女人二十多岁的样子，背影极像她。他呼吸紧促，果然，果然不出他所料，她离开他之后只能再去寻找下一个男人，再下一个男人，乞求那些男人，乞求他们让她好好爱他们，让她做一个好女人。他不顾一切地冲上去却发现是个陌生女人，不是她。胖男人带着年轻女人走远了，他却再没有了走一步路的力气，他坐在马路边上大汗淋漓。他醒来，身上果然汗津津的，一时不能辨清刚才是一场梦还是一件真事。

八个月过去了。这个晚上，他刚走进一条寂静的巷子里，就听到背后有脚步声跟了上来。他刚要回头，一只钢杵已经砸到了他头上。他明白是怎么回事了，报应来了。平日里为人追债，他就是这样打别人的。拿着钢杵或铁棍朝着别人的头上腿上砸下去。现在，别人来复仇了。这一天是他早就想到的，心里竟没有太多的惊异。只觉得头部剧痛，两眼模糊，大约是血。连两个人的脸都无法看清。两个人开始拿钢杵砸他的腿，就像他曾经做过的那样，不止一次把别人的腿砸断。

开始是剧痛，他撕心裂肺地叫着，可是那两个人并不罢休，他们一声不吭地打他这条腿，看样子一定要把它砸断为止。疼痛一阵一阵地袭击着他，他感觉到浑身在冒冷汗，心脏开始抽搐，然而他们还在继续。他听到了骨头断裂的声音，这钢牙铁齿般的疼痛啃噬着他，一阵比一阵剧烈。忽然，就在这四面八方的疼痛里，他再次感到了那种奇异的却是熟悉的快乐，他不知道在哪里见过它，只是肯定见过。这缕快乐在一片狰狞的坚硬的疼痛中如一曲圣歌上升，安详宁静。他觉得自己的灵魂正跟着它上扬，甚至都能看到自己那个正在受苦受难的肉身了。肉身上的疼痛还在加剧，他感到了，那疼痛越是剧烈，那快乐便越是清晰，像一只母亲的手正从他的额头上、鼻子上拂过。痛到极致便是快乐。这点快乐忽然抵消了他此时的所有疼痛，也抵消了他淤积在心底的所有疼痛。他简直要上瘾了，他从没有这样痛快过，从没有这样地感到过快乐。他是该被惩罚的，他是个恶人，是他赶走了她。多一点，惩罚再多一点吧。他鲜血淋漓地哈哈大笑着，一边笑一边大叫："打啊你们再打啊，你们快打啊。”

一条腿终于被打折了。两个打手弃他而去。他就在一堆血泊里躺着，不能再动弹，意识也是断断续续的，他时而觉得自己醒了时而又沉沉昏睡过去。在睡过去的一瞬间，他看到眼前站着一个人，是纪米萍。他对她说：“你终于来了。”她说：“是的，我来看你了。”

不知过了多久，一辆上夜班的出租车在他身边停了下来，看了看他的情况，连忙打电话叫了救护车。他清楚地记得，当有人要把他抬上担架的时候，他用尽全身力气说的一句话是：“不要管我，是我愿意的。”

六

一条腿终究是没有保住，截肢之后他坐上了轮椅。

坐到轮椅上的第一天，他做的第一件事就是给她发了条短信，就像是急着向她报告什么喜事一样。他说：“我成了一个残疾人，需要一个人照顾我。我现在过得不好，你不能放心。”

他出了院回到自己家里，一天天地等着敲门声响起。一天两天过去了，十天过去了。他开始想，也许她已经换电话了，也许她根本没有收到这条短信。还也许，她已经死了，再无法看到他的短信了。

第十一天的晚上，他正一个人坐在轮椅上发呆，忽然听到那扇门上传来三声敲门声，不多不少的三声，羞涩的笃定的三声。

他差点忘记了自己的腿，一跃便从轮椅上跳了下来，才发现自己无法走到那扇门前。他匍匐着一点一点爬到了门口，探身把一只手放在了门把上。这时，外面又传来了三声敲门声，门外的人在告诉他，她等急了。如果再不开门，两秒钟之内她还会第三次敲门，也是一模一样的三声敲门声。一共九声。

他的手哆嗦着开始往下旋转。他的脸紧紧贴在那扇门上，他发现不知什么时候自己早已是一脸的泪水。

大酒店

手指

“我没有想到的是，很快，谜底就揭开了。”

大概是在我老婆怀孕三个月开始，每天傍晚我都会沿着北大街散步。散步的原因，并不是为了锻炼，就是每天吃过晚饭，和老婆躺在床上看电视的时候，我就会有一种难以遏制的冲动，觉得十分压抑，有出去遛一遛的需要。有一天，天气寒冷，我出了门就低着头一个劲地猛走，突然间四周鞭炮齐鸣，把我吓得够呛，抬头便看见漫天的烟花，这一通意外的轰鸣，让我失去了把散步坚持下去的动力，我在那里站了一会儿，抽了支烟，然后就返回了家中，从此以后再也没有散过步。

烟花是一个酒店放的，又没有开业，为什么要放烟花呢？又为什么要搞在晚上，这一切都不得而知。这个酒店开建之时，就已经引起了附近居民的足够注意，因为这个酒店是个世界级的连锁酒店，它如果建成，必将带动附近的房价，以及各种配套。楼下的老年人们，不止一次议论到这个酒店可能带来的效果。每一个人都有一些内幕消息。我楼下的邻居也跟我就这个问题交流过看法，那时候我刚搬来，因为卫生间漏水，早早就和楼下认识了。

为什么会漏水呢？楼下的中年人，牵着他家的狗，出现在我们的卫生间。他低着头，仔细地寻找可能的缝隙，他带的狗呢，鼻子也发出“咻咻咻”的声音。

最终，也没找到原因。我只好给中年人赔不是，对他表示，以后我一定注意。中年邻居就带着狗下楼去了。

从始至终，中年人脸上都没有什么不耐烦的表情，相反，他好像还有一点不好意思的感觉。因为这个，我对中年人印象很是不错。

但是，我老婆对楼下一家的印象就很糟。因为，每当有人经过之时，他家的狗就会用百米冲刺的速度，撞到自己家的防盗门上，然后发出撕心裂肺的叫声。每一次都会如此，每一次都能把路过的人，包括我和我老婆，给吓一大跳。后来，每次一到四楼，我们就会精神极度紧张起来。问题是，在我们极度提防之后，那狗竟然有几次一声不吭。总之，这是一件很让人难受的事情。

漏水的事情并没有就此完结，过了几天，又漏了一次。这次出面的，是楼下的妻子。妻子的态度比丈夫的要理直气壮那么一点，她在观察了我家的卫生间之后，再三要求，我们去看看她家的房顶，用她的话来说，水甚至滴在了她熬的稀饭里面。

我和我老婆就去了，他家房子的面积和我家是一样的，但是一进去，就感觉到极为狭窄。回来之后，我和老婆详细研究了一下，发现原因在于，他家的东西太多了，然后他还改造了许多。比如他家的厨房卫生间和我家恰好相反。最重要的一点，他家并不是一只狗，这实在出乎我们的预料，他家的狗足足有三只之多。一套建筑面积六十平的房子，竟然三只狗和三口人住在里面，不拥挤是不可能的事情嘛。

我和我老婆都不是爱狗之人，平日里见了遛狗的中年邻居，都是赶紧躲远，也不敢详细打量那狗的模样。

以前只是奇怪，这中年人怎么一直都在遛狗呢？早上在遛，晚上在遛，总之，我们每次经过楼梯，差不多都能碰到他在遛狗。

“他可能是养狗赚外快的！”我老婆一边跟我往外搬卫生间的东西一边说，“但是也太不顾及别人的感受了吧？”

东西全搬完之后，我和我老婆趴在地上检查了起来。卫生间很小，并不需要多长时间，即使我们检查了不下五次，但是仍然没有发现有什么问题。这房子是老式的，原先是蹲坑，在改造成坐便时，原来的房主把卫生间垫高了许多，从外面进入卫生间，得上一个不小的台阶。那么，这么厚的地板，到底是哪儿出了问题？难道得把地刨了，重新做一遍防水？这个事情想一想都觉得麻烦，我和老婆最后决定，还是小心一点，不往地上弄水，就这么凑着过吧。

说不定酒店盖起来，咱们这块就要拆迁了，我老婆这么说，现在没必要大动干戈。

如果是和我老婆两个人，在楼道里一起碰到楼下遛狗的邻居，通常是不打招呼的。因为他专心地牵着自己的狗，狗奋力向前，他的动作显得有些吃力，眼睛只盯着脚下的台阶。但是，如果是我一个人，总觉得不打个招呼有些不好，所以，有时候我会问他："遛狗啊！"他抬头看我一眼，脸上挂满笑容说："是啊，遛狗。"

随之，他竟然拽住了狗，站在楼梯上，看着我，等着我说出下一句话。

我们先是聊了漏水的问题，他表示，最近一段时间，没有再出现过漏水。这让我松了口气。然后他就开始讲起了酒店："今天我去看了看，"他对我说，"看样子要完工了，说不定过段时间就会开业了，到时候咱们这块就好了。"

我记得很清楚，那天是我第一次开始散步，遛狗中年人最后跟我说："咱们互相留个联系方式吧，以后出了问题，也好直接联系。"我就把电话给了他，他也把他的给了我。当时他把名字告诉了我，但我没有记在手机上，而是写了个楼下，然后记上了他的号码。

跟邻居聊聊天也蛮好的，在大街上埋头赶路时我这么想。我小时候是在乡下长大的，邻居之间来往较多。现在住在楼房里，每一家都紧闭房门，来往自然就几乎没有了。直到现在，搬进来已经差不多三个月了，我们和对门的人还是一句话也没有聊过。

我那时候也没想到，自己会把散步坚持那么久。我散步的地方，是没有什么绿化的，也不经过公园，全是车，还有铁路什么的。还好的是，因为位置不是市区，并不会出现拥堵的状况，便道上也不会停满车辆，一路走起来都很顺畅。后来我发现，这附近大都是和我们那里一样的小区，从外面看上去，还好，但是一进院子，便会发现极为破烂，通常都有一堆堆垃圾，散落在每个单元出口不远。

刚开始在半路上，我是不会停下来的，就是一个劲地走，回到家恰好出一身汗。即使有一大群人聚集在那里，我也不会走上前去。让人们围观的，大部分时候都是车祸，反正我没有见过其他情况。

不过后来，我在半路上停下来的次数越来越多，主要原因在于，我发现了一家卖羊肉串的，他的肉串很小，很入味。每次经过那里，我都会停下来吃二十串。这个羊肉串的位置所在，恰好可以抬头看见那个酒店的高大身影。老头老太太们坐在羊肉串摊点旁边的台阶上，我经常发现，他们其中一个的目光，会直直地盯着那酒店。很偶尔地，有人会发一句感慨：“这酒店快了吧？”另外一个搭腔说：“应该快了。”

有一次，我刚刚吃完羊肉串，准备继续向前之时，突然间，传来一声巨响。循声望去，只见一辆电动车摔在路的正中间，而另外一辆电动车上的年轻小伙子低着头，用更快的速度往前冲去，连红绿灯都没能阻止他。那个摔在地上的电动车司机，是一个短头发的中年人，看见的那一瞬间，我就连忙移开了目光。这不是楼下的中年邻居吗？跟他一样，这个中年人也穿着蓝色的工装，颜色已经有些泛白，但是看上去永远不会破损。他躺在地上，半天没有吭气。并没有过多长时间，我见他捂着自己的脑袋站了起来，把电动车扶起，就好像没有发生什么似的，他很快也穿过了红绿灯，消失了。

速度快得连围观的人都没来得及形成气候。

回到家之后，我和我老婆谈到这件事情，她对我说：“不可能是楼下，肯定是你看错了。”“为什么？”我问她。她说：“楼下的中年人，每天都是骑着自行车上下班的，从未见过他骑电动车。”我老婆的语气很肯定，让我也产生了怀疑。当时的光线并不怎么好，我也没有细看，真可能搞错也不一定。这样一想，既然是一个陌生中年人摔倒在地，我没有上前帮忙，也并没有什么。心里顿时好受了一些。

但是第二天相见之时，中年人脑袋上的绷带明确无误地告诉我，我并没有搞错。

这一次，中年人仍然是拖着他的狗，在楼梯上跟我面对面相遇。他好像很兴奋的样子：“看见了吧，上玻璃了！”“上玻璃？”我一下子愣住了，“这是什么意思？”“那酒店，”中年人说，“今天我看见有人拉玻璃过去，看来已经开始内部装修了。”

他的语气感染了我，我对他说：“还真没发现，我过会儿就看看去。”

“我亲眼看见的，一辆拉着玻璃的卡车，开进了围墙里去。”他这么跟我说。

酒店挨近马路的部分，全部被蓝色的铁皮给围了起来。那铁皮有一天被风吹出一块，把一个过路人给撞得差点死去。后来就换成了砖墙，不知道为什么，也刷成了蓝色。

我对狗所知甚少，在我上班的路上，有一个狗市，但是以前我从来没注意过。中年人养的狗看上去灰不溜秋，让我意外的是，这狗在狗市的标价，竟然是八千多块，并且还没有中年人那只那么大。

一只八千多块的狗，这让我对中年人产生出浓厚的兴趣。

但是到现在为止，我和中年人的交往都极为有限。我揣摩了一番，觉得他应该是在一个工厂里上班，工厂的效益普通，他已经在这个工厂干了许多年了，不知道为什么，我就觉得他是那种在一个地方待下来，就不会再挪窝的人。至于他老婆，我觉得可能是一个小企业的会计，因为她长得和我原先上班的一个公司的会计十分的像。我能揣摩的也就这么多。

我没有想到的是，很快，谜底就揭开了。

刚住进这房子的时候，我们买了一张软床。当时我老婆的态度是反对的，她觉得软床不舒服。但是我坚持要买。我对她说："怎么会不舒服，如果不舒服的话，怎么会有那么多生产软床的厂家，又有那么多的电视广告。"说老实话，我十分想要一张软床，因为我之前从没睡过。我只是在电视上看到过。每当看到这样的床，我就觉得它代表的是我所没有的那种东西。

可惜的是，事实告诉我，软床确实不舒服，当然也许是我们买的太过便宜的缘故，我相信，如果是上万块的软床，应该还是很舒服的。

坚持睡了半年之后，换床的事情被提上了日程。“我们必须换一张木头床，必须！”有一天睡觉起来，我老婆几乎是咆哮着跟我说。她的态度告诉我，这一次我没得跑了。我本来打算是去家具城买的，但我老婆说，家具城的床都太贵了，两千多根本买不到好床。她已经打听了一番，在我们住的附近，有一个城中村，里面全是卖家具的，并且是现做现卖，质量非常好。

事实上，并没有如同我老婆说的那么近。我们开了将近半小时的车，爬了一个很大的坡，才到了那个城中村。果然，一进村我们便看见许多的加工家具的牌子。转了一圈之后，我们发现这里的家具样式大同小异，价钱确实十分便宜。我和我老婆挑来挑去，选了其中一个。两个中年女人，把床板掀起来之后，下面都是巨大的抽屉，这让我老婆相当满意。之前的床因为下面不能储物，被我老婆抱怨了好久。

既然挑定了样式，接下来自然就是讨价还价。对于这一点，我实在是不太在行，我老婆也好不到哪儿去。每次之所以走这个程序，都是一种固执的习惯，结果并不重要。两个中年女人照例一堆说辞：“我们的床已经很便宜了，不相信你去那些卖场看看，咱们的质量肯定不会比他们差的。甚至有许多卖场的床，都是我们给供应的。”总总总总之类，我老婆没话说了，她把脸扭向我，我正准备向她点头的时候，突然一个身影从门外走了进来。

我们都把目光落在了他的身上，各自的表情不尽相同。两个中年女人，脸上十分平静。我老婆和我自然十分惊讶，这个人竟然是我们楼下邻居。

“哎呀，”楼下的邻居显得有点激动，“你们这是干什么呢？买床？”

我老婆比他还激动：“陈师傅，你在这里上班？”我老婆竟然记得这个邻居的姓，这一点让我极为惊讶。接着她的话更加让我大吃一惊了：“陈师傅，既然你在这里上班，那可得给我们打个折，便宜一点啊。”怎么能提出这样的要求呢？我觉得实在是太过分了。

没想到，陈师傅马上就答应道：“这个当然了，挑上哪张了？”

让我意外的是，陈师傅根本没有和那两个中年女人说话，马上就给我们便宜了三百块，并且还给我们找了一辆送货的车，只收五十块的送货费。这一切都比我们预料的要便宜得多。

在回去的路上，我老婆对我说：“陈师傅这人挺不错的，咱们也得表示一下。怎么也得送盒烟表示表示。”

于是当天晚上，我第一次敲响了楼下邻居的门，开门的是陈师傅。他腰间系着围裙，手里拿着铲子，分明是正在做饭。我也不好进去，拿了一盒烟塞给他。他死活拒绝说：“我不抽烟的。”我说：“那你也得拿着。”

总之，现在我知道了，陈师傅姓陈，是一个木材厂的工人。其他的也没有更多的了解。

陈师傅也没有表现出跟我们更进一步的意思，碰见的时候，显得比原来更加疏远了一些似的。这个实在是太奇怪了一点。有一天，我老婆对我说：“是不是咱们表示得不够？”我问她：“你什么意思？”我老婆说：“陈师傅帮咱们省了几百块，咱们却只给了人家几十块的一盒烟，这样陈师傅才疏远咱们的吧？”

“肯定不会！”我对我老婆说。

“不知道为什么，”我老婆说，“现在见了陈师傅，我总有点亏欠的感觉，总觉得应该热情一些，但是他的表情又让我热情不起来。”

我们把新床换了之后，马上便发现了新床的好处，一是新床不会响。我老婆说，这是因为新床是榫卯结构的，不像那些用钉子固定起来的；二是新床睡起来很舒服，硬邦邦的，睡到天亮中间都不会醒一次；三呢，新床的储物空间实在太好了，被子啊，过季的衣服啊，放进去完全没有问题，家里显得整洁了很多。

冬天很快来临了，连着下了几场雪。下第一场雪的时候，我还在坚持自己的散步。院子里本来是土地，平时垃圾遍地，看上去很糟糕。但是一下雪，看上去就整洁了许多。

对面的大酒店，完全失去了动静。早上我在院子门口的大排档吃早餐时，听见两个老年人的议论，一个说："这酒店大概得拖好多年了。"另外一个说："你别瞎说，只是因为天气太冷，混凝土不能凝固，所以才停止施工的而已。"反正，大酒店灰突突地耸立在那里，没有了任何反应。

接下来，就到了鞭炮齐鸣的那个晚上。在刚开始，我就说过，当烟花在空中闪亮之时，我停止了散步，在原地看了一会儿。烟花固然漂亮，但看了没一会儿，我的目光就落到了附近人的身上。周围的人不多，有一对情侣，看上去年纪还很小，站在不远处，他们拿出相机，对着烟花拍个不停。我收回目光，就看见了我的楼下邻居。

我很少见到楼下一家三口一起出动，这是唯一一次。陈师傅弯着腰，用手在地上扒拉。他们的身后，是一家正在装修的咖啡馆，随着大酒店的建设，周围突然多出了些咖啡馆西餐馆之类，陈师傅所对的，应该便是这家咖啡馆装修的废料。他的旁边，站着老婆和女儿。他的女儿看上去十四五岁，但是身高已经高过了陈师傅。女儿穿着校服，脸上和她肥胖的母亲一样，露出厌烦的表情。

烟花正在我们头顶闪耀，但是陈师傅连头都没有抬一下。他掂量着那些废料里面的木头、钉子之类的东西，能放进口袋的，就放进了自己口袋，不能放进口袋的，就拿在手里。他手上戴着那种白色线手套，已经完全发黄。

女孩的母亲，嘴里正在劝阻陈师傅，但是陈师傅没有丝毫停止自己动作的意思。

“你有毛病啊你！”突然间，尖锐的叫声，如同炸弹一般响起。所有经过的人，都把目光落在了看上去有些歇斯底里的女儿身上。

她浑身颤抖，双手来回挥舞。

陈师傅并没有停下自己的动作，他仍然弯腰在那里扒拉那堆东西，仿佛身后的母女两人，跟自己毫无关系似的。

我连忙拐进附近的商店，假装买烟，一直到陈师傅一家离开之后，我才回的家。那对看烟花的情侣，竟然仍然待在远处，他们哈哈地笑着，不知道为什么事情那么高兴。

之后，一切并没有什么改变，楼下的三口仍然是早出晚归，他们从不会同时离开，也不会同时回来。唯一的共同点是，每天晚上，他们都会扛着自行车，从一楼爬到五楼。当夜幕降临之时，陈师傅就牵着他的狗，偶尔碰上，我们随便聊两句，然后陈师傅就被狗拽着离开了。

开了春之后，我就变得忙碌了起来，因为女儿降生了，是的，跟陈师傅一样，我们家也生了个女儿。

有一天下午，孩子刚刚入睡，突然传来了敲门声。敲门声并不大，但我已经是草木皆兵，只害怕把孩子给吵醒。连忙打开，陈师傅站在门外。我的第一个念头就是，卫生间一定又漏水了。

还好的是，陈师傅并没有带来坏消息。他站在门口，脸上挂着不自然的微笑，对我说："孩子睡了？"这样的话实在出乎我的意料，要知道此前，我抱着孩子上下楼梯数次，也曾碰到过他，从未见他说过什么。他不像别的邻居，即使原来没有说过话，也会跟我们打个招呼，看看孩子，然后夸赞一番。

"我还没看过你家孩子，"陈师傅说，"睡了就算了，改天我再来看。"

我客气道："要不要进来坐坐？"

陈师傅马上摇头："不用了不用了，不要把孩子吵醒。我可是知道，小孩子被吵醒了很麻烦的。"

他回过头，蹑手蹑脚地朝楼下走去。

孩子两个月的时候，我恢复了每天散步的习惯，但是不再是沿着固定的线路，而是出了门随便走。时间仍然是每天下午六点左右，白天逐渐变长，我走到街上的时候，四周还是亮着的，不过当我往家返回时，就黑了下来。

春天的一天，我走到了大酒店的楼下，天气早已不再寒冷，稍微走一走，就会出一身的汗。这样的温度，混凝土应该能够凝固住了吧，我这么想，但是大酒店仍然没有丝毫动静。我突然想到，这个大酒店会不会烂尾？窗户上仍然没有玻璃，黑乎乎的窟窿，被风吹过时发出很大的声响。

四周的人并不多，因为大酒店到处堆放材料，这条路变得狭窄，再加上上次行人被铁皮撞上的事情，现在人们宁愿绕道而行。

在我回到家上楼，经过陈师傅门前时，突然间，陈师傅的门开了。“听着就是你。”陈师傅对我说。我并没有停下脚步，光线从陈师傅身后射来，看不清他脸上的神情。“嗯，”我对陈师傅说，“散散步。”“你上楼梯的脚步很快，”让我意外的是，陈师傅并没有结束谈话的意思，相反，他走了出来，把防盗门反锁上了，很快就靠近了我，然后递过来一支烟：“自从女儿降生之后，我就从来没在家里抽过烟了。现在我也是这么打算的，在楼道里把烟抽完，然后再敲响家门。”

陈师傅把我和他的烟点上。我问他：“是不是有什么事，怎么你也抽开烟了？”在陈师傅点烟之时，我发现他的手抖动得厉害。“我得去看看你家孩子。”我俩一边说一边往上走，现在正处于我家的防盗门外。

陈师傅已经把手里的烟掐了。我猛吸几口，把剩下的半截扔到了地上。

当我们进入我的家中，我才发现陈师傅今天并没有穿他的工装，换了一身西服，脚上的皮鞋显得十分明亮。我老婆看见陈师傅的时候，不由得愣住。陈师傅说：“我来看看孩子。”孩子正躺在床上，神奇的是，她没有声嘶力竭地大哭，陈师傅加快脚步，弯下腰，他一动不动地盯着孩子，就好像在研究什么东西似的，过了足足有一分钟，陈师傅终于站了起来，我发现他的额头上竟然出了一层细细的汗珠。

“生个女儿挺好的，”陈师傅说，“现在这个社会，养女儿挺好的。床怎么样？睡得舒服吗？”

我说：“挺好挺好，比原来的好多了。”就在这时候，我老婆端着一杯水进来了，她对陈师傅说：“坐下嘛陈师傅，不要站着嘛。”

陈师傅坐在了床边的沙发上，他端着那杯水，喝了一口，然后放在了茶几上。他的目光直勾勾地落在我的身上。

“是这样的，”陈师傅终于开口了，“家具厂那里，我已经辞职了。在那儿那么多年，每个月的工资都很少，我老婆怂恿了我好多次了，本来准备开个熟肉店的，好多年前我就有过这个想法，但是因为大酒店嘛，怕是刚刚租上房子装修完，就要拆迁，到时候就亏大了。现在我在家待着。”

陈师傅一口气说了这么多，我也不知道该接什么话的好。这些话我觉得如果是坐在酒桌边，两个人面红耳赤地交谈，倒是挺合适的。但是现在，感觉十分怪异。

“辞了也好。”我小心翼翼地说。

陈师傅大幅度地点了点头：“我也这么觉得，旧的不去新的不来。”

我忍不住了，对陈师傅说：“陈师傅，有什么事情你就直说吧。”

陈师傅猛猛地吸了一口气：“你家女儿要不要买一份保险？我现在跑保险呢。”

在孩子出生之前，我和我老婆就已经准备给孩子买保险了。我们还在医院的时候，有卖保险的找上门来，当时觉得，反正这件事迟早得弄，就交了钱。当我们把情况告诉陈师傅后，他倒是放松了下来，说了几句客套话，很快就告辞而去。

大酒店要烂尾的消息，不知道从哪儿传来。已经好几个月，大酒店没有任何进展了。忘记是哪一天晚上了，我再次散步到了大酒店下，但是并没有停住脚步。突然一阵撕心裂肺的犬吠声，接着一道黑影从大酒店围墙铁门的缝隙里一跃而出，我被吓了一跳，连忙躲开。

过了好一会儿，我的心跳才平息下来，此时我才发现，自己已经跑出了最起码五百米的距离。昏暗的灯光下，一条狗正一瘸一拐地往我相反的方向飞蹿。

一道有点笨拙的身影，从铁门里钻了出来，一声不吭，向着狗的方向追去。

一人一狗，正是陈师傅和他家的狗。陈师傅手里拿着一根棍子，他身轻如燕，很快就追上了那狗，不停地抡着棍子，向其打去。

很快，他们就失去了踪影。陈师傅并没有发现我。

动物形状的烟火

张悦然

他凑近女孩，压低声音问她：

“你看到过那种动物形状的烟火吗？”

她摇头。

“你想看吗？叔叔可以带你去。”

“好。” 女孩用软软的声音回答，仍旧不带任何情绪。

清晨时分，林沛从乱梦中醒来。他拉开窗帘，外面是杏灰色的天空，月亮挂得很低，像一小块烧乏了的炭。这一年的最后一天来到了，明天就是新年了。

他坐在床上，回想着先前的梦。梦里他好像要出远门，一个陌生人到月台来送他，临别时忽然跑上来，往他的手里塞了一把茴香。他站在窗口望着那人的背影发怔，火车摇摇晃晃地开动起来。在梦里，月台上没有站名，火车里空无一人。他独自坐在狭促的车厢里，要去哪里也不知道。所有这些都语焉不详，一个相当简陋的梦。如同置身于临时搭建起来的舞台，从一开始就宣布一切都是假的，没有半点要邀请你入戏的意思。

唯有他手里攥着的那把茴香，濡着潮漉漉的汗液，散发出一股强郁的香味，真实得咄咄逼人。

梦见茴香，意味着某件丢失的东西将会被找到，以前有个迷信的女朋友告诉过他。她在梦见茴香之后不久，就被从前的男朋友带走了。但她的迷信却好像传染给了他。他连她长什么样子都忘了，却还记得她那些怪异的迷信论断。

林沛闻了闻那只梦里攥着茴香的手，点起一支烟。会是什么东西失而复得呢？他回忆着失去的东西，多得可以列好几页纸的清单。对于一个习惯了失去的人来说，找到其中的一两样根本没什么稀奇。不过想来想去，他也没想到有什么特别值得找回来的。不知道为什么，那些曾经很珍贵的东西，失去了以后再回想起来，就觉得不过尔尔，好像变得平庸了很多。他没有办法留住它们，可他有办法让它们在记忆里生锈。

中午电话铃声响起来的时候，林沛正在画室里面的隔间通炉子，炉子又不热了。这个冬天已经不知道坏了多少次。他买的那种麦秸粒掺了杂质，不能完全燃烧，弄得屋子里都是黑烟。他放下手里的铁钩，从口袋里掏出手机。宋禹的名字在屏幕上跳。他蹲在地上，看着它一下下闪烁，然后灭下去。

他从浓烟滚滚的小屋子里走出来，摘掉了口罩。画室冷得像一只巨大的冰柜。头顶上是两排白炽灯，熏黑的罩子被取掉了，精亮的灯棍裸露着，照得到处如同永昼一般，让人失去了时间感。这正是他喜欢待在画室的原因：隔绝、自生自灭。他渐渐从这种孤独里体会到了快意。

他走到墙角的洗手池边，一只手拉开裤子拉链，微微踮起脚尖。这个洗手池原本是用来洗画笔和颜料盘的，自从抽水马桶的水管冻裂之后，他也在这里小便。他看着尿液冲走了水池边残余的钴蓝色颜料，残余的尿液又被水冲走了。

前几天，隔壁的大陈也搬走了。整个艺术区好像都空了。上星期下的雪还完好地留在路边，流浪猫已经不再来房子前面查看它的空碗了。傍晚一到，到处黑漆漆一片，荒凉极了。他从这里离开的时候，偶尔看见几扇窗户里有灯光，但那里面的人早就不是他从前认识的了。他们看起来很年轻，可能刚从美院毕业，几个人合租一间工作室，做着傻兮兮的雕塑，喂着一只长着癞疮的土狗。有时他们管它叫杰夫，有时则唤它昆斯，到底叫什么也搞不清，过了很久他才明白，它是鼎鼎大名的杰夫·昆斯！[①]

当初和林沛一起搬进来的那些艺术家都离开了。要么搬去了更好的地方，要么改了行。他无法搬到更好的地方，也无法说服自己改行，所以他仍旧留在了这里。有好几次，他感觉到那些年轻男孩以怜悯的目光打量着自己，好像他是和那些留在墙上的

---

① 杰夫·昆斯（Jeff Koons，1955—），美国当代著名的波普艺术家，被称为继安迪·沃霍尔之后最重要的波普艺术家。

“文革”标语一样滑稽的东西。

他把水壶放在电磁炉上，从架子上取下茶叶罐。等着水开的时间，他拿出手机，又看了看那个未接电话。是宋禹没有错，久违了的名字，算起来有五六年没有联系过了，或许还要更久。

宋禹是最早收藏他的画的人之一。在他刚来北京的那几年，他们一度走得很近。那时候宋禹还不像现在那么有钱，而他还是炙手可热的青年画家。第一个个人展览就获得了巨大的反响，各种杂志争相来采访，收藏家们都想认识他，拍卖行的人到处寻找他的画，前途看起来一片光明，距离功成名就似乎只有一步之遥。

他至今都搞不懂后来到底发生了什么。好像就在一夜之间，风向发生了转变，幸运女神掉头远去。不知不觉，一切就都开始走下坡路了。他想来想去，也找不到原因，只好将转折点归咎于一粒沙子。

那年四月的大风天，一粒沙子吹进了眼睛。他用力揉了几下，眼前就变得一团模糊。去医院检查，说是视网膜部分脱落。医生开了药，让他回家静养。他躺在床上听了一个月的广播，期间一笔也没有画。或许就是在那个时候，他的天赋被悄悄地收走了。再次站在画布前面的时候，他的内心产生了一丝厌恶的情绪。一点灵感也没有，什么都不想画。

他开始用谈恋爱和参加各种派对打发时间，还加入了朋友组织的品酒会，每个星期都要喝醉一两回。这样醉生梦死地过了一阵子，后来因为画债欠得实在太多，才不得不回到画室工作。再后来，几张画在拍卖会上流拍了。几个女朋友离开了他。几个画廊和他闹翻了。经历了这些变故之后，他的生活重新恢复了安静，就像他刚来北京的时候一样。不同的是，他染上了酗酒的毛病。

他忘记宋禹是怎么与他不再来往的。那几年离他而去的朋友太多了，宋禹只是其中的一个，和所有人一样，悄无声息地从他的世界里消失了。最后一次好像是他给宋禹打了个电话，宋禹没有接——现在他看着手机上宋禹的未接来电，心想总算扯平了。

“我们未来的大师。”他记得宋禹喜欢笑眯眯地看着他说。那时候宋禹买了他那么多的画，对他的成功比谁都有信心。所以后来应该是对他很失望吧，但那失望来得也太快了。他想不明白，为什么就不能再等一等（当然事实证明，再等一等也是没有用的）——在随后的一年里，宋禹就把从前买的他的画全都卖掉了。商人当然永远只看重利益，这些他理解，他不怪宋禹，可是让他无法接受的是，宋禹竟然连那张他给他儿子画的肖像也卖了。至今他仍记得那张画的每一处细节。小男孩趴在桌子上，盯着一只旋转的陀螺（黄色）。从窗口斜射进来的阳光照在男孩的右脸颊上。那团毛茸茸的光极为动人，笔触细腻得难以置信，展现了稚幼生命所特有的圣洁与脆弱。那张画他画了近两个月。“我再也不可能画出一张更好的肖像来了。”交画的时候他对宋禹说。“太棒了，这完全是怀斯的光影！我要把它挂在客厅壁炉的上方！”宋禹说。一年后，“怀斯的光影”被送去了一个快倒闭的小拍卖公司，以两万块成交，被一个卖大闸蟹的商人买走了。

手机又响了。他紧绷的神经使铃声听着比实际更响。还是宋禹——暗合了他最隐秘的期待。看到这个名字他的情绪的确难以平复。他承认自己对于宋禹的感情有点脆弱。或许因为宋禹从前说过的那些赞美他的话吧。天知道那些迷人的话是怎么从宋禹的嘴里说出来的。可是宋禹真的觉得他和别人不一样，宋禹是懂他的。

这么多年了，宋禹欠他一句抱歉，或者至少一个解释。他想到那个关于茴香的梦，怀着想知道能找回一点什么的好奇接起了电话。

林沛带了一瓶香槟，虽然他知道他们是不会喝的。可毕竟是庆祝新年，他想显得高兴一点，还特意穿了一件有波点的衬衫。他早出门了一会儿，去附近的理发店剪了个头发。只是出于礼貌，他想。

宋禹早就不住在从前的地方了。新家有些偏远，他花了一些时间才找到那片西班牙风格的别墅区。天已经黑了，有人在院子里放烟火。郊外的天空有一种无情的辽阔。烟火在空中绽开，像瘦小的雏菊。屋子里面传来一阵笑声。他在门口站了一会儿，才按响了门铃。

“最近还好吗？今晚有空吗？到我家来玩吧，有个跨年派对。”宋禹在电话那边说，语气轻松得如同他们昨天才见过。可是这种简洁、意图不明的开场好像反倒让人更有所期待。所以虽然他知道当即回绝掉会很酷，却依然说“好的”。

他站在门口，等着佣人去拿拖鞋。

“没有拖鞋了……”梳着短短马尾的年轻姑娘冒冒失失地冲出来，“穿这个可以吗？”她手上拿着一双深蓝色的绒毛拖鞋，鞋面上顶着一只大嘴猴的脑袋。如果赤脚走进去，未免有些失礼。他迟疑了一下，接过了拖鞋。

“这拖鞋还是夜光的呢。”马尾姑娘说，“到了黑的地方，猴子的眼珠子就会亮。”

拖鞋对他来说有些小，必须用力向前顶，脚后跟才不会落到地上。他跟随保姆穿过摆放着一对青花将军罐的玄关，走进客厅。他本以为那姑娘会直接带他去见宋禹，可她好像完全没有那个意思，一个人径直进了旁边的厨房。他站在屋子当中环顾四周，像个溺水的人似的迅速展开了自救。一个认识的人都没有。他竟然松了一口气，走到长桌前拿起一杯香槟。

酒精是他要格外小心的东西。为了戒酒，他去云南住过一阵子。在那里他踢球、骑车、爬山，每天都把自己累得筋疲力尽，天刚黑就上床去睡。偶尔他也会抽点叶子，那玩意儿对他不怎么奏效。这样待了两个多月，回来的时候有一种从头做人的感觉。

这杯香槟他没打算喝，至少现在没有。他只是想手里拿点东西比较好，这样让他看起来不会太无聊。客人们以商人居多。他听到有几个人在说一个地产项目。旁边那几个讨论去北海道滑雪的女人大概是家眷，根据她们松弛的脸来看，应该都是原配。墙上挂着一张油画，达利晚期最糟糕的作品。他盯着看了一会儿，决定到里面的房间转转。

那是一个更大的客厅，铺着暗红色团花的地毯。靠近门口的长桌上摆放着意大利面条、小块三明治和各种甜点，一旁的酒精炉上烧着李子色的热果酒。托着餐碟的客人热烈地交谈着，几乎占据了屋子的每个角落。靠在墙边的两个女人他认识，一个是艺术杂志的编辑，从前采访过他。另一个在画廊工作，他忘记名字了，她的，还有画廊的。她们似乎没有认出他来。他有点饿，但觉得一个人埋头吃东西的样子看起来太寂寞。他决定等遇到一个可以讲讲话的人再说。

一阵笑声从他背后的门里传出来。那是宋禹的声音，他辨认得出，有点尖细刺耳，特别是在笑得不太真诚的时候。他转过身去，朝那扇门里望了望。是一间用来抽雪茄的小会客厅，落地窗边有沙发。看不到坐在上面的人，只能看到其中一个男人跷着的腿，铮亮的黑皮鞋。这样走进去会引起里面所有人的关注。他不想。宋禹应该会出来，他肯定要招呼一下其他客人的，不是吗？他决心等一等。遗憾的是这个房间连一张像样的、可以看看的画都没有。墙上挂着的那两张油画出自同一位画家之手，画的都是穿着旗袍的女人，一个拿着檀香扇，一个撑着油纸伞。他知道它们价格不菲，却不知道它们究竟好在哪里。

从洗手间回来，他发现自己放在长桌上的香槟被收走了。手里空空的，顿时觉得很不自在。他只好走过去给自己倒一杯果酒。加了苹果和肉桂的热葡萄酒，散发出妖冶的香气。可他还不想喝，至少在见到宋禹之前还不想。一个小女孩，五六岁的样子，不知道从哪里冒出来，悄悄走到长桌边，很小心地看了看四周，忽然踮起脚尖，抓起一个水果塔塞进外套的口袋里。她手细腿长，瘦得有些过头。站在那里静止了几秒之后，她又飞快地拿了一个水果塔，塞进另外一侧的口袋。等了一会儿，她又展开新一轮的行动。直到两只口袋被塞得鼓鼓囊囊才终于停下来。

她叉开手指，仔仔细细地舔着指缝，眼神中流露出一种不可思议的饥饿。随即，她掉头朝里面的屋子跑去。应该是某位客人带来的孩子，很难想象她父母是什么人。她的举止显然与这幢房子、这个派对格格不入。然而这反倒令林沛有些欣慰，似乎终于找到了比自己更不适合这里的人。

“嘿，那是我的鞋！”有个尖厉的声音嚷道。

他转过身来，一个男孩正恶狠狠地盯着他的脚。

“你的鞋？”他咕哝道。

男孩约莫十岁，裹着一件深蓝色的运动衣，胖得简直令人绝望。那么多脂肪簇拥着他，浩浩荡荡的，像一支军队，令他看起来有一种王者风范。那种时运不济，被抓了去当俘虏的“王者”。

“是谁让你穿的？”男孩的声音细得刺耳。脂肪显然已经把荷尔蒙分泌腺堵住了。

林沛没有理会，端起酒杯就走。走了两步，他停住了，转过身来。他忽然意识到眼前这个胖男孩是宋禹的儿子。他那张肖像画的正是这个胖男孩。

他盯着那孩子看，想从他的胖脸上找到一点从前的神采——他画过这个胖男孩，了解这个胖男孩脸上最微细的线条。可是四面八方生涌来的肥肉几乎把五官挤没了。沉厚的眼皮眼看要把眼眶压塌了，从前澄澈的瞳仁只剩下一小条细细的光。在那张他画过最好的肖像上，他还记得，阳光亲吻着幼嫩的脸颊，如同是被祝福的神迹。男孩蒙在透明的光里，圣洁得像个天使。他是怎么变成眼前这样的？脸上的每个毛孔都在滋滋冒油，目光凶戾，像极了屠夫的儿子。成长对这孩子来说，简直就是一场巨大的灾难。

“还记得吗，你小时候我给你画过一张画像。”林沛说，“那张画像上的你，可比现在可爱多了。”

“你是谁啊？”男孩被惹恼了。

“还吃这么多？”林沛指了指男孩手里的碟子，上面堆满了食物，“你不能自暴自弃……”

男孩气得浑身的肉在发抖。

一个保姆样子的中年女人快步跑过来，看样子像是在到处找他。

“嘟嘟，快过去吧。”女人帮他拿过手里的盘子。

“他为什么穿我的鞋？”

“好了，快走，你妈妈她还等着呢！”

女人拽起男孩的手，用力将他拖走。

“你等着！”男孩回过头来冲着他喊。

林沛望着他圆厚的背影，心里一阵感伤，画里面的美好事物已经不复存在了。可是很快，感伤被一种恶毒的快意压倒了。他们不配再拥有那张画了，他想。甚至也许正是因为卖掉了那张画，那男孩才会长成与画上的人背道而驰的样子。这是他们的报应。

宋禹一定也变了。他忽然一阵忐忑，担心宋禹也变成了很可怕的样子。他觉得自己或许应该现在就走。可到底还是有些不甘，思来想去，他最终决定进去见宋禹一面。

他端着水果酒踱到雪茄房门口，假装被屋子里墙上的画所吸引，不经意地走进门去。

“啊，你在这儿呢。”他故作惊讶地对宋禹说。宋禹的确也胖了一些，但还不至于到没了形的地步。他换了一副金丝边的小圆眼镜，架在短短的肥鼻子上，看起来有点狡猾。

宋禹怔了一下，立刻认出他来，笑着打了招呼，然后颇有意味地上下打量着。

林沛顿时感觉到脚上那两只大嘴猴的存在，简直像一个巨大的笑话。他晃了晃肩膀，想要抖掉宋禹落在自己身上的目光，然后有点窘迫地笑了一下。

宋禹转过头去问沙发上的人：

“这是林沛，你们都认识吧？”

坐在宋禹旁边位置上的人懒洋洋地抬了抬手。林沛认出他是一个大拍卖行的老板。

“见过。”单人沙发上那个花白头发的男人点点头。岂止见过。那时候在宋禹家，林沛和他喝过很多次酒。这个人不懂艺术，又总爱追着林沛问各种问题，一副很崇拜他的样子。

另外两个人则仍旧低着头说话，好像完全没看到林沛一样。他们都是现在红得发紫的画家，林沛在一些展览开幕式上见过，他们当然也见过他。他也被别人介绍给他们过，有好几次。不过再见面的时候，他们依然表现出一副不认识他的样子。

林沛被安排在另外一只单人沙发上。这只沙发离得有点远，他向前探了探身。

“怎么样，最近还好吗？”宋禹握着喷枪，重新点着手里的雪茄。

“老样子。”他回答。

宋禹点了点头，没有说话。当他发觉宋禹正以一种充满同情的目光看着自己，才意识到原来一个“老样子”也能解读出完全不同的意思。对他来说，一切如常就是最大的欣慰。可在宋禹那里，这大概和死水一潭、毫无希望没什么区别。隔了一会儿，宋禹忽然吐出一口烟，大声说：

“哦对，你结婚了！谁跟我说的来着？”他表现得很兴奋，好像终于帮林沛从他那一成不变的生活里找出了一点变化。

林沛顿时感到头皮紧缩。这显然是他最不想听到的话题。在很长一段时间里，他都以人们会不会提起这个话题来判断他们是否对自己怀有恶意。

“你可别小看结婚。有时候，婚姻对艺术家是一种新的刺激。生活状态改变了，作品没准也能跟着有些改变呢。”宋禹一副为他指点迷津的样子，“怎么样，你感觉到这种变化了吗？”

“我已经离婚了。”林沛说。

“喔……”宋禹略显尴尬，随即对那个拍卖行老板说，“你看看，艺术家就是比我们洒脱吧？想结就结，想离就离。”

拍卖行老板望着林沛，微微一笑：“还是你轻松啊，换了我们，可就要伤筋动骨喽。”

“岂止？半条命都没啦。”花白头发的男人说。

他们都笑了起来。笑完以后，出现了短暂的冷场。三个人低下头，默默地抽着雪茄。隔了一会儿，宋禹说：“林沛啊，好久不见，真挺想跟你好好聊聊的。不过我们这里还有点事情要谈，你看……”

林沛看着宋禹，有点没反应过来，随即连忙站了起来。就在上一秒，他心里还抱着那一丝希望，相信宋禹是想要修复他们之间的友谊的。所以就算话不投机，甚至话题令人难堪，他都忍耐着。他无论如何也没有想到，宋禹竟然能那么直率地让他走开。他猝不及防，连一句轻松一点、让自己显得无所谓的话都说不出来。

“多玩一会儿啊，零点的时候他们要放烟花，特别大的那种。”宋禹在他的背后说。

酒杯落在茶几上了。他其实没忘，可他连把它拿起来的时间都不想耽搁，就以最快的速度离开了那个房间。

他驱着那双短小的拖鞋回到客厅。那儿的客人好像比刚才更多了。佣人端着热腾腾的烤鸡肉串从厨房出来，他不得不避让到墙根边让她过去。她走了，他还站在墙边发呆。他回想着先前宋禹的表情，越来越肯定他早就知道自己离婚了，却故意要让他自己讲出来。可他还是想不通，难道宋禹打了两通电话邀请他来，就是为了看一眼他现在到底有多落魄吗？把他当成个小丑似的戏耍两下子，然后就叫他从眼前滚蛋？有钱人现在已经无聊到这种程度了吗？要拿这个来当娱乐。而他竟然还以为宋禹良心发现，要向他道歉，这是多么荒唐的想法啊！他为自己的天真感到无地自容。那间雪茄房里不断迸发出笑声。他觉得他们都是在笑他呢。他的手脚一阵阵发冷。他得走了，喝一点热的东西就走。他回到长桌前，重新倒了一杯果酒，蹙着眉头喝了一大口。

有人在身后拍了拍他。

他回过头去，是颂夏。她正冲着他笑："嗨。"

她穿着芋紫色的紧身连衣裙，长鬈发在脑后挽成蓬松的发髻。饱满发光的额头，一丝不苟的眼线。五年没见，她身上的每一处都在竭力向他证明她非但没有老，而且更美了。

"我饿死了，你饿吗？"她对他皱皱鼻子，"拿点东西一起进去吃怎么样？"

他恍惚地望着她。她是如此亲切，他竟然有点感动。他再次想起茴香的梦，那则关于失而复得的启示。

颂夏带着他穿过廊道，拐进一扇虚掩的门。那个房间是喝茶和休息的地方，比较私密，连通着卧室。很安静，只有两个中年女人坐在桌边喝茶聊天。他们在角落里的沙发上坐下来。沙发软得超乎想象，身体完全陷了下去，两个人都吓了一跳，他手里的酒差点溅到她的身上。她咯咯笑了起来。

他记得从前好像有过类似的情景：他们并排坐在沙发上吃东西。她在他的旁边笑，当然那时候她还没有这一口白得令人眩晕的牙齿。应该是在他家。但那段时间他搬过好几次家，具体是哪个家，他怎么也想不起来了。他们短暂地交往过，或者说他们上过一阵子的床——他不知道哪种说法更合适。自始至终，好像谁都没有想要和对方一起生活下去的意思，至少他没有想过。可是为什么呢？他忘记了。在他的记忆里，她是个有点咋咋呼呼的姑娘，刚从学校毕业不久，在一间画廊工作。因为工作的关系认识，没见几次就上了床。此后他们不定期地碰面，通常是在她下班之后，一起吃晚饭，然后去他家做爱。和她做爱的感觉是怎样的？——此刻他坐在她旁边努力地回想着（这应该算是对她现在魅力的一种肯定吧）。那时候她比现在胖，脸上有一些青春痘，眼线画得没有现在那么流畅。

那样的关系持续了几个月。后来再约她，她总是说忙，这样两三回，他就没有再打过电话。那以后他偶尔能听到她的消息：跳槽去了另外一家画廊，与那里老板传出绯闻，没过多久又离开了。再后来的事就不知道了，对此他也丝毫没有好奇心。在交往过的女性里，她属于没有留下任何印迹的那一种。年轻的时候他觉得太平淡，现在才意识到很好。至少她不会带来任何伤害。

最终，他还是没想起任何和她做爱的细节，他放弃了。这反倒令她显得更神秘。时而神秘，时而亲切，情感的单摆小球在二者之间荡来荡去，拨弄着他的心。他不时抬起眼睛，悄悄地望着她。她的侧脸很好看，一粒小珍珠在耳垂上发散出靡靡的光。他觉得这个夜晚正在变得好起来。

“我不知道你会来，”他说，犹豫着是否要解释自己为什么会在这里，“宋禹今天早上给我打电话……”

“是我让他叫你来的。”颂夏说。

“嗯？”

“我说好久没见你了，也喊上你吧。”

“噢，是吗？”

“今年春天他做过一个慈善晚宴，我也想叫你来呢，他们公司的人给你打电话，好像没有打通。”

“我在云南的山上住了一阵子。”他不懂要是她那么想见他，干吗不自己给他打个电话。

“山上，”她点点头，“是每天打坐吗？”

他摇头。

颂夏哈哈笑起来：“不抄经吧？最近好像很流行。”她挥挥食指，“我跟你讲，现在我只要一听有人说他信佛，立刻就觉得头疼。”

他笑了笑。

“这里你还是第一次来吧？”她问。

“嗯。你呢？好像很熟。”

“也好久没来了。宋禹一直忙着修建他的新行宫，今年几乎都没有组织过这样的派对。”

虽然并没有兴趣知道，可是出于礼貌，他还是问：“新家吗？”

“他在市中心买了一个四合院。郊外住久了，就又想搬回市区了，唉，他们都这样。”她叹了一口气，一副很替“他们”操心的模样，“不过那个四合院重新修建以后真的很棒，下次聚会就可以到那里去了。其实他们已经搬过去了，今天不是要放烟火吗，所以才到郊外这边来的。等下派对结束了，他们也要再回去。哎，这房子有段时间没人住了，已经开始有点荒凉的气息了，你感觉到没有？”

林沛已经走神了。他忽然想到一个问题：颂夏是怎么认识宋禹的？难道不是通过他吗？那时候他带她去过宋禹家，好像只有那么一回。之后没过多久，她就开始找托词不和他见面了。

他们两个好上了吗？这个念头盘旋在脑际，令他变得很烦躁。他干吗要为此而困扰呢？他根本一点都不在乎她，不是吗？可是他们这样甩开他继续交往，就没有丝毫的愧疚吗？现在她竟然能这样自然地在他面前谈论宋禹，甚至炫耀他们的交情，未免太肆无忌惮了。

他们两个仍旧好着吗？也许吧，这些年一直保持着隐秘的情人关系。或者情人都不算，只是有时会上床。表面上看起来就像朋友一样，颂夏可以很坦然地出入宋禹家——她身上的珠宝是宋禹送的吗？香水味也是宋禹喜欢的吗？毫无疑问，她的美在林沛眼里已经起了变化。但这种庸俗的、金钱堆积起来的美依然能够激发情欲。一股充满愤怒的情欲在他的身体里荡漾。这个糟糕夜晚的唯一一种收场方式，可能就是把她从这儿带走。没错，他必须得从这里带走一点儿什么。

他再拿起杯子的时候，发现酒已经喝光了。可他那不太平静的情绪要求他再喝一点。所以他又去取了一杯红葡萄酒。

颂夏把盘子里的牛肉切割成了指甲大小的小块。她用叉子把它们送进嘴里时，尽可能地不碰到那一圈鲜艳的口红。

“你好像很少到这种场合来了，”她飞快地看了他一眼，“特别是在离婚之后……”

他没有说话。

“蜜瓜火腿卷的味道不错，忘了让你也拿一点了。要我分给你一个吗？”

“不用了，谢谢。”

“我有好几个朋友都认识荔欣。当时大家都很吃惊，你竟然会娶她……”

“哦，是吗？”他简直能想象她皱着鼻子和别人谈论他的那副样子。现在他记起自己为什么从来没有想过和她一起生活了。他讨厌她谈论别人时那副幸灾乐祸的刻薄模样。那让他觉得她不够善良。（天哪，善良竟然是他选择女人的标准，如果颂夏知道的话，大概要笑得直不起腰了。）

“其实挺多人都知道荔欣的底细：谎话连篇，到处骗钱，早就在这个圈子里混不下去了。这次又欠了别人那么多钱，谁都以为她肯定完蛋了，没想到还有人……你也太好骗了。”她那张油津津的嘴飞快地动着，一副眉飞色舞的模样。见他不说话，她叹了一口气：“你肯定也帮她还了不少钱吧。”

“权当做慈善，我相信有福报。”他自嘲地笑了一下。

“前阵子我在一个西餐厅吃饭的时候见到过她，穿了件很旧的连帽衫，也没化妆，头发乱蓬蓬的，感觉一下子老了很多。不过她从前也不怎么好看啊，从来就没有好看过。我就不知道你究竟看上她什么……”

他的耐心终于用尽了，打断她问：“说真的，你要宋禹叫我来，有什么特别的事吗？”

“没有啊。”她若无其事地摇了摇头，“就是觉得好久没见了，特别是听说你离婚以后还挺牵挂的……”

“想看看我过得究竟有多惨吗？”

“老天，你可真误解了！我就是觉得好久没有见了……”她沉吟了一会儿，终于又开口说，“还有就是……去年我自己开了一间画廊。虽然规模不大，不过已经代理了好几个很棒的年轻艺术家，没准以后我们还能有机会合作呢。我一直都很想和你分享这个好消息。”

见他一脸疑惑地看着自己，她微微一笑：“还记得吗？当时我说过些年想自己开一间画廊，你还教育我不要好高骛远。在你心里，我大概就是一辈子在画廊里做前台小姐的命吧。”

“首先，恭喜你开了自己的画廊。其次，我真的不记得自己说过那样的话了。好吧，也许说过，但我真的没有什么恶意。要是让你觉得不愉快，我向你道歉。”他顿了顿，“可是你那么想见我，难道就是为了这个吗？”他有点哭笑不得。

“不然呢，”她眨眨眼睛，“天哪！你该不会以为我现在对你还有意思吧？”她的声音很大，那两个坐在桌边聊天的女人都朝这边看过来。

“当然没有。怎么可能呢？”他立即说。

可她仍旧一脸怀疑地看着他。他窘迫至极，不知该如何化解这难堪的处境。

所幸这时正前方那扇门“砰”的一声敞开了。那个胖男孩从里面走出来。

“为什么还不能放烟火！”他用带哭腔的声音说。

“不是说了嘛，要等十二点。现在还早呢。”他的那个保姆跟在后面，手里拿着他的羽绒服。

一个小姑娘也从那扇门里走出来，像个幽灵似的悄悄站在胖男孩的身后。是刚才那个把水果塔塞在口袋里的女孩——现在口袋已经瘪了。

“可是别人家怎么都放了啊！”胖男孩跺着脚大喊，小眼睛一瞥，忽然发现了坐在沙发上的林沛。他抿起嘴，狠狠地瞪着他。保姆也通过他脚上的大嘴猴认出了他，连忙对男孩说：

“走吧，你不是要出去看看吗？”她拉起男孩的一只胳膊，塞进羽绒服的袖子里。

“别跟着我！”男孩忽然转过头去，对着身后的小女孩大吼。

女孩不说话，低头看着自己的脚。

“跟你说多少遍了，聋子吗！”男孩用力推了女孩一把。女孩一个踉跄，险些摔倒。她刚站稳，又立即挪着步子朝男孩靠拢过来。

“快给我回去！”男孩拽起她的一根麻花辫，拖着她朝那扇门里走。女孩就那么任他拖着，一声也不吭。她被用力推了进去，门重重地合上了。

男孩带着保姆气咻咻地走了。他们刚离开，女孩又从门里溜了出来。她的麻花辫松开了，一半头发披散着，外套也没有穿，就朝着他们走的方向跑去。

“这女孩是谁？”林沛问。

“宋禹从孤儿院抱回来的小孩，刚出生没多久就被她妈妈扔了。”颂夏放下盘子，“有烟吗？”

他拿出烟帮颂夏点上。她吸了一口：

“已经六年了。当时菊芬还以为自己不能生了呢，他们想要个女孩，就去孤儿院领了一个。他们周围好多朋友都领养了，有钱人流行这个，谁没领养反倒显得自己不够高尚，就跟慈善拍卖会上总得举个牌子、买件东西一样。”

“他们不喜欢她？”

“说是偷东西。总是把客厅罐子里的饼干和糖塞进自己兜里，藏到床底下。唉，又不是不给她吃。这个就是天性，没办法，像饿鬼附身似的。打她也不管用，记不住，也不知羞，整天疯疯癫癫没心没肺的，他们都怀疑她脑子有点问题。明年就该上学了，到现在字都不认得几个。而且两年前菊芬竟然又怀孕了，生下来真的是个女孩。现在这个女孩就更多余了。可是都长那么大了，送也送不走了，真是作孽啊。”

“那个胖孩子整天都那么欺负她吗？就没有人管管吗？”

“没准她挺喜欢呢，”颂夏耸耸肩膀，吐出一口烟，“不是跟你说了吗，她脑子不正常，可能有受虐倾向。”

林沛惊骇地看着她。现在他可以确定自己对她已经没有丝毫的欲望了。他唯一的愿望是她能快点从眼前消失。

此后他就不再说话了。她换了几个话题，但无论说什么，他都只是默默听着，不发表任何看法。她也感到没趣了，快快地站起来，说要去找另外一个朋友谈点事情。

颂夏离开后不久，那两个坐在桌边聊天的女人也走了。房间里只剩下他一个人。杯子里酒已经又喝完了。他其实也不明白自己为什么还不走，直到那个小女孩再次出现。他忽然意识到自己好像是在等她。她“嗤嗤”地喘着气从外面跑进来。看到他，她停了下来。他几乎有一种错觉，她好像也在找他。

她歪着头打量他，眼神坦彻，毫无羞怯。

他觉得她很像一个人。

微微上挑的眼睛，翻翘的嘴唇，像极了。

茵茵，他从脑海中翻找出这个名字。

那时候她才多大？二十二岁还不到吧。来北京没两年，一个籍籍无名的小模特，很寂寞地美着。他喜欢折起她纤细的身体，握住她冰凉的脚踝。

问题出在她真的很爱他。他一直怀疑她是故意让自己怀孕的。她觉得这样他就会娶自己。可是怎么可能呢？那的确是很美妙的艳遇，他承认，却从来没有想过要娶她。当时他的事业正值鼎盛时期，有很多出色的女人围在身边，随便选哪一个都比她更合适。

短暂而激烈的交往过后，是时候该抽身了。他借口要在画室赶画，又拿出差当托词，近两个月没有和她见面。感情似乎顺利地冷却下来，本以为就这样结束了，有一天她忽然来找他，说自己怀孕了。她恳求他别让她打掉这个孩子，甚至向他坦白自己几个月前刚堕过胎，不能在那么短的时间里再做一次手术了。可是他的第一反应是，为什么要让他连前面那个男人犯的过错一起承担？他当然没有那么说，但态度表现得很坚决。“现在是我事业最关键的时期”“我还没有做好准备”“这样做对孩子也是不负责任的”，类似这样冠冕堂皇的话他说了很多，并劝她尽快去做手术——现在想来或许已经太迟了。她一直在拖延时间，天真地以为他总会改变主意。

他们因为这件事纠缠，又见了几次面，直到最后一次，他冷下脸来说了许多狠话——“我是绝对不可能娶你的”“我们之间的差距太大了，根本无法交流”“我已经不爱你了”。然后他给了她一笔钱。她走了，此后再也没找过他。他也没给她打过电话，因为害怕旧情复燃，又要纠缠。直到很久以后，有一次他喝醉，误拨了她的电话，那个号码已经停机。他相信这一举动表明她已经开始新的生活，不想再被他打扰。

这么多年他从未想过，她有可能把那个孩子生了下来。因为草率、任性，或者无能为力，她把她带到了这个世界上。但她无法带着她走更远了，因为她自己也还是个孩子。她丢弃了她。这些他竟然从来都没有想过。

直到此刻。

他盯着那女孩。天鹅颈，细长的手和脚。一副天生的模特骨架。

“过来，到这儿来。”他用沙哑的声音对女孩说。

女孩走过去，站在他的腿边。

“外面冷吗？”他迟疑了一下，伸手摸了摸她冻得发红的鼻子。

她没有抗拒，反而笑了起来。

他也笑了一下，眼泪差点掉下来。他低下头，握住她冰凉的手。

"告诉我，你叫什么名字？"

"琪琪。"

"琪琪。"他重复了一遍。

"嗯？"

"琪琪，外面的烟火好看吗？"

"好看。"她机械地回答。

"你喜欢看烟火是吗？"

"嗯。"她点点头，漫不经心地把他的手翻过来，用指尖戳着他的手心玩。她对他似乎有一种莫名的好奇。莫名，是的，血缘是无法解释的东西。

她的身体轻轻地靠在他的腿上。他屏住呼吸，专注地感受着那小小的接触面，温暖得令人心碎。他一动也不敢动，生怕她会立即和自己分开。他的腿开始发麻，正在失去知觉。

她顾自玩了一会儿，似乎觉得无聊了，就把他的手放下了。

"你要不要看叔叔变魔术？"他担心她想走，立即说。

她点了点头，并没有表现得很兴奋。

他给她变了那个假装拔下自己的大拇指又接上去的魔术。他的动作不够快，看上去有点手忙脚乱。她很安静地看着他表演完，脸上没有任何表情。不知道是没有看懂，还是觉得没意思。

他正思忖着还能做点什么来讨好她，忽然发现她的注意力已经被桌子上盘子里的食物吸引去了。一个颂夏留下的水果塔。上面的草莓被吃掉了，只剩下光秃秃的塔皮，覆着厚厚的卡仕达酱。她目不转睛地盯着它，眼神越来越凶戾，转眼之间变身为一头野兽。就像先前那样，她飞快地伸过手去，一把把水果塔抓了过来，动作敏捷得像青蛙捕食昆虫。她看也没看它一眼，就放进了右边的口袋。随即，她脸上的表情恢复了柔和。

他看得心如刀割，一遍遍在心里忏悔所犯的错，那些被他无视的伤害。他想起最后一次见茵茵的情景。对她说出那些冷酷的话时，他们还在床上，刚刚做完爱。每一次见面他们都得做爱，从一开始就是如此，好像某种仪式，就连到最后见面商谈堕胎的事也不例外。那时候做爱对她的身体或许会有危害，但是作为男人，他完全可以装作不知道。并且因为明白他们的关系就要走到尽头，他极其贪婪地索要着她的身体。拼命地想着再也不能进入它了，再也不能了，满脑子都是摧毁它的念头。在猛烈到极限的交合中，抵达了前所未有的高潮。然后他平息下来，起身去洗澡。回来的时候他拿出准备好的钱，并对她讲了那些可怕的话。他讲的时候，她一直坐在床边，没穿衣服，背对着他。她的脖子看上去异常的细，让人产生一种要把它折断的冲动。她整个人都那么纤细，那么脆弱，好像就是为了被人伤害而存在的。有那么一瞬间，他的确意识到过自己带给她的伤害，然而他随即又觉得，这些伤害好像本来就是属于她的东西。加诸在她的身上有一种残忍的美感。

现在他相信一切都是报应。就在她离开后不久，他的生活发生了一系列的变化。那粒转折性的沙子刮进了他的眼睛里。灵感的消失。命运急转直下。朋友的远离。所有的一切都是报应。甚至包括颂夏的背叛，以及和荔欣荒唐至极的婚姻。

他甩开茵茵去奔更好的前途。结果茵茵没有了，更好的前途也没有了。到头来一场空，他变得一无所有。

不，他还有她。他看着面前的女孩。他还有她。他要把她带走。他心里有个声音坚定地说，带她离开这儿。

既然此前所有的不幸都是因为失去了她，现在他把她找回来了，就意味着和从前的生活和解了。一切都将重新开始。

他凑近女孩，压低声音问她："你看到过那种动物形状的烟火吗？"

她摇头。

"你想看吗？叔叔可以带你去。"

"好。"女孩用软软的声音回答，仍旧不带任何情绪。

他站起来的时候，感到一阵眩晕。那是一种被幸福包围的感觉。他还是有些不敢相信，他找到了远比他想象的更为珍贵的东西。

他们离开了那个房间。穿过廊道，前面就是供应食物的大客厅了。

远远地就听到人声，很吵。明晃晃的亮光从门里溢出来。

他停住了脚步。

“听我说，”他俯下身看着女孩，“那个能看到动物形状烟火的地方是个秘密，不能告诉别人。叔叔只能带你一个人去。要是我们遇到其他人，知道了我们要去哪里，都想跟我们一起去可就糟糕了。所以不能让他们看到我们。”

他观察着她脸上的反应，很担心自己说得太复杂了，她根本没有听懂。他又解释：“我们必须悄悄地溜出去……”

“车库。”她说。

他怔了一下，试着跟她确认：“你是说可以从车库出去吗？”

她点点头。

“太好了，你来带路好吗？”

正要朝走廊的另一头走的时候，给他拿拖鞋的马尾姑娘从那边迎面走过来。

他连忙低下头，摸着身上的各个口袋，假装在找打火机。

“你站在这儿干吗？”马尾姑娘对女孩说，“给我小心点，别再让我抓到你偷吃东西！”她没有停下脚步，径直进了大客厅。

他松了口气，把打火机放回口袋。等他回过神来，才意识到女孩正仰脸看着他。她的目光亮烈，让人无处躲藏。她一定看到了自己一脸恐慌的样子，想到这个他顿时感到很羞愧。她那种不带任何感情的平静令他很忐忑，他完全不知道自己在她心里的形象是什么样的。他很担心她对他的好奇和信任会忽然消失。孩子都是这样的吧，容易喜新厌旧？他不太确定，他几乎没有什么和孩子相处的经验。

“我们走吧。”女孩说，很自然地拉起了他的手。他们来到廊道的另一头，从那里的楼梯走下去。墙上的壁灯拢着一小团橘色的光，木质台阶在脚下咯吱作响。她的手被他的汗水弄湿了，变得有点滑，他紧紧地抓着它，生怕它像条小鱼似的溜走。

“你肯定没见过那样的烟火。”他提高声音说，“它们到了天空上也不会消失，就浮在那里。有的是绿色的兔子，竖着两只长耳朵；有的是粉红色的大象，鼻子在喷水……”她看着他用一只手在空中比画着。虽然脸上仍旧没有什么表情，可是她的脚步加快了，似乎想要快一点看到。

“还有斑马和长颈鹿，在天空中走来走去，一会儿在这儿，一会儿到那儿……这样就能让更多的小朋友都看到它们了。”他说。

有那么一小会儿，他眼前好像出现幻觉了，看到她握着一束浅紫色的野花在山坡上奔跑。他已经不可遏抑地开始想象他们以后的生活。他想带她去一个远一点的小城，有干净的天空和甜的水。他早就应该离开北京了。一直没有那么做，与其说是不甘，不如说是不敢，不敢放弃那段经营得极为惨淡的生活。现在她给了他足够的勇气，让他去选择另外一种人生。不，他的事业并不会就此荒废。他有一种预感，他会重新找到绘画的乐趣和灵感。

女孩踮起脚尖，按了一下墙上的开关，把地下一层的灯打开了。这里比上面冷很多。他才发觉身上只穿了一件衬衫。外套落在沙发上了，这时当然不可能再回去取了。不过想到要这样穿着单衣走在冰天雪地里，他反倒很兴奋。那与他此刻的心情正相称，一种疯狂的感觉。没错，他在做一件很疯狂的事：把她从这里偷走。

地下一层的天花板高阔，附庸风雅的主人把它建成了一个小规模的图书馆。四面都是嵌进墙里的大书架，摆满了画册和文学名著。从空气里浓郁的尘霉味来看，已经很久没有人来过了。这幢房子的确是有荒弃的气息了。

书房的左手边有一条狭窄的走廊。走廊的尽头有一扇门。

“在那里。”她说。

他拉开门上的锁，里面果然是车库。但是没有灯，什么也看不见。只是感觉异常的冷，如同冰窖一般。他拿出打火机，拢起火光朝里面张望。那里比想象的大，似乎能容下两台车。可是现在堆满了纸箱和塑料编织袋，连个落脚的地方都没有。从垒叠得很高的纸箱中间望过去，车库的另一端有一扇铁质卷帘门，从那里就能出去了。可是那种电动门都是由遥控钥匙控制的，要是没有钥匙，就根本打不开。

“我们肯定能出去的，别着急。”他转过头来对女孩说。女孩会知道钥匙在哪里吗？不，他不可能让她一个人去冒险。难道要撬开这扇门吗？他极力掩饰自己的慌乱，对女孩挤出一个微笑：“别担心，那些动物形状的烟火都还在呢，不会消失的……你最喜欢什么动物？”

“熊。”她慢吞吞地回答。

“有啊，当然有了。那种胖胖的、肚子圆鼓鼓的，对吧？身上的毛是灰色的，也有白的，等会儿你就能看到它浮在天空中的样子了……”他想到卷帘门跟前看一看。不过首先要搬开那些箱子。他几乎决定这么做了，可是这样空着手过去又有什么用呢？他至少需要有几件工具……这样大的一幢房子，去哪里找工具呢？

“见鬼，现在几点了？”他喃喃地说。零点的烟火一放完，人们就要开始陆续走了。宋禹一家不是也要回到城里的四合院吗？他们很快会发现她不见了。他像一只困兽似的走来走去，咻咻地喘着气。

女孩静静地站在那里，绞着自己的手指玩。他连继续给她讲故事的心情都没有了，疲倦地靠在门边，掏出了烟。他叼着烟，一下一下地摁着打火机的开关。在蹿起的火光里，他忽然看到在对面的墙上，靠近踢脚线的地方，有一个嵌进去的光滑的铁匣子。因为也是白色的，所以很难发现它的存在。他打开它，看到一排寻常的橘红色电闸门。与它们相隔一段距离，在最边上的位置，有一颗深蓝色的圆形按钮。就是它，他有一种强烈的预感，它能开启那扇电动门。可是万一不是呢？假如它控制着楼上某处的电源，一按下去那些灯都灭了，很快会有人赶到这里来，他们不就要被发现了吗？他盯着那颗按钮，可是没有别的选择，只能赌了。他伸出手指，按下了它。

卷帘门升了起来。一股寒冷的空气扑面而来。

“老天，我们能出去了！”他高兴地对着女孩大喊。

女孩看着他，始终面无表情的脸上似乎显露出一丝微弱的喜悦。要不是因为时间来不及了，必须快点出去，他真想把她拥进怀里，好好地抱抱她。

“过来吧，亲爱的，我们走了。”他温柔地说。她向前走了几步，跟在他的身后。他拢起打火机的火光，朝车库深处走去。

他正在把面前的一只大箱子挪开，忽然听到“砰”的一声。背后的门合上了。随即是“咯吱咯吱”的轮轴响声，还没有等他明白是怎么一回事，卷帘门已经完全落到了地面。他感觉到风停止了。

“琪琪？”没有人回答。他一个人待在静固的黑暗里。

他花了一点时间才弄清楚自己的处境：他被关在了车库里。他自己。女孩不在里面。

这是怎么一回事……他头疼欲裂，无法让自己想下去。他摸索着回到门边，用力扭动把手。可是门锁上了。他徒劳地扭了一会儿，终于停下来，把脸贴在门上，听着外边的动静。他依稀听到了女孩的笑声。爽朗，欢快。他还以为她不会那样笑呢。想象着她笑起来的样子，令他感到很痛苦。随即，他听到了那个胖男孩的笑声。让人寒毛耸立的尖细笑声。

他们一起笑着。大笑。哈哈，哈哈，哈哈哈哈。

他几乎无法呼吸，一动不动地趴在门上。他感觉到他们的笑声正从他的背上碾过去。

过了一会儿，伴随着上楼梯的脚步声，笑声渐渐远了。

他埋着头，直到那一阵眩晕的感觉过去。

等他睁开眼睛的时候，就发觉有两簇灼灼的目光从低处射过来，寒森森的。

他一低头，便看到了脚上那两只大嘴猴。它们正瞪着荧绿色眼珠子，咧着发亮的大嘴冲他笑。

哈哈，哈哈，哈哈哈哈。

他的耳朵里灌满了笑声，分不清到底是谁的，女孩的，男孩的，还是猴子的。

哈哈，哈哈，哈哈哈哈。

而后，他听到外面传来一阵激烈的炮仗声。十二点到了。他站在黑暗里，想象着烟火蹿上天空，在头顶劈开，显露出诡谲多变的形状。他仿佛看见它们浮在半空中，一动不动，像是被谁按了暂停键。像什么动物呢？他努力辨识着每一朵烟火。看到动物形状的烟火，应该也有什么特别的讲法吧，他很想问问从前那个迷信的女朋友。

在隆隆的鞭炮声中，他倚着门坐在了地上，哆哆嗦嗦地点着了身上的最后一支烟。

可悲的第一人称

郑小驴

“我乞怜于她的爱，没有她，我又将独自置身于这孤独无边的黑暗里，一人忍饥挨饿，甚至这个世界再也不会有人关心我的生死。”

一

车子到了拉丁，前面就没路了。老康告诉我，越过那片丛林，河的对岸就是越南。那是我头回看到榕树，巨大的树冠遮盖了大半个天空，像片树林一样。四周寂静得让人发慌，仿佛时光遗忘之处。在北京很多个失眠的夜晚，坐在黑暗中，好几次我都幻想过会有这么一个场景：站在葳蕤的原始丛林前，周围空旷无人，四面八方都是我的回音。我泪流满面。不知怎么，想哭的冲动最近越来越频繁。而这种感觉离拉丁越近，冲动就越强烈。

那天刚下完雨，阳光刺透密林，给草地铺满了碎片般的光斑。我踩着这些光斑，独自一人沿着林间小道朝深处走着。光折射在我的脚上，我走哪，它就跟哪，怎么也没法摆脱它们。我默默走了许久，抽完了烟盒中剩下的几支烟。空气湿润，林子里只有我的呼吸声，比失眠的夜还要静。这就是拉丁，终于没人知道我在这了。

回来的时候，天色渐晚，老康建议在拉丁留宿一晚，等明天一早再出发。就住老康家。院子里的母鸡“咯咯”地叫唤着，我知道她们在干什么了。一位过早衰老的女人正在宰杀母鸡，旁边站着一位浑身脏兮兮的小孩，帮忙扯着鸡脚。小孩羞涩地偷偷打量着我。老康女人将鸡头用鸡翅反剪着，吩咐小孩将盛血的碗端进厨房。她手中血淋淋的菜刀麻利地往鸡身上揩拭了两把，扑通一声，鸡已被丢进柴房。鸡还在动，两只脚不停地蹬踏着。有一刹那，我的心猛烈地颤抖了几下。

小孩像过节似的，在院子里滚着铁环，被他娘呵斥着烧火去了。老康在褪鸡毛，只有我坐在院里的黄槐下，像什么也插不上手的闲汉。拉丁小得像个拳头，从街的这头走到那头，三五十步就搞定了。我几乎看不到什么青壮年，几个牙齿掉光瘪着嘴巴的老人眼神里充满了好奇，纷纷瞥向我。他们一定嗅到了我身上带来的陌生人气息。

唯一的小卖铺在拐角处，我去买了盒烟。老板是个老女人，吸着旱烟，她用拉丁方言问我哪里过来的。我回答说从北京，她的嘴巴半天也没合拢。天很快黑了，白天的光在拉丁全面退却，稀稀落落的几个窗口开始亮起了灯。我听见山上的黑鸦叫唤得一声比一声凄厉，就在旁边高大的梓树上，像是不欢迎我这位不速之客。老康咒了几句，黑鸦就不叫了。老康就说村里谁谁怕是要落气咯！女人骂他是屁眼口。这话把我给惹笑了。

在这里，我吸引着他们的好奇心。我不想成为一个另类。离开北京的时候，我扔掉了那双高筒马丁靴，将留了几年的长发剪了，剃了个板寸。镜子里是一张依然年轻和帅气的脸，轮廓分明。常有人说我长得像黄晓明，甚至比他更有韵味。然而除了这张好看的脸，我能拿得出手的东西不多。雾霾越来越严重的那会儿，我甚至想过要戒烟。特别是每天早上刷牙咽炎发作而干呕的时候，吸烟让我感到恶心和罪恶感。我甚至也戒了酒。有一个月，我曾滴酒不沾。我尽量让自己看上去像个有修养的文明人。这一切，都是李蕾离开之后的事了。在微信朋友圈，我让自己看上去充满阳光和正能量。我做义工的场景、每周一次的有氧运动以及变着花样的厨艺……这些生活被我一一晒了上去。我断定李蕾会看到。即便是她不看，她身边的朋友也会转告她。我只想告诉她，离开她之后，我过得很好。

回来的时候，晚饭已经弄好了。老康正打发儿子喊我回来吃饭。见到我，小孩立刻转过身，蹦蹦跳跳地跑开了。钨丝灯很暗，不超过十五瓦的功率，灯壁被烟熏得乌黑。老康问我喝不喝酒，还没等我做出回应，便提高分贝说："男人嘛喝点嘛！"示意他女人去倒酒。五步蛇泡在玻璃酒坛里，足有小孩手臂粗。定睛瞅了一眼，便不敢再看。我问老康，林子里有蛇没有。老康嗤嗤地笑了笑，说：“怕蛇？怕蛇你可别去了。”只一下我心里就没底了。“蛇肉好吃呢，怕它个啥，只有蛇怕人，没人怕蛇的。”老康也不懂敬酒的规矩，自己端起碗独自喝了一大口朝我说道。我不想被这个人看屄，就说不怕。女人大概早就知道我要去那里了，眼神中难免露出一丝不可理喻的神色，有些不自然。好几次我看见她似乎想问了，但是又担心我听不清她的方言。我猜想她内心里会想些什么，大概是我脑子进水，或读书读傻了之类云云。

晚饭后，我回复了最后一条短信。是小乌发给我的，她给我打了五十多个电话，未接后又发了足足有二十条短信，都是问我在哪里。这个女孩子有些偏执狂。要拒绝一个人，最好是别给她任何希望。我给她回了一条短信：我在拉丁，再也不会回北京了，再见。我想让她早点死心。我们只是同一条绳上的蚂蚱，彼此都给不了对方希望。她马上问我拉丁在哪？我拔掉手机电池，把手机卡扔进了火塘，将手机送给了老康。老康一旁目瞪口呆地望着我，唯唯诺诺一番，有些不好接这个烫手山芋。我说你拿着，我用不着，送你的。他就接了。想想裤兜里再也不用装那玩意儿了，我心里感到一阵轻松。从前一个电话就能左右我的情绪，左右我的计划，一天到晚，我必须都开着机，证明着自己的存在和存在的价值。要是几天下来没收到一条短信和接个电话，我就会心慌，感觉自己遭到了全世界的抛弃。眼下我不再考虑这些。是我抛弃了全世界。那晚我头回没认床，早早睡下，睡得很沉，中途也没醒来。

第二天起了个大早，老康牵了匹老马，领我去了昨晚的小卖铺，我买到了一些生活必需品，包括香烟、蜡烛以及一双高筒雨靴。那个老女人听说我一个人要进山住，嘴巴张得比昨晚更圆。我已经开始习惯这些。当初老康听到我的计划时，嘴巴张得比她还圆。老康是我远房的表叔，这些年他以为我在北京发了大财，没料想有天竟然要来这里，惊讶得半天没合拢嘴。

进山的小路被一场大雾锁着。老康在前头带路，手里拿着木棍挥打着路边草茎上的雾水。雾水粘着草籽，我的牛仔裤很快也湿了。空旷的山谷偶尔传来几声鸟的怪叫声，声音大得吓人。接下来的夜里，我将独自面临这些。我不应该感到害怕。多亏了老康，我才知道靠越南这边的原始森林里有这座简陋的房子。我当时在电话里也只是和老康随便聊聊，我说我想找个无人的地方独自待待，山里头最好。他问我要待多久，我说三五个月或一年两年，没个定数。我问他有没有好的地方推荐，越安静越好。他问我寺院行不，我说寺院倒是安静，但是我不想见人。老康在电话那头有些焦头烂额，说等我想想。挂完电话的第二天，他来电说倒还真有个地方符合你的要求，但那是在原始森林里……我一下就来了兴致，连说好。

从拉丁到那儿，要穿过六十多里的原始丛林。一路上沿着河谷走，进入了喀斯特地貌区，山峰俊秀，典型的石英砂岩峰林峡谷地理特征。走了大约二十多里，路过一座木头搭建的桥。那桥身已经有些年月，踩上去摇摇晃晃的，而脚底下水流湍急，走在上面有些心悸。马站在岸边不肯过河，老康费了一番心思，才牵过来，我看到马腿在打战。

“就怕山洪，每回一涨水，桥就冲掉了，一两个月都过不去。”老康像是在告诫我。过河后，开始正式进山。早些年开垦的小径，都被荒草掩盖，不用力分辨，很难再找得到方向。若迷失在茫茫林海中，最悲观的想法，是成为一个野人。

早些年，有人在里面种植过药材，盖了茅屋。种植失败后，再无人来管理。没人住的房子都有些脾气，墙缝长满了青草，墙头还立着一丛蓬蒿，长势喜人。好在还没倒塌，托老康的福，前些日子他晓得我要来，提前叫了几个人替我修葺了一下，新加盖了厚厚一层茅草和杉树皮，用石头压着。窗户是用塑料封住的，留了几道小口透气。我一眼就瞥见了那张只剩三只脚的床，床上铺了一层厚厚的茅草。那只已经不知去向的床脚，眼下正被几块垒起的红砖替代。屋子里弥散着一股霉味，墙上贴的几张已经发潮的报纸字迹模糊，一看时间是十年前的。我将包放在床上，心想这才是我真正的栖身之所。

我们一番忙碌，将物品从马上卸下来，房间一下子就显得逼仄起来，堆满锅碗瓢盆和棉被，到处都是碍手碍脚的东西。我说得有张桌子，还要一把椅子。老康愣了下，说："下回给你带。"面露难色地补了一句，"我家也只有吃饭的桌子……"他答应每隔半个月给我送一些生活必需品和吃的过来。我说好每趟给他一百元辛苦费，其他买的东西另算。他假意推辞了一番，露出一排被烟熏得发黄的牙，最后将钱装进了兜里。临走前，他留下一把砍香蕉用的劈刀，说防身用。刀被他磨得锋快。他提醒我房梁上有几斤煤油，装在一个金龙鱼油瓶里。又说晚上最好生一堆篝火，以防夜里有野兽过来惊扰。"要是真来了野兽怎么办？"我问他。"下次我给带杆鸟铳来吧。"他说。

他牵着马走了，马脖子下的铃铛响了一路，消失在林野中。他临走的眼神就像一个早已猜到结局的赌徒，胜券在握地朝我微微一笑。我知道他们在等着我几天后狼狈不堪败退回北京。有水，有食物，有火，我想足够了，我不想回去。

二

我花了半天工夫，锯倒了一棵水青冈。我看上了它的年轮，足有洗脸盆那么大。我又花了两个多小时，尽量将它打磨得更平滑些。将纸张铺展开来，树桩顿时成了书桌；而将饭菜端上来，瞬间又变成了饭桌。我随便锯了几段树身，充当凳子。斧头劈进木纹，木屑四溅，林间散发出一股木纤维的清香。这种感觉真好。一会儿天热了起来，我脱掉上衣，赤着胳膊，汗流浃背地劈了一会儿柴，将它们置于阳光中暴晒。林间寂静如水，只听见斧头的咆哮声，每一声都砍进了大山。劈累了，我坐在树桩上休息一会儿，抽根烟，发力大喊一声，声音像落入了无尽的虚空之中。过了很久，山谷那边才传来回音。是我的声音。眼下，我成了这片原始丛林中真正的主人。茂盛的亚热带植物让我心情愉悦，它们有的喜阴，有的向阳，而我决定这些动植物的生死。我沿着那条被荒草掩盖的小径，围着房子四周侦察了一番。它的左侧有一条山涧，不到一箭之地，便是一个深潭，潭水绿得发蓝。那天我赤条条地在水潭里畅游了一番。回来的时候，我看到了那块被开垦的地。足有百来亩，长满了个把人高的蓬蒿，成了麻雀的嬉戏地。我的脚步声惊到了它们，麻雀儿飞跃而起，铺天盖地，天空像被撒了把砾石。真是块好地，我望着这块宽阔得惊人的荒地发了一阵子的呆，心想当年那些人大概就是在这块地上种植药材失败的。

头几个夜晚有些难忘。天黑前，我准备了大量的枯木，烧起一团熊熊的篝火。哔剥作响的火星高高跃起，直奔夜空而去。在这儿能看见璀璨浩瀚的星河。在北京那些年，我已经记不得星星的样子了。我贪婪地仰望着夜空，浩瀚的星河像命运的图纹，一下子像回到了小时候。那时我常高抬着头走路，我走，月亮也跟着走。我故意停下脚步，它立马停滞不前。那时我常担心自己长不大，现在想起来，长不大多好。

晚饭用地瓜解决。一边烤火，一边随手往火堆中扔几个地瓜，不一会儿就煨熟了。地瓜是从老康家带过来的，在他家那是喂猪的，我说给我几个地瓜吃时，女人不加掩饰地笑了。地瓜很香。夜空中的星星让我仿佛回到了旅程中西藏境内的怒江边上。那是我和李蕾在一起为数不多的几次旅行。也是这样繁星密布的夜空，怒江在脚底下奔涌，像上帝的咆哮，令人胆寒心怯。李蕾抱着我，将脸贴在我胸前。我分明感觉到了她在微微地颤抖。那一刻我像个爷们，紧紧地搂住她，我觉得应该保护她一辈子。

和李蕾分手那天，我们最后做了一次爱。那是在新租到的房间，在西二旗那块，那天刚搬进去，一切都还是陌生的。我们曾经花了大半个月时间天天下班就去逛“58 同城”，给房屋中介打电话，最后才租的那里。现在想起来还记忆犹新，房间有个书柜，配了写字台，第一次来我就喜欢上了。我花了大半天的工夫收拾，将房间的每个角落都清理了一遍，仿佛要将前任租客的所有气息统统驱除掉。在席梦思下面，我翻出一张令我永生难忘的纸条和两个尚未使用已过期的避孕套。纸条上只写着一句话：“再堕一次胎，我就自杀。”她始终冷眼站在一旁，看着我忙这忙那，手里拿着烟，一根接一根地抽着。我讨厌女人抽烟。我讨厌接吻时闻到女人的烟味。她像在专心等我干完活计，然后将烟蒂捻灭在易拉罐里说：“小娄，我们做爱吧。”

床上是新铺的蓝色条纹被单。那是她有天逛西单大特价买的。她心血来潮，一次买了三个四件套。我们小心翼翼地躺着，谁也没有说话。进入的时候，她咬着嘴唇，眉头拧了一下。她始终闭着眼，这么多年了，她一直拒绝做出某些改变，这种表情曾经让我愤怒过。白天做爱我们还是头一回。我们闭上眼，尽量不去看对方的脸。我感到内心深处某些虚伪的东西，在白天里被赤条条地暴露了出来。她依然一声不哼。完事的时候，我的手不小心触碰到了她的下巴，发现她在流泪。我没想再说什么。一切都是多余的。房间的角落里除了那只巨大的拉杆箱，还有她的耐克包。她将一切都已经收拾停当，随时做好撤出我生活的准备。

“你不准备说点什么吗？”

临走的时候，我送她去车站，我说。

“还有什么好说的吗？”她冷冷地瞥着我的脸。我一下子感觉到不自在起来，意识到自己说了句废话。“我终于要离开这座讨厌的城市了！”她装出一副得以解脱的样子又补了一句。

我陪她过了安检，一直送她上了卧铺。行李安置妥当，她耷拉着头，坐在铺位上，目光直直地盯着窗外。我说拥抱一下吧，她站起来，动作僵硬地回应了我的请求。所有人都朝我们侧目而视。火车将启动的时候，我和她道了声再见，她依然冷冷地瞥着我，像是看清了我的本质。火车徐徐启动，我下了车，望着她的影子渐渐离我而去。那一刻我意识到，我们再也不会见面了。

有那么几天，我感到了一种彻底的解脱。那些日子，我天天盼着天黑，像个昼伏夜出的幽灵，在路边的烤串摊前，喝到烂醉，似乎在庆祝单身得解放。我有为数不多的几个朋友。和我一样，他们从南方来，是资深京漂，熟悉这座城市的每寸肌理。他们说起这座城市，如数家珍，他们甚至知道这座城市平均每晚将有一百五十五人出生，九十九人死亡，而这些生命大多开始或结束于这座城市医院的共九万四千七百三十五个床位上。我觉得他们熟悉北京，比自己家乡还要熟。酒精带来的短暂麻醉让我感到无比的充实和虚无。我们在深夜坐在马路牙子上，干号着汪峰的《北京，北京》和崔健的《一无所有》，一路踉跄着各自回家，回到空无一人的房间。李蕾一定是将我内心里的某个东西带走了。几天过后，这种空缺感越发强烈，我开始感到了难过。

三

一个星期后，老康果然没有食言，给我带了米和蔬菜，还顺便带了杆鸟铳来。有了鸟铳，我心里顿时踏实了不少。夜里常听见野兽的怪叫，有时在山林，有时感觉已经逼近屋前了。有天清晨起床撒尿时，发现一团黑黑的东西从我眼前忽地一闪而过，钻进了林子，吓得我一哆嗦，差点尿了一身。林子里成天响彻着遮天蔽日的鸟叫声，密集的啁啾声一大清早就把人闹醒。老康浑身湿漉漉的，他说外边下了两天的雨，河水差点漫过独木桥了，问这边下没。我说下了点，不过很快就停了。下雨天，我就猫在屋里烤火。将火塘烧得旺旺的，围着火看书。劈柴偶尔炸响一下，火星连串跃起，直冲屋顶去了。我享受着这难得的平静。看书、烤火、打盹，一天的时间可以无限漫长，直到我想结束的时候，闭上眼往被窝一钻为止。再也没谁来打扰我了。我可以安心地做自己想做的事情。那些依附于身已久的陋习与怪癖，在新的环境中仿佛得到了彻底的涤荡。我甚至再没有失眠过。在梦中，我总是在奔跑，奔向陌生的山谷、河流和麦田。梦中的天空湛蓝如洗。那些曾经屡屡光顾我梦境的阴霾、追杀与犯罪的场景，再也未曾出现。我甚至一次也没梦见过广告公司、难缠的客户、垃圾短信和彻夜排队的楼盘开售活动。那些令人生厌的东西终于可以从我脑海中清场了。每天我按时醒来，精神饱满，饱受折磨的失眠症终于消失了。天气晴朗的时候，我甚至重拾了多年前的习惯，开始记日记。有天晚上，我梦见自己重写了那本失散了的手稿，成为一个作家。我梦见自己坐在西单图书大厦，大批的读者包围着我，我应接不暇地一个个开始签售。我是当过一阵子的“文青”。“非典”时期，我没在学校，而是躲在怀柔的一个乡村，借住在友人的一间小房子里，昏天暗地地写了一个多月，完成了四十多万字的青春文学的手稿。现在想来，依然觉得有些疯狂。那部不知所云，纯粹出于青春荷尔蒙冲动的长篇差点要了我的命。我咳嗽，发高烧，以为感染了“非典”。友人那阵子出国了，留我一人终日足不出户，买了几大箱方便面和香烟。没人知道我感冒的事。我想象自己是一个和死神赛跑的人，想象自己是向医生询问还能活多长时间好继续完成《人间喜剧》的巴尔扎克。我像要向那本书献身一样，每天一张开眼，就沉浸在小说的情节之中，快乐并痛苦地燃烧着。那时我有成名的欲望，想象这部作品问世之际，一举成名的盛况。稿件快要完成的时候，我差点大病一场。一天中午去村里小卖部买香烟的时候，剧烈的咳嗽声吓着了女店主。我一离身，她就报了警。那时我刚泡好方便面，“笃笃”的敲门声便响了。我看到几位“全副武装”的医护人员站在门口。一量体温，他们直接当我是“非典”病人，送进了医院。

说来就是那时认识小乌的。

我在医院里被观察了一个礼拜，直到退了烧，才从“非典”的恐惧阴影中挣脱出来。小乌是医院护士，她问我，是不是某校农学系的。我错愕地点了点头。她“全副武装”，透过镜片，我看见她似乎微笑了一下，像是印证了刚才她大胆的猜测。

稍熟络点后，她告诉我，原来她曾经去过我们学校，一起联谊搞过一次活动。

“我知道你写东西，写得不错，在你们校报上曾拜读过你的大作！”即便戴着厚实的消毒口罩，我也能察觉到她的笑容。

“幸会幸会！”我有些尴尬地应承道。

“可没想到在这里见到你这个大帅哥了！”她收住了笑容，换了一副正儿八经的模样继续说道：“幸好不是‘非典’，我们院已经死了八个了，上星期还死了个护士。”

“怎么称呼你？”

“叫我小乌吧。”她说。

一个礼拜后，我的烧退了，查明后是虚惊一场，可以出院了。我记得那天回来的路上，心里总是隐隐地感到不安，像是有什么事要发生。一进门，我就知道是什么事了。放在桌上的手稿不翼而飞了。我找遍了房间的角落，也没有发现手稿的影子，哪怕一片纸也没留下。我不知道是谁拿走了那沓稿纸。晚上，我虚弱不堪地躺在床上，一口一口地往嘴里灌着红星小二。酒从嘴角溢出来，混合着眼泪，我颓然地感到整个人生都他妈的完了。四十多万字的稿纸，摆在案头有些唬人。我甚至连书名都没来得及定。我真想杀了那个偷手稿的人。我发了疯似的，四处打听和寻找。村子里的人都用异样的眼光看着我，觉得我一定是脑子出问题了。那段时间，我消瘦得厉害，镜子里那个蓬头垢脸、胡子拉碴、形销骨立、一米八的个头瘦得只剩五十六公斤的人还是我吗？

因为失散的手稿，我不得不重返医院，设法找到小乌。除了那天来到我房间的几位护士，我再也想不起谁能动我的手稿。她见到我，有些惊喜。我只好把缘由向她说清楚。

“这部手稿对我很重要……”我咬了咬下唇，望着她说道。

她二话没说，开始四处帮我打听。她竟然寻到了那天来我房间里的医护人员。

“能帮你问到的人，都问了，都说没有……”她的语速慢了下来，仿佛担心这个结果让我一时半会受不了。“我猜人家也不会拿，人家那会当你是‘非典’病人呢，这手稿人家敬而远之都来不及！”她说的倒也是实话。排除了医护人员，最后一点线索也断掉了。这个打击让我万念俱灰，成天游荡于郊野，不知道下一步该怎么走。时值毕业季节，大家都开始陆续办理离校手续，忙着找工作和道别。只有我像个局外人似的，似乎一切都与我没啥关系。

她安慰我，说兴许是有人拿去看，看完就会还回来的。这个美好的期待在七月的时候，随着毕业季的结束而彻底破灭。我不得不接受手稿丢失的事实。它再也不会出现在我的面前，仿佛压根就不存在一样。

毕业后，身边的同学偶尔发来短信，或在 QQ 群里彼此交流新工作的感受。那个时候，我通常保持沉默。我等来第一份工作的时候，秋天已经来了。和他们都不一样，我进了广告公司，当了一名广告策划。我再也没有写一个字，甚至羞于向别人提及自己曾经是一个文学青年。唯有小乌，我们偶尔还保持联系。每回都是她主动约我。我们吃过几次饭。她是河北邯郸人，身高目测一米五八，略显秀气，说不上好看，但也不讨厌。下岗工人家庭，父母无固定收入，摆了个早餐点，家里还有一个上学的弟弟，小乌目前在这家医院当一名护士。我对她的了解仅限于此。其实已经足够了。

我们一起爬过一回长城，在京城待了四年多，竟然还给黑导游骗了，说是爬上长城得好几小时，于是坐了所谓的缆车上的长城，结果还没十分钟就上去了。是秋天，风和日丽，带着秋天独有的凉爽，树叶已经泛红。我们站在箭垛前，一起遥望远处的崇山峻岭。有一会儿，我们都停止了交谈。我能听见她微微的喘息声。她的肩头有意无意地往我这边靠了靠，仿佛带着某种暗示。我的手下意识地搂住了她。小乌仰起头，脸颊有些红，和当时的氛围显得很贴切。我若不亲她一口，显得有些虚伪了。我当时就是这么想的。我只想亲她一下，再没别的企图。她的嘴唇很柔软，接下来是舌尖的部分，她在回应着我，蛇一样缠绕着我，我想退出，她紧紧抱住我脸颊绯红地唤了我一声：

“小娄……”

当时我做了什么呢？我有些尴尬地掏出烟，迎风点了。烟熏得我睁不开眼。我感到她的手朝我伸了过来，两手紧扣……然后松开。我们像是什么事也没发生过，接下来，聊起了某某明星最新的八卦新闻，最后一起下了山，天快要黑了，我们搭末班车回了城。当时我刚搬出学校，与人合租了一个两居室，在北三环附近，她说住得远，我没问具体远到哪，我们在地铁站分的手。地铁呼啸而去，一切都像梦一样。

一天深夜，我被电话吵醒了。电话里传来小乌的哭声。

她说喝了酒，就在我楼下。已经是十一点多钟了。北京的秋天寒意愈深，从被窝里爬起来，我冷得打了个寒噤。实话说，这个电话让我有几分恼怒。自从一起爬了长城后，我似乎在有意回避某种即将成为可能的现实。至少我极少主动与她联系。她蹲在白杨树下，瑟瑟发抖着，手机屏幕的荧光正好映照着她的脸。我走向前，老远就闻到了一股酒味。

“这是怎么回事？”我一把扶她起来，她一个趔趄，扑到我怀里呜呜地哭了起来。“她们欺负我……”“谁欺负你了？”我说。“室友，她带男友进来……说好彼此都不带异性进来的……”她像受了极大的委屈，没再说话，抽泣声更大了些。哭声在夜空有些刺耳。我只好把她先领进房再说。

事实上，她已经醉了。她一头栽倒在床，连鞋子都没脱就睡了。像摊泥一样。我打了热水给她洗了脸，她迷迷糊糊地应了声，蒙头继续大睡。半夜的时候，她突然醒来，说很难受。我给她倒了杯水，她一把搂住了我……那是第一回有女人躺进我的被窝，以至于第二天早上洗漱的时候，室友带着男人们心照不宣的眼神朝我不怀好意地笑了笑。

四

这杆鸟铳成了我最忠实的伙伴。每天我背着它，往林子里逡巡一番。有了它，底气就足了许多。每次深夜传来野兽声，我就下意识地抓紧它。已经进入了雨季，房子上盖的茅草已经不足以遮挡暴雨的冲洗，天晴后，我又加盖了两次。我在山那边的清涧里发现了鱼，尺把长一条，花上一个上午的时间，运气好就能钓上来一条。那种鱼天生不爱诱饵，运气糟糕的时候，我连续三天都一无所获。一场雨过后，云雾从苍翠的丛林氤氲而起，给山谷笼上一层白纱。空气中满是负氧离子的味道，深深地呼吸几口，整个心肺都像清洗过一道。我大喊一声，它就跟着回应一声，仿佛整个山林都是我的。这种感觉真好，世外桃源一样。没事的时候，我就端着鸟铳往密林里钻，运气好能打到野鸡。将野鸡褪毛，剖开清洗干净，用野芋头叶裹起来，刨个土坑埋起来，上面燃起一堆篝火，一边烤火一边煨鸡，一会儿鸡熟了，从土里冒出一股浓郁的香味儿……就差点酒了。

我甚至打起了那块无人看管的地的主意来。这真是一块好地。这么肥沃的土地，插根筷子也能长出芽来，闲弃在这，真让人心疼。

老康再来，我就向他打听了这块地。

“上次是几个广东人承包的，在这试种，种了些天麻和三七，头两年长势很好，快要收获的时候，没想害了场奇怪的大病，全都烂地里了。”

“没打药吗？”

“打了，但刚好碰上连月的大雨，打也白打，最后都没效果。我猜这地有问题，之前也有人尝试过种党参，结果也是一无所获。”

“那现在这地归谁管呢？”

“名义上是村里的，不过这地方谁来啊，那么远，给人都没人肯要。”

老康走后，我有点动心了。反正闲着也是闲着，还不如种点什么。每天我在这块地里忙活一会儿，将地里的蓬蒿砍掉，蓬蒿是很好的肥料，几场雨下来，它就腐烂发酵，变成了肥沃的养分。

这真是块好地，种什么收什么。我种了几茬胡萝卜，长势意外的好。当我吃上自己种的蔬菜水果时，甚至对老康的告诫嗤之以鼻来。这儿根本没什么虫害，蔬菜水果没有天然的敌手，压根不要洒农药化肥。想想自己曾经吃下的那些带有农药残余成分的东西，顿时觉得这才是真正的人间食粮。

春雨霏霏的时候，我有了一种将这片土地重新种上药材的念头。这念头很强烈。我自信不比那些广东佬差。说不定他们只是些大老粗，不懂得科学种植。我的自信来源于我大学里选的农学专业。大学四年，虽然吊儿郎当，但是最基本的知识还是懂的。我和老康说了自己的想法。他呆滞了几秒钟，像看一个陌生人一样看着我说：“你可想清楚，这可不是闹着玩的，虽说现在药材行情看涨，一直供不应求，但这可是高风险投资，而且一项投资就得二十来万啊！”

我是认真考虑过才这么说的。二十万，可不是想拿出就拿得出的，好比身上的一块肉，全拿出来，我整个人都给掏空了。它是我在北京这几年下来的全部积蓄，曾经它也带给我一丝希望。那是在楼市还没这么疯狂之前。我问过老康，那些广东佬每天都住这吗？老康目光中带着疑惑，摇了摇头。“我和他们不同，我天天就住这，我懂它们，我天天侍弄着它们呢！”我仿佛找到了底气。

为了表示自己不是在不务正业，我开始正儿八经筹划起这件事来。为此我特意出了趟山，和村里签了租借这块地的合同。他们像捡了大便宜似的，为这块荒地再次找到主人而感到高兴，我只花了不多的钱就签了合约。接下来我进了趟城，去买了种子和化肥，以及相关的书籍。那几天，大概是老康透露了消息，我的家人也得知我去了拉丁的消息。他们想方设法劝我早点出来，甚至扬言要来把我找回去，劝我不要在这不务正业。我自然没法向他们解释，我来这里，是因为我抑郁。我只能托老康转告他们，我来拉丁，是奔着药材来的。我在这里有梦想，有目标，并不是来虚度年华和逃避岁月。

家人将信将疑，没再来骚扰我。

我在拉丁雇了二三十个老汉，帮我进去挖地和薅草。浩浩荡荡的一群人，扛着锄头箩筐进了山，像是去干一件新鲜事儿。几天后，偌大的地里沟壑纵横，都种上了天麻和三七，蔚为壮观。他们干完活，我让老康给他们结了工钱。老汉们对我充满了好奇，眼神中夹杂着玩味和几许不解。干完活，我打发他们都出去了。

山里又回归之初的寂静，所不同的是，现在陪伴我的不仅仅是画眉、山涧和白雾，还有这百来亩的药材。像赌博一样，我将所有的赌注都押在这上面，期待它们冒出新芽，开出梦想之花，结出希望的果实。

我开始感觉到了心态的变化。刚进山那阵，我只想将内心里那些乌七八糟的东西赶紧释放出去，洗涤得越干净越好。而现在，仿佛一颗空空荡荡的心，开始了某种期待与守望。这个举动很疯狂，几乎没有退路。

五

一连几天，我都在做同样的一个梦。我抱着一个婴儿，从医院的走廊出来，孩子已经死了。我不知道自己是去安葬他还是要把他带回家里。我的身后总是响彻着女人撕心裂肺的哭声。在梦中，我一刻也没回头，硬着心肠，一直让自己消失于车流熙攘的大街。

醒来的时候，我感到烦躁不安。已经记不清李蕾是多少次出现在我梦中了，和她一起出现的，还有两个被我们杀害的婴儿。确切地说，是我们的两个孩子。

流掉第一个孩子的时候，我们站在崇文门车水马龙的街头发过誓，发誓要在这座城市扎根下来，再也不让这种悲剧在我们身上重现。这个誓言几乎没含金量。一年尚未到尾，我不得不再次接受这个令人沮丧的答案。那是一个灰蒙蒙的冬日，小得像个咸蛋黄的太阳勉强挤出雾霾，露出了一抹惨淡的红。天桥那头就是同仁医院。我们排了整整两天队，不过是去做一个简单的人流手术。这是我第二次陪同一个女人去挂人流的号了。这种感觉让我感到几分羞惭。第一次还历历在目，是在一家偏僻的私人医院做的，也是在冬天。我们转了几趟公交，才找到那家毫不起眼的三层小楼。那次人流给李蕾心里留下了永恒的阴影。坐诊的是一位头发雪白长了副慈祥脸的老妇人，架着金丝眼镜，嘴角始终挂着职业性的微笑。她诱导性地问了她好几个私密的问题。我在不远处的走廊尽头，打开窗户抽烟。医院很安静，李蕾压低了声线，我还是听见了。她的回答让我感到几分惭恧。我狠狠地将烟蒂摁灭在窗台上，使劲一弹，弹出丈八远，正好插在一团残雪上。我就是那时看见那只白鸽的。它蹲在烟蒂的旁边，翅膀好像受了伤，正瑟瑟发抖着。我们的目光相遇的那一刻，它似乎想着要逃，扑棱扑棱，却只挪动了几尺远。它绝望地处于我的目视之下，索性耷拉着头，面对着脚下的一堆脏雪，像已臣服于自己的命运。我朝周边看了看，没别的鸽子了。四周全是灰扑扑的建筑，连树木也是灰扑扑的，了无生气，映衬在阴霾的苍穹下，让人备感压抑。

我一根接着一根地抽烟，直抽到嘴巴发麻。手术室传来女人的哭声，门开了，最先走出来的是护士，随后我看见了李蕾。她的长发低垂了下来，贴着脸颊，脸色苍白得可怕。她一手扶着门框，一手提着裤子，裤头尚未系好，差点滑落下来，露出半瓣雪白的屁股。我赶紧向前一步，挽住了她。她趔趄了一下，像根软塌塌的面条。

后来失眠的很多个深夜，我脑海中都会不由自主地浮现出那天的场景。她软绵绵地朝我扑了过来，如同找到了一个投靠。而我无力接住她，摊上了一个大麻烦似的，只想甩手走开，逃离这个令人厌憎的地方，一个人走得越远越好。

我还记得李蕾第一次抽烟时的样子。那天晚上，我们看了场电影，很晚了，我们依然在等末班车。是很冷的冬天，站一会儿，脚都冻僵了。她说要不打车回家吧。我没作声，在一旁抽着烟。末班车等了许久也没来。我们只好打车回了家。因为那忍着寒冷白等的十几分钟，她回来就发了火。

“不就为节省那十几块钱吗，有这个必要吗？”

她仿佛点燃了我。

“就是了，怎么的？”我的火气腾地冒了上来。

“那也没用，跟着你，反正这辈子甭想买房子，你就一辈子租房住的命！”

那一刻，我们都停止了争执。空气仿佛凝滞，这句话像抛出的矛，狠狠地刺中了我，也连带着伤到了她自己。她意识到这句话的分量，却不知怎么收尾好，索性一把抓着桌上的烟盒，掏出一根点上了，重重地吸了一口，片刻我就看到了每个头回抽烟的人必然经历的狼狈相，她剧烈地咳嗽着，眼泪都咳出来了，弯着腰，将头深深地埋在怀里。不一会儿，我听见了她嘤嘤的啜泣声，夹着烟的手在微微地颤抖着。我走过去，接了她的烟，捻灭在烟灰缸，她扑在我怀里，向我道歉说刚才不是故意的。

她这么说，倒真让我难过了起来。

我给不了她什么。甚至是租间像样的单间，都要精打细算半天。在崇文门那阵子，算得上是我们最为颓败的时期。我们挤在逼仄的隔断间里，摆了一张床后，连张桌子都塞不进了。隔壁是对情侣，说什么都逃不过我们的耳朵。大到他们争吵拌嘴，小到他们吃饭接吻和爱爱。这些声音很长一段时间让李蕾感到难为情。晚上的时候，她不得不戴上耳机。我相信，隔壁也一样听到了相同的声音。有天晚上，他们为了回不回老家发展的问题，大吵了一架，甚至动了手。一记响亮的耳光宣告女人凄厉的哭号来临。他们闹了大半宿，女人的哭声越发弱了下去，天快亮的时候，我听见隔壁传来女人的呻吟声，那种再熟悉不过的声音还是让我感到心跳加速。这种方式我也曾经尝试过。和李蕾吵翻后，我们默不作声，两具互怀敌意的躯体，碰撞在一起，直到发出和解的声音。好几次，我们都心照不宣地选择了这种方式重归于好。

完事后，李蕾通常沉默地坐在床上，一言不发，从桌上的烟盒里抖出一根烟点燃。我一步一步地看着她吸烟的动作从笨拙到熟练。她已经无师自通，能张嘴就吐出一个个浑圆的烟圈来，连珠炮似的。这不足五平方米的隔断间里，被她一个接一个的烟圈所占据着。她目无表情地盯着我，或者墙壁，一根接一根地抽着烟。那真是一段暗无天日的时光，想想就令人沮丧。看不到任何希望。

六

这些药材长势良好，比我想象的要好得多。它们从没害过病，大大出乎我意料。我时刻观察着它们，每天薅草，定时追肥，时刻留意虫害。外边的药材行情一路看涨，据说每个月一个价。甚至已经有外地的收购商得知了我种植药材的消息，提前就打了招呼。一切都顺利得出乎人意料。连老康都换了表情，有些艳羡起我当初做的这个决定来。每天我都要围着我的地转上一大圈，累了就坐下来吸根烟。我的头发越来越长，我只得找根绳子将它束起来。有天我在水面上看见了自己的模样，邋遢的头发，乱糟糟的胡子，如此糟糕的形象属于我，如果不是定睛看，我以为那一定是别人。那个我如此陌生，带着一股子脱离文明社会的野蛮味，仿佛早已告别人间烟火。

就是那天起，我暗自下了决心，不干出点名堂，决不出山。

我为重新燃起的梦想隐隐地激动着。老长一段时间以来，梦想这个奢华的话题令我感到无比厌憎。就像我憎恨那套虚伪的社会法则一样。

有天夜里，我梦见自己咸鱼翻身，药材丰收，卖了一百万，大赚了一笔。我几乎是笑着醒来的。屋外正下着大雨，电闪雷鸣，透过窗户，我看到一道道强烈的闪电像上帝执鞭，愤怒地抽打着天空。我将被子裹得紧紧的，梦里的喜悦顿时荡然无存。那个晚上我再也没合眼，内心反而充满了焦虑，这么大的雨，将我心中那团刚刚复燃的火浇了个透心凉。

我的地会不会遭殃？天刚蒙蒙亮，我就跳下床，冲往我的地。还好，尽管有些损失，但总体来讲，已经逃过一劫。

大多数时间，我是无事可干的。带来的书早已读完。刚来的时候，我还每天认真写篇日记。随着时间的推移，该写的东西越来越少。每天的日记渐渐变短，到后来，一个字都不想写。翻来覆去都是一些重复的东西，起床、吃饭、干活、睡觉……看着都有些厌烦。在城市的时候，每天都有做不完的事，忙得像个陀螺，想让自己慢一点，歇一歇，都是奢侈的梦想。可没想到，真的歇下来了，又有些莫名的恐慌与空虚。唯有这块地是我的意义所在。它让我坚持了下来。

我开始怀念那些忙碌的日子，怀念城市的喧嚣与灯火。当我开始思念这些喧哗之物时，其实已经被孤独折磨得奄奄一息了。孤独，成了我大多数时间无法打发的主题。空无一人的山野，大喊一声，唯有回声忠实地呼应着我。有天我在房子外边看见了一只蜗牛。它潜伏在阴暗的灌木丛中。我如获至宝地将它带回了家，装在玻璃瓶里。和那些清风、明月、松涛不同，它是活物。我滔滔不绝地和它说了一上午话。蜗牛的触角在透明玻璃瓶里碰来碰去，显得有些不耐烦起来。那是我说过最多的一次话，我已经很久没说过话了，一下子成了话痨。两天后，它就一动不动地死了。死亡，是它唯一可以反抗我的方式。接下来我只能喃喃自语了，在山涧，在林野，在地里，在树上，我开始变得絮絮叨叨，嘴里净重复些废话。

无聊透顶的时候，我去捉树蛙，用荆棘将它们开膛破肚，处以凌迟；有天我碰见两条蛇在交配，捡了块石头，将它们砸成了肉泥。它们死后的身子依然紧紧地缠绕在一起。我变得越来越烦躁不安，体内像安装了一个引爆器，随时都会爆炸。我会面向一片虚空，无缘无故地发出怒吼，或大声地呼喊自己的名字。咆哮是我最常用的发泄方式。

有几次，我竟然梦见了小乌。

我的第一次给了小乌，她不是。这也是后来我心里对她有些芥蒂的原因。虽然那晚她喝醉了，但并不妨碍她下意识地做出本能的反应。我的第一次笨手笨脚，以慌乱而告终。然而第一次的经历永生难忘。这位看上去瘦弱的女孩身上迸发着一股令人吃惊的力道，像蛇似的紧紧地缠了上来。在梦中，我又体会到了这股力量，她让我着迷，如痴如醉。我开始频繁地手淫，这是我短暂地逃离孤独的办法。有时想着小乌的身体，有时则是李蕾，反复回味着她们俩的不同。我甚至幻想着她们俩一起出现在我面前的场景。这种念头越强烈，对孤独的体验就越深。我梦想她们马上来，然后极尽疯狂地干那件事。每晚我都被这种念头折磨着，直到东方发白也难以安眠。在黑暗中，我不厌其烦地数着绵羊，带着极度疲惫，才能睡上一会儿。而白天，则萎靡不振，像丢了魂似的。

七

我的药材是唯一能给我慰藉的。我看着它们一天天地成长，尽管过程那么漫长。但当梦想一点一点地往所希望的方向发展时，心里便充满了光。它们在支撑着我这具疲惫之躯。

最后的一年，我靠着这种信念一路勉强支撑着。

这一年，我差点丢了命。

那是发生在六月的事。雨足足下了两个星期，基本没有停歇过。那么大的雨下了这么长时间，我还是头回见。以至于我的房子的一角面临倒塌的危险。天空像撕裂开无数道口子，大雨倾盆而下。这样的天气就连从屋里走到我的地都是很大的麻烦，就更不用指望老康在这样的天气里给我送粮食来了。真不凑巧的是，我的粮食在雨季开始前就已经差不多告罄，按约定，他早就该来了。现在雨下得那么大，想来也来不了了。

那是我第一次体验弹尽粮绝的窘境。大雨把我的蔬菜冲得七零八落，那包铁砂和硝也受了潮，鸟铳顿时变成一块废物。大雨天，我唯一可做的就是生堆篝火，坐在那儿干挨饿。那时我还对老康多少抱有一点幻想，我想每天尽量少吃点，尽量不做什么运动，就这么干等着他来解救我。但直到我吃光了屋里能吃的一切，老康也没来。雨倒是弱了下来，但依旧断断续续的，没有停歇的意思。我必须面临一个严酷的事实，家里已经颗粒无存了。能吃的东西都已经落肚。不能这样坐以待毙，接下来我只能冒雨进入丛林，去赌运气弄些吃的。

最先到手的是那些丛林里的野芭蕉。我将它们割回来，勉强撑了几日。野芭蕉很快吃完了，接下来不得不重新寻找新的充饥之物。运气好的时候，可以逮到几只树蛙和蜗牛。用树枝串起来，架在火上烤，极香。我想我是饿坏了。饿得实在受不了的时候，我甚至吃过田鼠。铁夹子是广东佬他们留下来的，锈迹斑斑，现在重新派上用场。我将夹子埋在田鼠们常出没的地方，用树蛙做诱饵，然后开始了守株待兔般的等待。时间无限漫长，一分钟都拖沓得足够让人崩溃过去再活过来。吃一只田鼠，可以扛两天，这个等待还是划算的。田鼠很聪明，只要挨过夹，同类再也不会在此区域活动。每次只能打一枪换一个地方，后来纯粹就是碰运气了。好运气离我越来越远，坏兆头倒是接踵而至。

雨水一直没有断。我最担心的是那座独木桥，我想起老康曾经的忧虑，说如果遇到山洪，独木桥十有八九会冲毁。没有桥，老康即便有来解救我的心也没法子。他不可能挑着东西飞过来。

我不敢想象接下来的事，它只会击垮我的信心和毅力。

头回吃野木薯，把我给整惨了。

发现野木薯的时候，我高兴了好几天。我找了好半天才发现它们。我冒着雨，兴冲冲地挖了一筐回来，煮了一大锅，结果吃完，晚上就不行了。

我不知道木薯食用前必须用清水浸泡几天，必须将它的氰苷溶解干净才能吃。那天晚上我上吐下泻，浑身像着了火似的，那团火在体内焚烧，我听见一个声音在体内不停地呼喊：

“结束吧，结束就解脱了！”

我醒来的时候，雨已经停了，窗外有阳光倾泻进来。我虚弱得连动下指头都困难。唯一确定我还活着的，是天花板上那只肥硕的蜘蛛。它一直在不停地织网。看到它忙碌的样子，我知道我死不了了。我静静地躺着，山涧那边轰然作响的瀑布响了一天又一夜。只在雨水充沛的季节，它才发出这么大的响声。这一天一夜，我都在昏迷状态下，醒来又昏过去。等我彻底醒来时，那只蜘蛛已经不知去向，我看见头顶上方的天花板上挂着一张巨大的蜘蛛网。它已竣工完毕，只需守株待兔了。

老康依然没有来。我拖着虚弱不堪的身子下了床。我的脚一沾地，极度的饥饿感迅速而来，一个趔趄，我又歪倒在地。

八

在最后的几天里，我就吃锅里剩下的木薯。横竖都是死，还不如当个饱死鬼，我当时就是抱着这样的心态的——结果反而没事了。锅里的木薯不知施了什么魔法，突然没毒了。后来我才知道，木薯浸泡了几天，毒性已经消解。每天我就靠着这几小口，躺在床上，等待着死神的光临。

我没能等来死神，却等来了小乌。老康来的时候，距离雨季开始已有一个月之遥。他身后跟着的还有小乌。那时我虚弱得连吃惊的表情都没有了。我抬了抬眼皮，看见已经剪了长发的小乌，她看上去那么陌生，然后我就听见了小乌的哭声。她抱着我哭了起来。

小乌她怎么来了？她怎么找到这里的？我的脑子乱成一团，那时我还处在极度虚弱中，意识依然游离于世界之外。老康解释说外面下了近一个月的雨，独木桥给冲走了，所以等了这么久才来。我静静地躺在床上，听着他一脸苦相，笨拙地解释和道着歉。

她的到来，给我带来了阳光和快乐。那是我人生中最快乐的一段时间。从最低谷冲上了云端。最快乐的事情莫过于意外的惊喜。她在我最孤独的时段，来告慰我枯寂的心灵。很久不见，她的厨艺大有长进。在她的细心调理下，我的身体逐渐康复起来。

再也没有什么比怀抱一个女人更幸福的事了。我迷醉于女人身上散发出来的芳香，变得贪婪和毫无节制地索取。我像要把丢失在丛林中的时光从她身上弥补回来。我甚至有些后悔来到此地，在这了无人烟的地方荒废光阴。我内心对她充满了感激，只有她才是真正爱我的，在我最需要的时刻出现。我带她去看我的地。她惊得一愣一愣："没想到你成土豪了！"那几天，我带她走遍了周边的丛林。这儿对她来说，无疑充满了新鲜和刺激感。有那么几天，她天天要我带着她出去转悠。听我给她分享这儿的各种新奇事儿，深夜造访的野兽和丛林深处的怪叫声，把她吓得一愣一愣的，钻进我的怀里尖叫。

"你不怕它们吗？"她愕然地问道。

"难道你没发现我才是真正的丛林之王吗？"我带着夸耀的语气说道。

"我可没发现，我来的时候，你已经饿得只剩半条命了。"她戏谑道。

她告诉我，她已经从医院离职，受了施洗，每个礼拜六都会去教堂和其他信徒一起做礼拜，参加他们的集体活动。

"唯有主的恩典是无私和博爱的。"她换了种虔诚的语调，她这么说的时候，我觉得就像面对一个陌生人似的。

"那你现在做什么？"

"做房地产置业顾问。"

她告诉我，自从我离开以后，房价已经疯了。她说出的那个价格，让我感到某种庆幸和解脱。

"知道我怎么找到这儿的吗？"她神秘地扬了扬眉头说。

"我也想知道。"

"全中国有几十个地方都叫这个名字，只有这儿，符合你的个性，我赌你在这，感谢主，果然没错！"说到这，她有些得意起来，"你这副造型，都可以直接去演《启示录》了，回北京肯定是把他们雷死啊！"她建议我把长及胸襟的胡子剃了，那样会更帅些，我没答应。

我想象着有朝一日出去的尴尬场景了。他们一定会把我当外星人或猩猩来围观。想当初我一意孤行，那么坚定，打好主意再也不会回这个该死的世界。小乌的到来，扰乱了我的计划。她告诉我国安的最新战绩，新增的地铁线和太阳宫附近新开设的台湾咖啡馆。最后她皱着眉，给我清洗了一大堆臭气冲天的衣服，那些衣服已经大半年没有洗过了，长满了霉斑。

丛林的新鲜感没多久她就腻了。开始抱怨起没电，每天晚上只得早早睡下。也上不了网，发不了微博，登不了微信，没法在朋友圈分享我这原始人的生活经历。当然也没有洗澡间和厕所。从北京一下子回到原始人的生活水平，对于她的抱怨和不适应，我一点也不吃惊。

小乌一共陪了我一个月。她问我走不走。我迟疑了一会儿，说：

“这还有我的地，那是我这几年的心血。”

“这能卖多少钱？”

“一两百万吧！”

她有些吃惊，眼光闪亮了一下。

那个数字一出口，把我自己也吓着了。我还从没有想到能卖这么多的钱。

小乌临走前的那晚上，我陷入了疯狂之中。像是要将身上的最后一点力气在她身上消耗完。我想着她早点走，我将重新回到熟悉的孤寂环境当中，我已经习惯了这儿的一切，甚至对外界充满了恐惧。然而我又对这个女人充满了不舍。我乞怜于她的爱，没有她，我又将独自置身于这孤独无边的黑暗里，一人忍饥挨饿，甚至这个世界再也不会有人关心我的生死。我不过是一滴掉入大海的水滴，功不成名不就，死不足惜。这么想的时候，我又害怕她的离去。

九

送小乌走的那天，我的心异常空落。焦躁的情绪显露无遗。片刻的欢愉过后，意味着永恒的孤寂。她告诉我，她忘不了我。“我会等你回来，我爱你，小娄。”听到这话的时候，我的心猛然怔了一下。就像听到孟姜女对丈夫说出的承诺。然后我看到她眼角溢出的泪水，扑簌扑簌地掉。我一路送她到了拉丁，临别的时候，她试图再次劝我：

“跟我回吧小娄！”

我扬了扬手，制止了她继续说下去。

我说你赶紧走吧，不然就赶不了路了。几个山里的汉子和女人远远地盯着我看，我的模样把他们都吓住了。他们从来没见过头发胡子这么长的人，简直跟野人一样。有人背着我朝我指指点点，像围观一个怪物，将他评头论足一番，然后下了结论，此人肯定是个疯子，要不就是逃犯。

我几乎是逃回了那片丛林。那个世界是如此陌生，和我格格不入，分外隔膜与生疏。唯有回到丛林，才能让这颗慌乱的心彻底安定下来。

我的药材依旧长势良好，到年底就可以收获了。这也是我唯一的寄托。听老康打听，这几年药材的价格都在水涨船高，节节攀升，根本就不愁买家。我想象着卖完药材的场景，钱包鼓胀，仿佛又回到刚来北京那年，整个世界都不在话下。

有那么一段时间，我想是值得回味的。

那是和李蕾恋爱的第一年。她刚从一家广告公司跳槽，去了一家大型外企，当文案策划，工资翻了一番。那是我们最愉快、乐观的时光。好几回在崇文门的街边小巷口吃麻辣烫的时候，我们都聊起过房子的问题。那时我们齐了心，攒了股劲，雄心勃勃，想努力几年，弄个小房子的首付，哪怕是买在通州那边也行。记得加在一起的存款接近二十万的那天，晚饭后我们一起挽着手去广场散步，浑身都洋溢着幸福感，好像已经拥有了房一样。当时我就是这么觉得的。我还从来没见过这么多钱呢。我们每天都拼命地加班，接外活，只想多存点，好接近首付的底线。

正当我们信心满满的时候，李蕾却意外怀孕了。

那正是房价疯涨的时候，一天一个价，涨速快得让人瞠目结舌，晕头转向。好不容易我们筋疲力尽无限接近首付的时候，房价一脚油门，一夜之间又变得遥不可及起来。那段时间，我已经不敢再去看房产中介，深深的挫败感如山一般压了过来。孩子是个累赘。在这个问题上，我们几乎没有争执，默默接受了现实，毕竟孩子在最不该来的时候来了。

看见那个卖鸽子的人，是回家的路上。就在医院对面，一条简陋的胡同口。一个戴着雷锋帽穿着笨重棉服的男人，叼着烟，熟练地褪毛、剖解，剪刀使得比医生的手术刀还熟练。地上满是褪去的羽毛和鸽血。关在笼子里的鸽子眼中放出垂怜之光，它们可能已经意识到自己即将面临的命运。我顿时想起医院平台上那只受伤的鸽子。它似乎想着要逃，扑棱扑棱，却再也飞不起来。那几尺的距离，是它最接近天空的高度。

那真是难忘的一天。我们彼此都不说话，生怕一言不合，就点燃了火药桶。上天桥的时候，一位常年在这附近乞讨的老翁坐在台阶上眯着眼打盹，脚旁放着一个洋瓷碗，里面放着寥寥无几的钢镚。李蕾走到老乞丐前，她蹲了下来，从坤包里抽出一百元放在老乞丐的洋瓷碗里。我没看错，是一张崭新的百元大钞。我以为她疯了。她什么话也没说，站直身来快步上了天桥。留下目瞪口呆的老乞丐和诧异的行人。

想起李蕾的时候，每次心里都会痛一下。这不仅仅是一起有过两个孩子，更重要的是，我们曾经一起心怀过同样的梦想，一起为之奋斗过。每当想起那段经历，我的心都会不由自主地颤抖，然后就是无边无际的哀愁与伤感。我们曾无限接近于那个梦，眼睁睁地看见它一步一步地远离而去，一切破碎，一切成灰。

十

我的失眠症不知何时又悄然回来了。这叫人绝望。曾几何时，我以为战胜了这个恶魔。特别是在这丛林的两三年，它消退得无影无踪。每晚我都枕着松涛入眠，在这儿，没有任何东西能干扰到我。

然而失眠和焦虑在这个冬季频繁地光顾。老康告诉我，今年的冬天似乎和往年有些不大一样。

“冷，这儿从来都没这么冷过。”他穿着笨拙的羽绒服进来的。

我倒也不怕，再冷能冷过北京？我准备了足够过冬的劈柴，将房屋加盖了一层茅草，又缝补好漏风的窗纸，老康也带来了充足的粮食。我担心的，是我的这些药材。老康说，年前就可以叫人来收购了。但药材贩子最远只到拉丁。我叫他到时多叫些帮工来，帮忙挖出来，运到拉丁去。老康满口答应了，说要得。刚好过年，外出打工的年轻人也都回来了，劳动力是不成问题的。

干完这些，我踏实了不少。

现在最困扰我的，是失眠。彻夜无眠。一会儿想着小乌，一会儿想着李蕾，一会儿又担心起药材无人来收怎么办。好在白天精神萎靡也没有关系，反正大冬天的没什么事，坐在火堆旁打盹，掰着手指头算日子，挖药材的时间一天天地逼近了。那几天我吃不好，睡不香，仿佛有什么事要发生。期间老康又进来了一次，问他帮工的情况怎样了，他说大部分得年底才回来。

“冇[1]卵事呢，放十二个心吧，都包我身上，等那群后生回来，吆喝一嗓子，随便就是几十个，一两天准给你弄完。”

老康走的那天，天气晴好。第二天便变天了，下起了毛毛细雨，此后天气越来越坏，老天就没再开过眼，每天都是湿冷寒潮的鬼天气。我隐隐约约有些担心起来，察觉有些不妙。离过年还有一个礼拜的时候，天气更糟糕了些。这时老康来了。

他身后跟着七八个老汉，比他还老。

“你不晓得吧，南方冰雪灾害呢，听说百年难遇，现在高速公路，火车都封了，一步也走不了啦，后生们堵车上都两三天了，还没吃没喝的！你讲老天害人不害人？”

这结结实实给了我一棍子。我可没想到情况是这样子的。带来的老汉倒也不多废话，埋头就干起活来，晓得这天气的厉害。这些娇嫩的药材，这样的天气里，挨不了几天就会冻烂，腐化掉，变成一堆肥料。坏运气始终在我身旁徘徊。腊八这天，上午竟然下起了冰雹。即便是这些老汉，也很多年没见过冰雹了。更要命

① 冇，没有。

的是，下午时分，一场蓄势待发的大雪，飘飘扬扬地落了下来。真是一场大雪，即便在北京，也是罕见。鹅毛大的雪从午后就没停止过，一直下了整夜。半夜的时候，被大雪压垮的树枝噼里啪啦地响到天明，放爆竹似的。第二天大家哆嗦着起来时，发现整个世界已经被白雪厚厚地覆盖，已经分不清哪儿是哪儿了。那一刻，我体会到了什么叫功败垂成，我离成功曾那么近……我只差点没当着面哭了。这就是我的命。

雪依然在下着，经朔风一吹，变了硬雪，滴水成冰，到处都挂着长长的冰凌条。那些老汉个个惶然起来，活这么久，他们极少有人见过雪，更何况这么大的雪了。他们已经顾不得挖药材赚那份工钱了，还不赶紧撤，大雪封山，估计能不能回家过年都成了问题。

他们叫我一起撤，我拒绝了。

死我也要死在这里，死在我的地里。这儿是我最后的阵地，是我的战场。我了无牵挂，坦坦荡荡。那些财富、信仰和爱情以及尊严，在这场百年难遇的大雪面前，贱得像个婊子。

十一

小乌再没回来，然而我将必须回到她身边。一个月后，冰雪开始融化。老康找到我，当时我正坐在一棵树丫上。他问我：“在干吗？”我说：“在钓鱼，你说话小点声。”他惊愕地望了我一眼说：“地里哪来的鱼？你下来我有话要跟你说。”

“什么话，我今天还没钓到一条鱼呢！”

“你要当父亲了！”

“母亲是谁？”

“小乌，你那位小乌给我打电话让我告诉你的！”

我扑通一声，直接从树上滚了下来。

“她说回去后才发现怀孕了，她说她是基督徒，不能去流产，要给你生个娃！你还是赶紧回北京吧，待这不是个事……”

我像看一个怪物一样瞪着他，然后爆出一长串浪笑来。我的样子像是吓到了他。他说你冇事吧？我没空理他，在我的地里一路狂奔起来，像匹野马，长长的笑声统统给抛在了身后。我走进我的地里，像走进自己的家园，在雪地上撒着野。然后扑通一声躺倒在自家的大床上。那张床大得无边无际，整个一片洁白无瑕的世界。我腾地坐起来，抓了一把雪，大声吼了起来，整个丛林都在回应着我。我闭上眼睛，世界就排除在黑暗之外。我假装我已经死了。我默数着来自黑暗中的声音，一下两下三下，直到心跳越来越快，快到要从里面逃出来。

秘密

朱个

“收藏一个秘密，就像揣着胀鼓鼓的性欲，是很压抑又有快感的事情。”

一

电梯的楼层指示灯，在排列成棋盘形状的按钮上面，此刻一个数字追赶着另一个，有序地亮起。立方体空间很局促，并没有因为里头只装一个人而变得更大。四面都是镜子般明亮的不锈钢墙壁，映照出乘客各种角度的身与背。左辉斜靠扶手，盯着墙上的男人。里面的男人干净整洁，散发着水果的气息。

数字继续闪烁。仿佛为了说服自己，他弯下身子凑近光洁的墙面，龇开嘴检查牙缝，这个动作使他看起来在笑。再用手指梳梳头发，转转脖颈，左辉做好准备了。

“叮”——门顿滞一下，向两边打开，人的镜像从中间平均地裂开。密闭的空间压力突遭释放，取而代之的是一大坨喧闹的声音，横冲直撞地砸向他，空气里有干热的烟味、香水味，还有从城市各处角落迁徙而来的尘土味，大幅浓艳的绘卷浮起在眼前。

长条桌覆盖着皱巴巴的仿缎桌布，五颜六色的小孩子摸爬着钻出桌帷，胖阿姨笑着把他们顺溜拖走。立着一面广告牌，上书“张广生先生崔莺小姐喜结良缘”。字的背景，就是张广生先生和崔莺小姐过曝的脸，光线很旺，他们脸上只剩扁平五官，没有具体细节。

张广生。崔莺。左辉迈出一步，凑上去默念两个名字。在回过头的时候，他看到了张广生和崔莺。他俩就和从告示牌上走下来一样，光线黯淡许多，脸庞却还是白得发亮。

张广生和崔莺在长桌那头，并肩而立，犹豫地看左辉。长桌上摆放着几丛绣球花，一只用作装饰的仿古首饰盒，上头搭着塑料钻石项链，还有凌乱摊开的几个本子，这些东西隔在他们和他中间。他也看着他们，渐渐浮起笑容。他携带着那团笑意，朝他们走去，他们对视一眼，脸上呈现出模棱两可的表情。一只手从后面拽住了他的衣袖。

“来了？签个到吧。”个头矮矮的胖阿姨不知道打哪儿钻出来，此刻站在他身后，顶着坚硬的鬈发头盔。

“字不好，不签了。”他说。

本子还是被阿姨拖过来推到面前，暗红色洒金底，已经有不少歪歪斜斜的名字。

“不签了，行吗？”

“行，行啊，那就揿个指印，啊？”阿姨继续招呼，中年女人的热络叫人没法拒绝。

阿姨把一盒彩色印泥摆到他手边。“挑个颜色，随便挑一个！喏，这里，树上，随便！”顺着指点，他看到本子上有棵大树，招展着空荡荡的枝条，几个红绿指纹挂在枝头，好似几粒稀稀落落的果子。

“这是做什么？”

“呐，你看，像这样左右揿两下，能拼成一个爱心耶！”阿姨凑过来教他。

“这是做什么？”

“做什么？总归是纪念咯！”阿姨拿手掩住嘴，“开枝散叶嘛……”

“哦。”

盒子里六种色，他挑了最深的赭石，照着样子对称地揿两下，硕大的爱心便也挂上枝头了。只是那颜色，一点都不鲜艳，倒像是陈年的血迹。

他在前胸口袋摸索摸索，掏出一封红包，胖阿姨看都不看，利落地收下了。张广生还站在桌子那端，脸躲在新娘崔莺后面，疑惑地看着这一切。摄影师把左辉拉到新人中间，崔莺熟练地向内收紧下巴，摆好姿势。快门即将按下，明明已经按下，他却躲出了镜头。

“不麻烦拍我，我是代表我爸的，我爸是你爸以前的同事，老头子最近身体不好，来不了。”左辉对张广生说，说完悠悠一笑。

二

新郎张广生腰杆笔挺地站着，从昨晚起他就在嫌弃，今天要穿的西服，真不像样。

崔莺跟所有准备婚礼的女人一样，每个细节都要尽善尽美，所以张广生特地去上海的高级裁缝那儿定做礼服，前后跑了两三趟，改了好几次，昨晚再试，还是不服帖，这叫他心头硌得慌。每当他抬起手臂，稍微举得高一些，胳肢窝那块地方，就有根筋扯牢了，这让他一整天都不大舒服。

有时，张广生的视线会溜到新娘的头发和下面的脖子上。注视新娘是新郎的美德。盘发一丝不苟，每缕发丝都乖乖地待在规定的位置，脖子上绕着一圈珍珠项链，是订婚礼物。项链的搭扣处，垂着调节长度的细链，直指背部中心线。再往下，张广生暂时看不到，也不愿看下去。那儿每处隐秘的部分，都老早像张揉皱的纸，每丝气味，每道痕迹，睁开眼即历历在目。他太熟悉这具身体了。

和这位叫崔莺的小姐认识了一年多，该谈的情都谈了，该做的爱也一趟没落下，到这种程度，不想分手，便只能结婚了。婚期顺理成章地越来越近，张广生的心反而特别沉静，静得就是在迎接一个普通日子的到来，就是在迎接一大串普通日子的到来，是出无法猜错剧情的电影，也是幕喜闻乐见的大戏。即便今天，崔莺换上雪白的婚纱，画上艳丽的浓妆，也没被张广生视作一个新的女人。从早晨起，两人就开始忙活，此时他俩已经并肩站了很久，简直快站成一对同仇敌忾可以风雨同舟的战友了。电梯每回“叮”地响起，他们就摆出默契的笑容，把客人夹到中间，等着婚庆公司的摄影师把炮筒一样的镜头摇过来。

左辉刚走出来，张广生就看见他了。这男子面目清秀，双眼的一半掩藏在额前披挂的长发里，穿戴尽管一丝不苟，却有流浪汉的气质。他从电梯里一步跨出，就停住了环视四围，有些很好奇的模样。

而当他发现新人张广生和崔莺，便又使劲盯着他们看，好像要从他们脸上看出什么差错来似的。这让张广生怎么都觉得他不像客人。最要命的是，张广生根本不认识他。瞅瞅崔莺，她也是满脸迟钝。

左辉揿指纹掏红包的当口，张广生只来得及注意到他背了个双肩包，有点鼓，用一根肩带斜斜地搭着。他从镜头里躲开的那会，张广生的心思已经不在他身上了。左辉对他解释的那几句话，他也并没有听到心里去。一个婚礼，他得操心无数事情。一个婚礼，遇上一堆陌生人，再正常不过。这么多陌生人，有些是从没见过的亲戚，有些是长辈的旧友，有些又是崔莺的相识，张广生怎么搞得清楚？只要他们不忘记给红包，张广生想，我管你们谁是谁啊。

他烦躁地又伸手到后背扯扯袖笼，紧绷绷的西服裹在身上，不啻一套铠甲。是不是该把马甲脱掉呢，脱掉是不是就轻松点呢？上哪去脱呀，真麻烦……他糊里糊涂地想着，但很快，他的视线便越过陌生人的肩膀，被扯到更远处去了。

消防通道门口，立着一位黑衣姑娘。她显然是从楼梯上来的，这时歪着脑袋有点迟疑不决，然后直奔另一头的洗手间而去。

张广生眼睛发直了，他暂时忘记了不合身的西服。

三

姑娘今天穿着一身黑。

姑娘喜欢没有颜色的衣服。据说黑色不反射可见光，其实不算一种颜色。这让她在任何时刻看起来，都像一个大煞风景的人。

她知道这是个婚礼，还是崔莺的婚礼。老同学好几年没碰面，结婚倒还记得邀请她。收到请柬的那天，姑娘正在搬家。单身女子搬家最是不易，虽说约好了搬家公司，可雇来的工人毕竟不是自己人，把她的杂碎弄得七零八落。她抽出信封里的卡片，大红底子，烫金喜字，多么俗气又美丽的颜色。她看到崔莺的名字和张广生的名字，肩并肩地靠在一块，不免又生出些唏嘘，是感慨，还带一丝难过。轻飘飘的请柬倏地变得好重，累得她顺势坐在皮箱上，皮箱居然没有扣紧，哗啦散开了。姑娘跌坐在一堆衣裳里，站都站不起来。

她为此犹豫了几天，终于还是来了。

昨晚过得有些意外和疯狂，今天差点睡过头。姑娘站在洗手间往脸上补粉，看着镜子里两只肿胀的眼袋，脖颈隐约还有几块粉红的擦痕。想起昨晚，她低头看看这身黑裙。料子还是和昨晚出门前一样，保持得笔挺垂顺，有些似乎应该有褶皱的地方，现在看来也没有留下浓重的痕迹。有点不敢相信衣服也和人一样，同时经历了那样的夜晚。她本来应该换套鲜艳的衣服，可又不想这么做。在人多的地方，似乎只有黑色才能更安全地把她遮挡起来。

张广生的脸突兀地出现在镜子里。“你在这干吗？”他问。

姑娘一愣，待看清背后是谁，她苍白的脸上掠过一丝不易察觉的慌张，又立马恢复了常态。

“是你？”她冷淡地说，“这是女厕所。”

张广生说：“反正没别人。”

姑娘不吭声。她打量着镜子里的他，穿得异常端正，头发认真地吹过，上了发胶，嗅嗅，有股松木的清香。再细细辨别他的神情，已没有丝毫狂狷之气。

张广生问：“怎么找到这儿来了？”

姑娘轻笑：“找你，我怎么会找你？我都不认识你！你认识我吗？”

张广生说：“那你来干吗？”

姑娘说：“我来喝喜酒的！”

张广生的心一沉：“谁的喜酒？”

“喏，外面大厅里的那个。”姑娘朝门外努努嘴，“我同学。”

张广生有气无力地问：“崔莺？”

姑娘点点头。从他脸上的表情，她忽然明白了这身衣服和那场婚礼的关系。

四

左辉一直认为，收藏一个秘密，就像揣着胀鼓鼓的性欲，是很压抑又有快感的事情。

左辉是个有秘密的人，这个“有秘密”的秘密，让他行走在人群里，多了那么点欲言又止，仿佛喷薄而出的朝阳，在黎明时分还怀着羞涩的模样。

“你是谁家的呀？”有人搭话。

在这个椭圆形的大厅，左辉处在最靠近门口的一张圆桌。从他这个角度，差不多可以看到整个现场。问话的是位胖老头，六十岁左右，胳膊交叠撑在桌沿，笑眯眯地看着他。他们周围，参加喜宴的宾客们穿梭来去，陆续有人在这儿坐下来。

左辉戳戳自己鼻子，做出询问的表情。

胖老头笑眯眯地点头。

“你啊，我看你是老王的儿子吧？”一个大嗓门的老太太插进来，她围着大红围巾，脸蛋红扑扑的。

胖老头说：“老王？”

老太太说：“老王嘛，那个东倒西歪的老王嘛。”

左辉回答：“是是，我就是那个……老王的儿子。”

“噢噢，老王家的。”胖老头若有所思地说。

老太太说："矮墩墩的老王，倒有这么大个儿子，啊？"

左辉抬眼看看他们，又垂眼笑笑。他从包里摸出相机，搁在腿上，一张张回放着里面的照片。

老太太还在说："你爸真不来了？我知道他那个性子，肯定不情愿来这种场合。他派你当代表，你也肯的？我儿子就没这么乖。"

左辉举起相机，摘了镜头盖。他说："我给你们拍个照吧。"

胖老头和老太太几乎同时愉快地站起来。

"要不大家一起来？"左辉对席上其余的客人说。

"你瘦了，小时候挺胖的。"胖老头重新落座的时候忽然说。

左辉也不抬头："我从来没胖过。"

胖老头说："这是什么话，我们都是你爸的老交情。"

对，老朋友，老交情……众人纷纷附和。

胖老头说："这些叔叔阿姨都是看着你和广生长大的。"

左辉对着门外还在迎客的张广生努努嘴，他说："我不认识他。"

老太太说："你不认识广生？你俩小时候一块玩过！"

"我不认识他。"左辉一门心思地说。

"你就是记性差，你再用力想想，那年广生去上学，你还……"

"不用想，我不认识他。"左辉打断老太太的絮叨，"但是，我知道一个秘密。”

他慢慢抬起低着的头，一直掩映在额前长发下的双眼明亮起来了。左辉感到舒服极了，每当他说出这句话，他都感到无比地舒服。

大家显然好奇得要死，又不敢表现得过分好奇，于是都不晓得怎么回对，便安静，等他说下去。

但他自此闭嘴了。

周围越发纷乱嘈杂，一曲熟悉的交响乐低沉迟缓地在人群上空升起。所有的灯都熄灭，一束追光打到门口。圆柱形的光束笼罩下，新人张广生和崔莺已经做好所有准备，手牵着手，庄重地亮相了。

五

崔莺一手挽着张广生，一手提着婚纱，昂首挺胸穿越大厅的时候，黑暗里纷纷亮起了闪光灯。

崔莺是个自给自足的女人，她珍惜一切理所应当的东西，为这一生就那么一回的仪式准备了好几个月。有时她发现张广生对这些事不是太上心，她也从不多想。男人嘛，总是有他的另一片天地，不能逼人太甚。于是，也便坦然地亲力亲为，既落得放心，也是求个安心。时至今日，这貌似众星捧月的场面出乎意料，令她动容，竟以为前半辈子的辛劳都是为了这一时刻，安稳地把自己嫁出去。她鼻子一酸，差点要感动了。就在此时，耳朵里刮来一句话。这句话仿佛一条细钢丝，清晰地穿过杂音，钻入她的耳膜。

"崔莺，裙子拉得太高了。"

崔莺晃动一下，酒红色高跟鞋刚好跨出半步，差点没有站稳。她慌乱地把手放低，定定神，在最自如的姿态下，用余光扫视一圈。她抵抗着高压水枪般对她喷射的光束，在人群里寻找，是谁在说话。

目光几乎没什么犹豫就碰到了姑娘。在电光火石的一刹，崔莺看到那张苍白的脸，便明白了是谁在提醒。她居然还来得及再感慨一回，这人真是一点都没变。

跟所有婚礼一样，崔莺请了很多不熟悉的人，那些人因为人情的债而依旧牢牢占据着她的手机通讯录。确定来宾名单的那天，崔莺看见姑娘的名字，脑中立刻浮现出姑娘的一句话。

那句话是姑娘在几年前的同学会上说的。大学毕业后，那还是大家的头一回聚首。同学们在社会上闯荡多年，脸上早脱尽书卷气，个个神气跟从前总是两样的。唯有姑娘，看上去没有变化。这种没有变化并非指她依旧跟从前那样爱穿黑衣服，而是她苍白的脸，在告别学生时代多年后，还是没有沾染上一丝血色。

崔莺看着她坐在自己对面，黑色让她的轮廓线条平滑简单直接地游动。她一声不吭，即使大家的热烈讨论快要掀翻屋顶。那一阵，私人话题主要集中在找对象喝喜酒上，这是当时单身崔莺的痛处。老大不小了，相亲好几次都没有成功。每回遇到这类话题，崔莺都被戳中痛处，面上再怎么不以为意，别人大概也都看得出她内在的虚弱。她以为姑娘默不作声是跟自己有同样心思，像抓根救命稻草似的，不时向她微笑，试图展开同病相怜的对话。

可她真没想到。姑娘冷不丁说了一句："结婚，结什么婚啊，你们知道结婚是怎么回事吗？"

正在讲话的同学停了下来，大家安静了一阵，就有人慢条斯理说："结婚么总要结的喽，你们都不想结的难道？"马上就有三三两两附和，总要结过才知道究竟怎么回事的……而且大家都装作不朝姑娘看。后来，同学会又开了几次，但再没见过姑娘了。

崔莺乱七八糟地想着，已经从姑娘面前走了过去。她定定神，把提着裙摆的手固定到最合适的高度。她打算甩掉那些思想，保持刚才的姿势，微笑、挺胸，她要把这么明亮的瞬间留给自己。

姑娘全身裹在黑色里，这让她在层层叠叠人头的后面，露出的仅仅只有一张脸。姑娘明白老同学看见自己了。头回当新娘，这么紧张，裙子拉这么高，这么一走动，下摆这么一翻，大腿都若隐若现了。她为自己能注意到这些对老同学有用的细节而暗自得意，这让她看起来不像普通来宾，而是另一种置身事内也更能掌握局面的人。

即便是那个叫什么……“张广生”的人，姑娘想，这下也放心了吧。

六

时钟在觥筹交错中嘀嘀嗒嗒往前走。

胖老头说：“谁的秘密？”

老太太说：“什么秘密？”

“说，说，快点说说看。”

“太吊人胃口了。”

喜宴已经接近尾声，空盘子也堆起来了，两位老人家还在执着地追问。他们的问题显然次次都问出在座的心声，大家多次停了筷子盯着左辉。

左辉又在拨弄相机，就像什么都没听到。他慢条斯理地把镜头盖装上又摘下，举起来凑近取景器随便对对焦，咔嚓咔嚓，又拍了几张什么东西。

大家只能再次感到没趣，胖老头摇摇头，老太太满脸愤愤。所有人装作吃菜喝酒，暗地里却都在用脑电波空中交汇窃窃私语，他们说的都是相同的意思，老王儿子有一个秘密，但他就是不告诉我们。

“我走了。”左辉忽然说，他收拾好东西起身。

别人来不及跟他道别，而他循着来时的路径，很快就走进了夜晚。

“你等等！”有人在背后喊他。

这夜深沉广阔，灰色天光洒在街道上，卡在每一道缝隙里，给地面罩了稀薄的一层霜。左辉看到有个姑娘穿着一身黑，在白霜里站得笔挺。她苍白的脸，仿佛悬浮在半空中。

她说：“你是谁，我好像在哪里见过你？”

左辉似笑非笑：“在哪里，是梦里吗？”

这是轻浮，却干干净净不讨人厌。姑娘上前几步：“你是怎么知道那件事的？”

“什么？”

“什么什么？”

“哪件事？”

姑娘说：“就是刚才你告诉他们的那件事。”

左辉说："我什么都没告诉。难道，你也知道？"

姑娘说："你别管我知不知道，我只想知道你是怎么知道的？"

左辉说："我就是知道。"

"好，"姑娘抿着嘴角，"你能不能不要说出去？"

"为什么？"

"因为，因为这是个秘密。"

左辉说："我从来没想说出去，我就是告诉他们，有个秘密，只是，不能说。"

"谢谢你，你真好。"

"不用谢。"

姑娘转身想走，却没走。她又上前几步，几乎挡在左辉面前，他身上散发出一股漂白粉的味道。她说："我还是不能放心。"

左辉说："那我也没有办法。"

姑娘说："或许，我们可以去喝杯咖啡。"

左辉说："我不喝咖啡。"

姑娘本已靠近的脸重新拉远了，她盯着他说："人人都爱喝咖啡。"

"除了我。"

"为我破个例吧。"姑娘说。

路边光秃秃的树枝上缀着一朵鸟巢，像极了某个说漏嘴的秘密。这个秘密被叶子小心翼翼掩藏了整个夏日，却在北风吹到城里来的那天，赤裸裸地公之于众。

七

酒店房间里，窗帘拉上了一半。透过没有遮住的玻璃窗，远处是城市中心的明灭灯光。在更近的地方，有几幢矮房子，房顶上矗立着好几个巨大的圆柱形金属筒，对称排列，发出细碎的轰鸣，如同筋疲力尽的怪兽。总有光从窗帘背后鬼鬼祟祟地钻入，姑娘陷在一堆衣料和床单的泥淖里，内衣裤歪歪扭扭地贴着皮肤，沿着骨骼肌肉的走向，光在她身躯上蜿蜒出微微的、又是一轮一轮在变化着的色泽。她躺在那儿，薄薄的一片，瘦弱得就好像从来没有过性生活一样，扁平的胸，方正的臀，唯有锁骨和胯骨凹凸异常。

“午餐肉，”左辉唤道，“你这块小午餐肉。”

被唤作午餐肉的姑娘，刚刚入睡。此刻惊醒，待听清自己的新名字，她羞涩地蜷腿，像把委屈的折扇，优美动人。

她微微抬头，看到了左辉。他靠在床头，还穿着所有的衣服。他办好开房手续，走进房间，一直到现在，始终保持着这个姿势。

她用像睡衣一样软绵绵的劲道拉过被子盖在身上，多余的被子整条嵌在他们中间，像是一道召唤人们快来逾越的鸿沟，然后她以一种模糊而昏沉的嗓音从喉咙深处发出了“嗯”的回答。

左辉捉住了姑娘的一只手，把它放在掌心搓揉着。他依次摩挲她的每一条手指，从根部到顶端，她的无名指特别短，比中指要短一大截，几乎和小指齐平。他沿着手指往下，在她的掌心挠起来。他感觉到姑娘的手往回抽，便稍稍使力，也是给对方提了要求。姑娘果然不再挣开，他沿着她掌心的中轴线，像做着游戏，缓缓地向手腕行进。

姑娘翻身，把脸转向了另一侧，手却依然留在自己背后，留在左辉手里。这样的姿势，她不觉得难受。手腕的皮肤温热许多，也更细腻，沿着脉搏的跳动，有条无形而充满隐喻的路径通往身体的另一部分。

房里非常安静，电子钟的计数发着微弱的冷光，在天花板上打出一圈光晕。姑娘的呼吸粗重了，渐渐又急促起来，她背对他并蜷曲起来的腿似乎夹得更紧了。

“口渴吗？”左辉说。

姑娘呼出长长一口气。

“我给你倒水。”他说。

姑娘松开手，却闭紧了眼睛，不敢睁开。喝水的时候，她感到左辉重新躺在了她身旁，床垫一阵微微颤动。水是冷的，穿过咽喉似薄荷般的清凉，她小口抿着，继而大口喝起来，最后水沿着她的嘴角流到了脖子里。姑娘想把空杯子放到床头，杯子却掉了，掉在地毯上也不发出声响。在几乎难以察觉的犹豫之后，姑娘用一个直接又不言而喻的动作，攫住左辉的手，放到自己的腹部。

左辉没有动，他难以置信地一点都没有移动。姑娘把他的手攥得很紧，她的掌心渗出细汗，暗中传达着身体的湿润，无形而具体。

“我肚子饿了。”他说。

“下半身倒一点都不饿。”他说。

这回应来得轻巧，还有些粗俗，却合乎逻辑地不怎么讨人厌。姑娘不知该觉得好笑还是难过。她松开手，缩回自己的胳膊。姑娘不敢确定，这几乎算是爱吗？

这是他俩相识的头一晚，他没有和姑娘做爱。

直到黎明撕开夜幕，在天边露出白光，他依然只是握着她的手。

八

姑娘曾经告诉左辉，他为她破例喝咖啡的那晚，她经历了从没和任何人经历过的一种陌生的经历。

这一经历的源头是左辉的相机。当后来她提到他的相机时，左辉的手正持着相机。他几乎相机不离身，她第一次坐在他对面，他就先把相机放在了桌上。他的相机是姑娘没有见过的，既窄又扁，边角方正，镜头很短，也不长在机身正中间，唯有孤零零的红色圆标，像是可口可乐的记号。他单手举起它，凑近取景框，以某种对于初次见面的人来说非常突兀又无礼的方式，毫无预兆地拍下了姑娘的正面。

她丝毫不厌恶这样的方式，这代表了随和、宽容以及其他所能想到的一切。左辉不停地为她拍照，姑娘看到对着自己的镜头玻璃，幽深地流动着彩虹，通向另一端很远的地方。随着快门的咔嚓起落，这个男人仿佛每次都是通过镜头在抚摸着她，让她觉得和他的世界结合得那么牢固，再没有比这样更亲密更纯粹更富有张力的动作了。这新鲜的感受让她如此忧伤而欲罢不能，她告诉左辉，她从没感受过如此的澎湃以及充沛，情欲的潮水游蛇般丝丝渗入，铺展在她无法正确掩饰的面部。她问他是否注意到她的嘴唇颤抖，胸口发紧。她抑制不住地凑拢，她在期待一个吻。

可他只是收回了相机，在背部的显示屏上观看刚才的画面。那儿存着刚才的她，前一刻的她，无法再现的她，永远逝去的她。

姑娘忽然觉到悲哀，她从此怀疑起存在的真实意义。

她向他解释说她发觉他的脸干燥平整，没有荷尔蒙的气味，这令他看起来像个插花或者卷寿司的日本人，彬彬有礼，漠然处之。

左辉没有告诉她，在为她拍照的时候，他的性欲忽然上来了。

九

“你就告诉我吧，你知道的秘密究竟是什么？”

姑娘站在左辉家里，面对镜子，满脸沮丧地说。镜子挂在客厅的墙上，而不挂在它应该在的地方。姑娘注意到镜子里的自己，撇撇嘴，法令纹末端竟然有些延长。衰老是这么不知不觉侵入的，这令她越发沮丧。

她从镜子里看到左辉在摆弄相机，他坐在单人沙发里，用一种已经在那儿坐了一辈子的姿势。

“我喜欢看别人结婚，也喜欢喝喜酒。”左辉说，“我经常在街上闲逛，只要看见酒店大堂竖着告示牌，上面是一对男女朦胧而幸福的表情，我就会从包里掏出红信封。我买的是十块钱一沓的那种，上面有鸳鸯戏水的金色花纹。你要不要看？”

得到否定的回答，左辉继续说下去：“我往里面随便塞几张钱，交给签到的人，胡乱打个哈哈，没什么万一，谁都不会拒绝红包的。我会坐到新郎新娘的朋友那几桌，他们各自的朋友都会以为我是对方的朋友，我很安全。只要不主动开口，没人来找我说话。我不是为白吃一顿饭，我只是喜欢和陌生人在一起。”

左辉说：“现在你知道我的秘密了，我不认识他们所有的人。”

姑娘已经从镜子面前转过身来，她的心完全放下了，眼里充满爱怜。一旦他说出了秘密，等待便成为有价值的事情，她认为自己完全能够了解他在秘密背后的真实意图。于是，她向他走去。

“我也喜欢照相，我会把他们拍下来。”左辉说，“你看。”他向姑娘递出相机。相机里的照片，有时候有他，有时候没有他，有不同的新郎新娘，有不同的小孩和老人，背景都是狼藉的碗盘、成堆的红色或者“百年好合”“我们结婚啦”的字样。姑娘一张张往前翻，还有一些拍的是火车上的人。一个中年胖子靠在车厢走廊上闭目养神，年轻人在旁边对窗玩手机，窗外正飞过一座钢筋铁塔。

左辉说：“我喜欢坐火车，有时我会买一张票坐到站再买一张票坐回来。我喜欢看从各个方向匆匆赶来的陌生人，好像是为着我在走过来，慢慢地越来越近，最后汇聚到我周围，互相做了一会儿的陪伴，然后分开，再也见不到。”

一粒滚圆的泪珠缓慢地出现在姑娘的睫毛上，它刚刚挂在那儿，就开始颤抖，悲戚无比的，哀怨无声的，颤抖着，还没有掉下来。

左辉继续说："每次喝完喜酒，我都会主动说，我知道一个秘密。关于一个你们都见过的人，你们迟早会知道这个秘密，我真想告诉你们，只是我还不能说出来。"他的脸始终垂在胸前，这时忽然转向她，"我喜欢看他们脸上的表情，他们那么着急，那么想知道迟早都会知道的事情。"

寂静中，姑娘的眼泪轰然落地，在地板上摔得四分五裂。她说："我们结婚吧，你就能参加一次货真价实的婚礼了。"

他用在他身上极为少见的迅疾速度，忽然站起身。他冲上去紧紧拥抱着姑娘，把脸埋在她的颈窝里，又疯狂地动作起来，几乎要把她的衣服都揉碎了。姑娘在短暂的诧异后，生疏而热烈地配合着。一种完美的节奏似乎即将呈现的时候，左辉还是推开了她。

"不行，"他喘着气说，"那样就失去我的秘密了，那样我就再也看不到你们脸上渴求的欲望了。"

"你是不是很失望，我的秘密其实不是你以为的那个秘密。"在姑娘痛苦地离开时，左辉问道。

他说："其实我知道你的秘密。"

“求求你，不要告诉她。”姑娘倚着门框，无力地坐下来。她想起了和父亲的告别，父亲带着他的新太太和新小孩，站在阳台上朝她挥手。她无数次提醒自己那不过是个梦，却每次都进入假设的情境不能自拔。如同眼前，她不禁想遍了一生中所有的离别，妄图从中找回失去已久的期待。

“他？”“她？”左辉重新翻看起照片，他指着一个穿露肩大红旗袍的女子，“是她？”

姑娘看仔细了，那是婚礼上的崔莺，正好换上第二套衣服。她痛苦地挪开眼睛，同时伸出一只手去遮挡。左辉不依不饶地送过去，姑娘被迫捂住了眼睛。

她重新哭起来，这一次和刚才的那次不再相同，她为自己流出的真诚泪水比起对陌生人左辉的同情之泪显得更高贵。

“我知道你的秘密了。”他安静地说道。

“那么，请你不要说出来。”她抽泣着恳求。

“你的秘密是——”左辉顿了顿。姑娘慢慢瞪大了眼睛，空洞的脸上有着满溢又欲拒还迎的渴求，这恰恰是他最迷恋的表情。

“你的秘密就是……”左辉举起相机，抚摸着屏幕上旗袍女子的脸颊。

“她是谁？她认识你吗？”他的语调惊人的客观。

“她认识我吗？”姑娘想起敬酒的崔莺，挺着傲然的胸，旗袍下的身体曲线毕露，裙摆开衩高高地伸向腿根。

“这也算秘密吗？”

“你，真的，有秘密吗？”

左辉轻蔑的言语，就像一串魔杖弹出的咒语。那些可怜的，而她以为真真切切的隐秘，连泄露的机会都没有，便仿佛气体一样被抽走。她空了，于是瘪下来，皱缩成一堆。

窗帘被风吹出一块折角，游荡在外的光线乘虚而入。明媚娇艳的下午时分，就这样悄悄来到了他们中间。

十

这儿是莽丛酒吧。

张广生来到酒吧时，已经过午夜了。这一晚，以及这一晚之前的很多晚，他做了很多事，很累，也非常倦怠，但他不打算睡觉了。他本来可以和从前每次来一样，叫上一大帮弟兄，但今天他只想一个人来。

这儿是“闹吧”。很闹，光线昏暗，烟雾氤氲在空中，被各种吵闹填充着，质量饱满地悬停着，并不那么轻盈。舞池造在弹簧地板上，一群穿戴单薄的男女在那乱蹦，像踩着秋千东倒西歪，边上围了几个光头小伙子，手里提着啤酒，随着节奏不停地晃脑袋，身体微微地此起彼伏。在这种地方，一个人坐着不动将显得相当傻。张广生在吧台要了杯酒，没过多久就觉得自己傻，非常之傻。

姑娘进来的时候，张广生就看见她了。这女子穿得一身黑，脖子手臂和大腿全部锁在衣服里。要在平时，张广生才不会注意到这跟文物一样的女人。但那天，孤独的张广生，所有的感官忽然变得异常敏锐。他看她穿着黑衣坐在那儿，脸那么苍白，苍白得像一笔惊叹号，又仿佛黑夜奋力撕开的一张嘴。

今夜，姑娘神清气爽。尽管已经来过几次，推开大门的瞬间，她还是差点被音乐弹出门去。姑娘的兜里揣着崔莺的结婚请柬，这是她收到的第一个很有可能也是最后一个婚礼邀请了，因而她对崔莺是感怀的。那日科长向新同事介绍员工，轮到她时笑说："这位是我们单位有名的仙女，不食人间烟火。"婚礼就在明天，她决定要去，喜宴和酒吧一样，应该是充满烟火气的地方吧。

这儿的情况很贴切"莽丛"两字，人们像丛林野兽，笑着叫着跳着直到筋疲力尽。张广生端着酒杯坐到姑娘身旁，这个男人强壮魁梧，在烟味酒味的缭绕下，有着陌生的吸引力。

他朝姑娘吼出一声："你好！"

姑娘看出他的嘴型，闻到他的气味，朝他微微一笑。

张广生举起杯子，伸过去碰了碰姑娘的杯子，独自喝了一口。

“你不喝？”他又吼道。

她摇摇头，脸上存着某种怀疑。

“一个人吗？”他又吼着。

姑娘的嘴做出O的形状。

他只好凑近更大力吼一声：“一个人吗？”

姑娘点点头，耳朵都震痒了。

“你不想睡觉吗？”她突然吼得非常大声。

他倒被吓了一跳，讶异地转过身来：“你说什么？”

“我说你不困吗？”

张广生摇摇头。

“我是睡过一觉再来的！”姑娘喊道。

这回张广生立刻就听明白了，他忽然感到有点好玩：“今晚我不睡觉！”

姑娘举起杯子向他致意。

姑娘喊：“祝贺你不睡觉！”

张广生喊：“谢谢！”

大家都需要这样待久了会变聋子的地方，需要互相嘶吼着说话，吼着吼着他们就没力气难过了。张广生和姑娘吼了一阵，不约而同都笑了。

“我去洗手间。”姑娘指指那边说。

“我也去。”张广生的眼睛在黑暗里闪闪发光。

一个衬衣高高扎到肚皮露出来的女孩走到人群中，她叫喊着：“你们看见我的戒指了吗？那是我的结婚戒指……”不待人们回答，她就趴在地上找了起来。张广生和姑娘从她身边走过，遇见舞池边缘的长头发女人，抓着一张凳子，只重复地甩头发。

姑娘知道张广生会跟着她走进洗手间。他从身后把门关上，这是个男女共用的逼仄空间，小便池和坐便器并列安放着，再加上两个人就变得更窄了。

终于来了，这种事。她一点都不怕，定定地看住他，等他怎么办。震耳欲聋的音乐跟他们隔着一道门，却已经像隔着千山万水。

他把姑娘推到墙上，在布满锈斑的镜子里，姑娘看到了自己。

他说：“明天我要结婚了。”

“怎么了，跟现在不一样？”姑娘轻松地笑起来，含着激怒他的嘲讽。

他又在她脸上发现了怀疑，此刻他忽然明白，怀疑的背后可能存在着某种秩序。如果，他想，仅仅是如果……他不禁生起顽劣的童心，颇想要去破坏这个秩序。

他紧紧地贴了上去，气息吹在她脸上。隔着衣服也能觉到他的热量，这对她而言，是多么新鲜的经验。她不知道他们会不会接吻，她猜测即便环境允许，他们也不会。可谁在乎呢，她喜欢他在此时和彼时之间的矛盾，这矛盾让他的绝望那么含蓄又腼腆。姑娘踮起脚跟，让头可以高一些，然后，她就靠在了张广生的肩膀上。

张广生似乎想说什么，姑娘把手指放在嘴唇上阻止了他。在这一刻，他们的眼神碰在一起。

音乐开始新一轮高潮，有人追打着，似乎还跌撞到了洗手间的门上。这撞击对两个人来说，出现得比外面的乐声还要真切，紧随着还有衣料摩擦木板的窸窸窣窣。姑娘吃了一惊，试图从对方的怀抱里脱出来。

张广生却把她抱得更紧了，他的左手卡在她腰上，右手在她的背部摩挲，很慢很慢。他的嘴就像第三只手，在她的颈项间探求。姑娘靠着墙的身子挺了起来，胯部不由自主地迎向对方，同时发出轻轻的呻吟。张广生沉沉地呼气，几乎快要把女人举起来了。

然后一下子，两个人的动作都僵硬了。

张广生的电话响了。

和音乐不一样，电话铃声总是联系着一切突然发作的事物。

在这个空间里，这仿佛已经是距离他们最真实的声音，裹挟着现实而来，逼迫着人们妥协。小段重复的马林巴琴声，活泼、轻快，跳跃着把两个即将对接的人分开了。

张广生感到一种古怪的情绪，混合着排斥、羞怯、索然无味的情绪。他脸上的汹涌波涛，正在渐渐退去，留下在沙滩一样的皮肤上被潮水抓挠过的痕迹。在短暂的不知所措后，他把手从对方的衣服里抽出来，匆匆后退，没有任何解释，走了出去。

姑娘在锈迹斑斑的镜子里，看到了自己。令她感到可耻的是，天还没有亮，天还是可耻地黑着。

每个混蛋都很悲伤

于一爽

我说，我没想过分开。其实还有下半句我没说出口，我想说，我没想过分开就像我没想过在一起一样。

一

是郭培突然建议去骑自行车的。我说是不是有点儿晚了，又说天有点儿凉。可接下来她就开始穿鞋，我也开始穿鞋。

那会儿是春夏之交。刚刚下过雨，太阳把地上的水都蒸发了，两个人一边骑一边脱外套，两边郁郁葱葱，多半是梧桐。我单把用空出来的手擦汗。郭培紧紧骑在我后面，她那天穿蓝底白花裙子，怕绞进去骑得挺仔细。我骑快了总是在前面十米的位置，有时候转过头看看她，如果差太远我就得绕个圈。在她的四周，有汽车缓慢流动着，从两个方向。地上很干净，车开过去的时候卷不起来一丝尘土。

一直骑到中山陵门口我俩才把车停下来，郭培把车锁落在酒店了。我们只能把车捆在一起，其实谁也没打算去景区坐坐。在售票口，我要了几个茶叶蛋，卖茶叶蛋的一直盯着我们，我问郭培吃不吃，她说不吃，我说那来仨。郭培又说吃，我说四个。可到头儿来她果然一个都没吃。不过我给她了个蛋白。她跟我说，这地方真好，也不会碰见熟人。

谁都没进景区，我们就在售票的地方坐了坐，也没买票。然后就又沿着来的方向往回骑，正好是下午五点，黄昏将至。我跟郭培说现在已经没黄昏了，说完就往前飞速骑去。郭培一个字也没讲，大概对我所说的一切理解又不理解。我回头看她，她也学我双手松把。回程比来程要难。她张开双手之后的人形比本人胖些还很踉跄。不知道为什么，我突然有种预感，我们的关系恐怕要结束了。

就是在这条回去的路上，还能看见黄鼠狼蹲在路边，我们骑过去的时候它们就跑开了。我问她累不累，她说累，说完了接着骑。我们在一起一年了，可像在中山陵骑自行车这样的事并不常见。每当路过两边草地的时候，我就跟她说——那是薰衣草。郭培哈哈大笑，就好像我在满嘴跑火车一样，我说真的，我说只是因为还没有变成紫色。可她还是哈哈大笑，她一定是觉得我骗人技巧太拙劣了。

接下来的路面开始变得深奥起来。平坦的中山陵竟然显出了一点儿野性，我让她当心路边伸出的树枝。拐过几个弯路之后，前面就隐约出现了一座房子，走近了看是座寺庙。我于是跟郭培说，走会儿吧。她也停了下来，我们是同时注意到了这里。再往里走一些，发现这是一座不知名的寺庙，起码不会在中山陵的景区游览图上出现。外墙和门楣上的颜色都掉了，字迹也模糊了。我试着读了一下，什么都读不出来，郭培在旁边笑得浑身颤抖。

我们把车扔在路边之后就往庙里走。即使不知名可还是能感觉到一座残破小庙曾经有过的气派。还有个小钟楼，郭培跑过去，撞了一下钟没撞动。我挪过去搂着她，问她信吗。这下撞得挺响。我都没听清郭培说了什么。我又问了一遍，我说信吗……于是她整个人突然转过来抱着我说——反正我周围挺多人认了上师，都不难看长得。我说你这算什么回答，她说你不是问我信不信吗，她说她信星座，又说其他的也信也不信。但害怕挺多事儿，这真奇怪。还说什么原来在终南山短暂地待过，后来不理解就逃了下来。郭培问我，甚至还有点儿认真地问——张纲，你说，难道人逃避欲望的方式不应该是先满足欲望吗？我说这是你从终南山逃下来的原因吗，她说你要这么理解也行。她说主要是受不了有挺多出家的给我递名片。她这么讲的时候我们两个人同时笑了起来，在这座也不知道是不是可以称之为千年古刹的地方。笑声传得挺远，可我尚未知道怎么回答她——逃避欲望的方式是不是先满足欲望。这正像我们的关系。

这样想的时候，我把郭培抱得更紧了。我想亲亲她。她又把嘴给闭了起来，我用舌头顶着她的牙齿，能感觉到她的心跳和身上散发出热乎乎的东西。我喜欢用大拇指和食指夹住她的鼻子使劲亲一会儿，最后以亲到鼻尖儿结束。郭培长了一张圆脸，我觉得是用一个圆规画出来的，鼻尖儿正好是圆心的位置。她非说我嘴里一股鸡蛋味。我说吃四个鸡蛋就会变成鸡屎。

可是，一旦停下来，彼此分开之后，就会很清楚闻到空气中弥漫的一股霉味儿……如果你不习惯这个那你就不会习惯南方。咱走吧，她突然说。我提议说不想在这做爱吗，她说，你说呢，如果郭培说，你说呢，那八成就是随便的意思，然后她突然把胳臂张开，就好像我可以从这里开始一样，她深深仰起脖子。不过从我这个角度看上去，她可真傻。我顺着她的脖子亲了亲……她挠了挠好像有点儿痒。张纲，你看这云……她突然说，她这么说的时候我有点儿扫兴。于是也抬起头开始陪她看天上的云。云在天上缓慢地移动，变幻出各种形状。我很多年没有看过云了。黄昏到来前的最后几缕阳光太刺目，以至于我终于挤出了几滴眼泪……隔着眼泪再看这一切，云像罩了一层白纱。突然一瞬间觉得天旋地转，我缩起脖子，把头深深埋在了郭培的胸前。我听她好像在叫我，张纲。极轻。我应了一声。好半天再听不到她说什么，我问她你说什么，她说没什么。我说怎么了，她说没事儿，就是想叫叫你。

我总是觉得她有什么话要跟我说，可又好像突然对发生在我们身上的一切觉得不可思议，就戛然而止了，于是我们这样抱了挺长时间之后，郭培突然说——我饿了。

眼下要做的事情就是找一个地方吃饭，在一个岔路口，我问她要不要走条近路。可不等回答，我就走上了那条路。她还是一声不吭地跟在我身后，但是我们一直没找到饭馆。不过看见了一个小游乐场，有室内转马、升降飞机、轨道火车、淘气城堡、充气跳床，还有好多叫不出名字。是我先把自行车躺在路边的，扒着游乐场的栏杆看了看。郭培也穿着她的小裙子跟过来，游乐场就像等待什么人到来一样，有个室内转马一直在转……可是也没有起过风。她说走吧，有点儿害怕。又说饿了，真饿了。我说翻进去吧。郭培把脸贴在我后背上使劲摇头。拉我的手说走吧，我说女的不都喜欢来吗，她说怪吓人的。然后就开始拽我。

后来两个人就从游乐园开始往回骑。上坡时候我蹬得太猛，车链还掉了一截……我蹲下来修，她在旁边呵呵直笑。我说笑什么啊，她说毕业之后就没见过男的修自行车了。郭培说自己高一的时候有两个男的抢着要帮她修自行车，那会儿都是捷安特。我说你肯定跟其中一个好了。她说现在提起来恍若隔世。当她这么说的时候，声音被我转动的车轮淹没了。另外，我蹲下来的时候正好看见她的小腿被一根根钢条分割成了均匀的几块。她的裙子刚好及膝。

后来路过一家素斋馆，郭培没什么意见。进去的时候里面也没几个客人，一个有点儿发胖的中年妇女堵在门口柜台上算账，屋子很小，有不到十张桌子……有两张桌子上放着几团抹布。如果愿意的话，也可以把十小桌拼成一大桌。更为离奇的是，这个不起眼儿的饭馆还有个吧台。有两个高凳子，包着已经挺破旧的牛皮……如果有人进来，那个有点儿发胖的中年妇女就打个招呼，也不抬头。似乎手里有算不完的账。每个进来的人她都认识也都应该认识一样。好像她在这里已经工作了七十年。

我和郭培坐下来，我要了瓶啤的，还有几个菜，菜上得太慢，于是我又要了瓶啤的，两瓶之后菜就一下子都上来了，我和郭培各自低头吃饭，或者抬起头看看小饭馆墙上挂的电视，看到一则新闻的时候我突然想起一个文联副主席的奇闻逸事，就讲给郭培听。我也不知道为什么要跟她说这个。她听着听着哈哈大笑起来。笑完了也吃完了。郭培又要了杯热巧克力。上来的时候，我帮她把吸管插进去，又焐了焐她的手，问冷吗。她摇头，我感觉到她的手潮乎乎的，脸上的汗迹还没有完全下去，稍显疲惫。我握紧了她的手，放在自己的大手里攥了攥，想展开来看看，可她马上就缩回去了。这倒吓了我一跳。她从来不让人看她的掌纹。我说就是随便看看，我又不是什么半仙儿，可她也从来不让，她总是觉得自己活不长。我说不会的，她就挺尴尬地笑笑然后马上喝了一口热巧克力。她喝的时候腮帮子一鼓一鼓的看上去特别有趣，嘴里塞满水的时候整个脸圆极了，我忍不住想捏捏。平心而说，我喜欢胖点儿的女人，这个年代的所有人都认为瘦是美的，所以胖女人机会不多，机会不多的人总是更投入。郭培呢，她喜欢让我多吃点，她老说我太瘦了，甚至跟我说过每回做爱的时候，她总是想给我的胯骨上垫点儿海绵。

有时候总有一种错觉，在这间小饭馆我俩坐了挺长时间，太阳已经西斜，路边的灯渐次亮了起来，直到我们离开的时候才又来了一些人。我和郭培走出来的很短的一瞬间，我有点儿分辨不出方向，可能是酒精的作用。每当分辨不出方向的时候，郭培都喜欢说往前走吧。于是我们就朝一条路的纵深骑去，直到最后的余晖也消失，四周早已变成漆黑一片……

互相都看不清楚了，一路上只听到车毂转动的声音。有时候在街口我们就会停下来，等着红灯变绿，还有那么几次，绿灯的时候我们也停下来了，都不知道在等什么。我让郭培骑在前面，她就猛蹬几步骑过来。在我的视线中，她渐渐变成一个剪影。吃饱了之后她突然有好多话要跟我说，离得又有点儿远，于是干脆冲我喊。我一直答应她，我听不清她在说什么，我只是觉得无论她说什么我都应该答应她，因为在这样的时刻，她又不会为难我。

一条望不到头的路在我们身后越来越远。有一段路挺难骑，我一直推着她的后腰。脚下的一切在不知不觉延伸，四周若有若无。越往前骑，越看不清路，我问郭培害怕吗，她说有点儿。但是随着疲惫的到来，这种恐惧慢慢就消失了。一路上，我感觉自己的嘴唇被风吹得有点儿干。我咬下了一片撕裂的皮儿，又用食指的关节摁了摁。

其实骑自行车是郭培提出来的。我老婆也跟我说过几次，让我带她出去玩儿，她想去那些挺贵的地儿，我觉得贵也没问题，一切都没问题，可是迟迟没做。她有几次怪我，她说我把她想得太傻了，总是骗她。但我觉得她说这句话才真是傻得够呛。此时此刻，我并不知道我老婆在家里做什么，我突然有了一丝一毫的愧疚，可并不强烈。另外，她都超过两小时没给我打电话了，这可真不像她。

我一边骑一边想，如果我老婆知道这一切，她准会趴在我身上没完没了地哭。我老婆最会用的一招就是哭。我挺怕女人哭。不知道是不是因为这个，让我会有点迷恋郭培。她从来不哭，我们在一起总是极力说些挺开心的事儿。她就没完没了地笑。

当我想得越来越远的时候，郭培突然停下来说累了，咱俩走会儿吧。我一下子踩住刹车。两个人就这样在漆黑一片中怀疑着往前走。她说张纲。我说怎么了，她说你在想什么，我说什么都没想。她说哦。我说你呢，她说她也什么都没想。

"就这样，然后分开，分开的话你会有一点儿难过吗？"又走了挺远郭培突然这么问我。我说，我没想过分开。其实还有下半句我没说出口，我想说，我没想过分开就像我没想过在一起一样。"我知道，"郭培说，"有时候想想，这样也挺好的。"我不知道郭培这最后一句是真的在问我还是自言自语，我也不知道应该怎么回答，因为我根本不知道她到底想告诉我什么。当我这么想的时候，郭培突然整个人弯下身了，不知道是什么原因，在地上蹲了一小会儿，然后随手捡起一片树叶，用两个拇指捻了捻，又用指甲一下一下划着树叶的纹路……我把树叶拿过来，随手扔了，使劲地抱住了她。

在我们停下来的这个地方，其实还有片池塘，四周已经很黑了。可如果仔细看的话还是能依稀辨认出池塘里的小木船，也不知道是被谁弃置在草丛中，没刷油漆，裸色，有青苔，看上去很荒凉，就像太空来客。有鸟在树叶的阴影里飞。郭培抱着我问，看见鸟了吗？我说看见了。她说你认识？我说不太认识。我们谁也说不清是什么鸟，天都这么黑了。随便猜了几种。也有点儿无聊。

偶尔，还有婉转的叫声由林子深处传来。我看郭培听得认真，问她喜欢吗？她说她小时候养过鹦鹉。她说她爸靠养鹦鹉挣钱，在20世纪90年代的北京……我其实一点儿都不想了解她的家庭。我对郭培的全部了解都到郭培为止。因为我不会娶她。

二

那天骑回宾馆之后，我们又去一楼的酒吧喝了点儿。有时候我不知道和女人在一起做什么，就不停地约她们吃饭，然后喝多。喝酒的时候，又说了几个挺逗的事儿。郭培说是不是很多人都不知道什么叫酒逢知己千杯少？因为郭培是我见过的最喜欢喝酒的女人，可也从不借酒消愁。我说本来就很多人不需要知道。接着我给她讲了一个刚发生不久的事儿。我说有次我喝多了，回家路上半夜就抱着一棵树睡着了……她问我是真的吗？那种口气就好像，我如果说是真的，她就更不会相信了。她也说了自己挺多事儿，我大多没记住，看着她的脸红扑扑的，我当时已经有点儿想跟她做爱了。

那天喝多之后是被郭培扶着回去的，还有保安。很快我就睡过去了，有人帮我脱了外套。好像还做了一个梦。大概是这样的：梦里，我和郭培平躺在床上，对面墙壁上有个东西一直晃来晃去，影影绰绰，有点儿像我们白天穿梭而过的那片梧桐。我说看见了吗？女的说什么？我说看见了吗？女的说什么都看不见啊……后来弄得我瞪着眼干着急，很快就被急醒了……

醒的时候也不知道是夜里几点，两条腿的酸胀感越来越强，我已经挺多年没骑过自行车了。从枕头旁边把手机摸出来看了看。有老婆几个未接电话。我给打了过去。月光正从窗帘透过来。

嘴里干极了。用手在床上划拉了几下，发现郭培正蜷在旁边睡着。头还有点儿晕，转不过来，就用手去搂，很快就摸到了她有点儿凸起的小腹。郭培也动了一下，我知道我把她吵醒了。“渴吗？”郭培小声说。我说喝多了，她说没法做爱了。然后就起来去卫生间给我接水。她说要烧会儿，很快就又躺到床上来了。

我跟她说我做了一个梦，梦见对面墙壁上影影绰绰，我还没给她讲完，她就把胳臂环抱在我的头上，说还晕吗？我说梦里我就问你……然后郭培突然说——别讲了，挺吓人的。我说你听着啊，不吓人，她说不想听。她说你怎么老做这么多梦。然后开始用手指在我身上划来划去。我问她写什么呢，觉得有点儿痒。她说什么都没写。

因为不知道具体的时间，觉得是三四点钟，我和郭培就这样躺在一起，等待着睡眠的再次来临。有时候会说点儿什么，有时候什么都不说，可以感觉有个手指头在我全身划来划去。屋里有只蚊子，我伸手捉了几次都没捉到，干脆由它在这间屋子里飞来飞去。飞到耳边的时候声音太大，我就用手扇扇。郭培会傻笑，好像那不是一只蚊子。她起身给我倒了几杯水。我问她想做爱吗，她没回答，我抱着她，可以感觉到她的身体渐渐收紧。郭培是那种对做爱很有兴趣的人，只要是我喜欢的她就喜欢。我甚至想，她的这种兴趣正是保持我们关系的前提。有时候在床上，我们总会比较起我和她其他男人的区别。她自己也愿意说，我从不生气，可有时候也不爱听。这种事儿就是这样，一比较准出麻烦。当然，我不太生气可能是因为我总是相信一点——没人可以对自己的过去负责。反正每次郭培这么说的时候我都觉得有点儿动人，这里面有很多炫耀的成分。我喜欢她炫耀，这代表她还天真。她确实天真。

此刻她正在我的身下。当她把自己平铺在床上，也就是说我俯视郭培的时候，她并不美，可我还是有那种冲动。做爱的时候两个人会发誓。她一会儿说要跟我在一起，又问我愿不愿意，一会儿又说千万别让我喜欢你之类的，好像被她喜欢是件挺折磨人的事儿。我也不知道她哪句是真哪句是假，当然我也不会傻到会真的问她到底哪一句是实话。

但有一点是确定无疑的，跟郭培在一起真的很快活。记得有次我们做爱，郭培问我，喜不喜欢女的出声儿。我当时整个人精疲力竭正在她的身上努力耕作气息凌乱就随便点了点头，然后很快她就开始一浪一浪地发出声音。我当时差点儿笑出声来，随着这些声音的渐次到来，在很短的一瞬间，我甚至想跟她一直在一起。当然，随着激情退却，我这种愿望很快也就不存在了。

因为到了我这种年龄，已经知道不应该再给自己找麻烦。我和我老婆的婚姻虽然出现了问题，但是所有人的婚姻都会出问题，不是吗？如果我厌恶了，我就在下班路上随便找个女人。很多人都是这么做的。没什么大惊小怪的也没什么叫人痴迷的。

结束之后，郭培起身去冲凉。天边渐渐亮了起来，她让我再睡会儿。可等她重新回到床上的时候我都没再睡着，她把床铺叠了叠，拍了拍被子然后松松软软地盖在我身上。我把脑袋倚在床头上抽了根烟，她找出用过的避孕套给丢在写字台下面的垃圾桶里了。然后还莫名其妙地说了一句——张纲，这里得有多少个你啊……我斜了一眼，看着一小兜雪白雪白的液体。我说，前两天看报纸讲，人这一生就俩小时。郭培把湿漉漉的头发往后面拢了拢说，什么？什么俩小时？我刚要跟她解释，她就突然哈哈大笑说，哦！我懂了，哈哈哈哈，张纲，你说你们男的图什么啊。其实我还想说，我为什么总有种不祥的预感，觉得连俩小时都被科学家说多了。

后来她滚进我被子里，把我的胳臂垫在了她自己脑袋下面。她说我喜欢你的这，我说哪儿，她说这，臂弯。

说实话，我真觉得这俩字太恶心了，因为我给不起臂弯，好在我们很快都重新睡去。

醒来之后我们就要离开南京了，分别回到北京。我跟郭培是一起去南京开个会，但是不能说是刚巧碰上。

差不多是第二天中午，我昏昏沉沉醒来，似乎又做了那个梦，对面的墙壁上影影绰绰，我说看见了郭培还是说什么都没看见。我也分不清是梦境还是现实，就用手在床上找，昨天夜里抱着郭培睡的，现在也不知道她跑哪儿去了。隐隐约约又觉得有个光着身子的人影在我面前，慢慢聚焦，越来越准确，这会儿才发现，是郭培已经起床了。她正在一件一件地往箱子里收拾东西。如果我没记错的话，她是下午两点五十分的飞机，到北京的话，正好是晚饭时间。昨天的这会儿，我们还没计划去骑什么自行车。如果不去的话，现在也不会腰酸背疼。

我在床上慢慢看着，看郭培把衣服都裹成一团塞进包里。我们在南京待了三四天，她每天都换一身新的。除了衣服有点儿多，她并不像一般女的有挺多护肤品。郭培说嫌麻烦，可是我相信一点，随着时间的推移，她早晚会用上这些。就算不用，这些精致的瓶瓶罐罐也会成为女人对日常生活的一种纪念。想到这些的时候，我伸了个懒腰，突然觉得现在这可真像一家人。这可不是我想要的。

后来我去撒尿。昨天夜里喝了太多水，只有这样才能让酒劲儿尽快彻底地过去。郭培看上去一点儿都不在乎我是不是醒了。她已经把所有东西都装进小箱子里了。上完卫生间，我站在镜子面前，拿起刮胡刀，才一宿，胡子就长出来了。郭培从外面进来，吓了我一跳。她昨天夜里洗过澡之后，今天看上去头发都翘着，整个头大了一圈。她蹭过来，把洗面奶推到我面前说，先抹这个吧，别刮破了。“那你给我刮。”我把剃须刀往她手里放。她扭捏着有点儿不愿意，还催我快点儿，她说要洗澡，就开始推我。

她一推我就有点儿晕。我说别闹，你洗你的，我又不看。她还是往外推我。我又亲了她，两个人闻上去都不太好。这没什么也很正常，可是我突然觉得有点儿失望。如果是我老婆就一定不会往外推我。就算我坐在马桶上，她也还是洗她的。于是我很快刮完胡子就回床上躺着去了，接着我听到了卫生间传过来的水声。

水声停下来的时候，我推开了卫生间的门，全是水汽。我看郭培正一个人在撮头发。我就从后面去抱住她。她把脑袋往后仰了仰，也没拒绝我，我用下巴在她脸上蹭了一圈，新刮过的胡子楂。我问她扎不扎。郭培什么都没说。当这么抱着她的时候，我突然觉得，我们其实还有时间再打一炮儿。我给郭培转过来，想亲亲她。她身上全是沐浴露的香气。可是她死活不想转过来，我只能用手去摸她的脸，可是摸到了一脸的泪水。

“你会为我离婚吗？”郭培突然说。

这是她第一次问，也是唯一一次问。

我不知道说什么于是什么都没说。我只能把她抱到床上重新来一遍，不知道这样她会不会满意。

我们就此分开。

三

郭培在尤伦斯工作，如果你了解北京，你就会知道这个地方。

郭培也写东西，但我们不可能聊这些。我也很多年不写了，如果她知道我还是个文字工作者的话，未尝不会对我抱有一种同情。

从南京回来之后没多久，郭培就离开中国去了新加坡。她是快上飞机时告诉我的。我猜，我可能成了她通知的最后一个人。她总是做出这种突然举动。回忆和郭培第一次做爱之后，她也是清晨一个人就离开的。如果这种事情发生在别人身上，我会觉得特别不礼貌，但是在郭培身上，不知道为什么，我愿意相信，她有她的理由。

所以郭培跟我说马上就要起飞关机的时候，我祝她一路顺风。就像我祝很多人那样。这之后我们都没再怎么联系。我给她打过几个电话全是忙音，也给她发过短消息，因为发过之后我就会删掉。我有点儿怕我老婆，所以她只要不回我也不大想得起来。反正大家都忙。

四

知道郭培去世的事情，还是张琪告诉我的。离开南京三四个月也就是她去了新加坡的不到一个月时间。我说这样啊。就没再说什么。之后很快就把她的号从手机里删了。在此之前我都没有保留过和郭培的一条信息记录和聊天记录。如果说她在我这从来没存在过，我想也是可以的。张琪说她在新加坡，敷着面膜开车，撞桥墩上了。我刚听到的时候差点儿笑出声来。她就是那种女的，能干出敷着面膜这种事儿。当然，撞在桥墩上只能说是她的命，也不是所有敷着面膜开车的都撞在桥墩上是不是？

对于郭培的死，我的惊讶比我想的还要少。不知道为什么，我总有某种预感，觉得她是那种挺疯狂的女人，并不是穿着裙子和我在中山陵骑自行车的那个。只是现在也没机会再去了解了。

我跟郭培第一天在一起的时候她就知道我已经结婚了。但是我们都没管这些，只要她不管我就更不用管。我抱着她的时候觉得她特别软，整个身体像塞了水的气球，随着一次次心跳的加快和彼此呼吸的改变我总是觉得自己可以冲出房顶。然后再重重地摔下来，再次回到我的家庭生活。我甚至这样揣测过，郭培的出现或许很好地平衡了我在这种现实中的艰难处境。我不清楚这种艰难是不是仅仅只是暂时的，就像我和郭培的关系一样尚且愉快。可惜她现在死了。

另外，我到现在也不知道她为什么要去新加坡。她说是一个展览项目要在那边待几个月，可我总觉得她瞒了我一些事儿。她离开中国之后，如果电视上播一些新加坡风光片，我总会把遥控器多停几秒钟，看着那座窄小城市的繁华，和一列列在这座城市中穿梭的地铁。我总是想，她可能正在其中，新加坡是个热带城市，她是否还会穿着那条裙子。

当然，郭培并不比其他女人对我更重要，如果我们长久地在一起之后，注定也会分开，人和人都是这样。可我觉得我们总是有着那么一点交情，在某一个春夏之交，像两个对生活完全没有打算的人一样，漫无目的地骑在一座不太熟悉的城市里。我和郭培两个人，只有我们两个人。好像要去什么地方，要看什么东西，好像一直走在一条对的路上并且寻找的也就在附近，可谁都不太确定。

五

如果还想说得更具体，事情大概是这样的：我们是在一个朋友的饭局上认识的。就像郭培后来跟我说过的——人生三分之二的难题都是不想在家好好待着。这大概就是指我们俩的关系给她的人生增加了三分之二的难题吧。其实还有后半句两人都没说——就是也给人生增加了三分之二的刺激。这种事儿可能是好的也可能是不好的，可是总还是有比没有强。

记得第一次见郭培的时候，她穿了一件鹅黄色的毛衫。可是后来我俩聊这个，她非说那天穿的不是什么鹅黄色的毛衫，她最讨厌鹅黄色了。另外我们见面的时候还是盛夏，什么人会穿毛衫呢。可是不知道为什么我总是这么记得，整整一顿饭的工夫，她没事儿就喜欢拽拽领子。有时候也拽拽自己的头发，其实如果她不说，我不会猜到她三十岁，可当她那么说的时候，我有点儿失望。

就是在那顿饭之后，我开始约她吃饭看电影，我也说喜欢她的性格，每次我这么说的时候，她都有点儿不乐意，就好像她除了性格就什么都不好一样。所以每回我都说，那还用说其他吗。不管她信不信吧，我觉得她愿意听这些。可是说真的，如果不是在饭局上刚巧碰见她，仅仅是走在街上，或者在其他任何一个地方，我一定不会多看她几眼。这个世界上漂亮的女孩子太多了。

就是这样，约了她几次，她答应过几次也拒绝过几次。拒绝的理由都很简单，总是两个字——加班。如果是短信的话，我就会给她回个——嘿嘿。

因为两个人总是这样，于是上床变成了迟早的事。

六

郭培离开之后的日子，生活像往常一样忙忙碌碌，工作有了一些变化，于是我也极少再去南京开会。甚至也极少再离开我生活的这座如此繁华的都市。都市生活总是让人觉得，只要可能，就一秒都不能停止，害怕在停止的那一秒会发生什么惊喜的事儿。

而我的婚姻生活此刻也正出现着一个重大问题，就是在我等待一个孩子来让这场婚姻走下去的时候，他却迟迟不来。有几次我和老婆算好了排卵期，然后互相把爪子洗干净，像机器人一样拼命耕耘。我甚至把她幻想成郭培，虽然郭培已经死了。这多少有点儿变态。但就算这么变态的事儿，我老婆的肚子始终没能鼓起来。

于是我们只能暂时放弃。当生活中不再有这种具体希望的时候，我和老婆的日子又重新变得乏味起来，可是也充满亲情。自从几次努力都没有怀上孩子之后，她戒了烟还戒了酒，我甚至挺卑鄙地想过，她做的这一切，是不是都是在威胁我——张纲，你可千万不能跟我离婚啊。

最后逼得没办法，我只能强迫自己去人多的地方走走。这也渐渐变成一种习惯。我觉得人还是应该去人多的地方，融入进去什么也不想。在喧闹中让一切更彻底地风化、飘零、消失。有时候跟朋友喝多了，我会随便找个女人。现在社会上管这个叫减压，只要她虚荣我就不会失手。当然，我也越来越领悟到了一点——要想生活得幸福，最重要的是生活得简单。所以我也再没带什么女人去中山陵骑过自行车，如果和一个人见面超过三次以上，我总会觉得有不祥的兆头。

如果不是出去喝酒，我就会待在公司。并没有什么非做不可的事儿，有时候只是坐在我那个可以四面八方转动的椅子上死死地盯着笔记本，长久等待着收件箱中叮的一声弹出一封邮件。

生活就是这样，每天如此。今天做完的事情，明天就会再做一遍。只是有一次，当我整个人躺在转椅上盯着收件箱的时候，我突然想起郭培和我在一起的最后一夜：我们两个人在深夜做爱之后又说了会儿话。我记得郭培给我讲的一件事儿——她说有一天，她突然发现了一个好久没用的邮箱。她想打开看看，可是怎么都想不起来密码了。她找出了设置的密码提示问题，她问我："你猜？你猜是什么……"一般遇到这种情况，我肯定不猜，反正我也猜不出来。郭培当时就躺在我的肚子上，沉默了半天才说："我提示问题写的是——爱情是什么？"

当我一个人在办公室想起这样一桩小事儿的时候，突然尴尬地笑了几声。这点笑声在办公室里太唐突了以至于让人觉得有点儿凄凉。我突然感到有点儿后悔：我们在一起的一年中，差不多见了几十次，我都没问过郭培到底喜欢我什么，或者她压根儿一点儿也不喜欢我。我甚至更进一步地想到了一些我跟郭培做爱的细节，而现在这个人早已化成粉末了。不知道为什么，一个人预感的事就会真的发生，想起我和她在中山陵的一间小得不能再小的饭馆里，我要给她看掌纹，她一下子就收回去了。还有她的齐耳短发和碎花裙在风中飘动起来的样子，想起我把鸡蛋从中间掰成两半儿，喂了她蛋白……当然，如果给我足够长的时间，我还能回忆起更多细节，但事实上，并没有那样的条件。

我有时也会想，如果这件事情发生在两个年轻人身上，就一点儿也不奇怪，因为他们还有的是时间。有的是时间在地球上的随便一个地方骑自行车或者找个草地做爱。可是发生在我和郭培之间的这些呢？当时，郭培快三十了，我比她大不到十岁，总是觉得两个人马上就要老了，正处在生命唯一的顶峰。虽然她的身体尚还丰满，但一切都在不可避免地逝去。

七

接下来我就要说说郭培的葬礼了。张琪告诉了我时间地点，劝我去。我不知道郭培跟她说了多少或者完全没说，就算说了我也无所谓，因为让一个女人保守秘密，这可有点儿难。不过张琪说郭培男人挺多的。

郭培的葬礼我去得很仓促。到得很早离开得很早。就记得一个老得不行的老头儿，我猜可能是郭培的爸爸。我有一点儿恨自己，如果知道事情会变成这样，当时在中山陵她有那么一点冲动想给我讲她养鹦鹉的父亲，我真应该听听。郭培是单亲家庭，她说也不知道她妈妈到底在哪儿。她告诉过我——如果她知道，她就会原谅她。

那天从葬礼回来之后，我去公司冲了个澡。我公司现在越来越像个家了。早晨起得太早连胡子都没刮。我用手蹭了蹭，有点儿扎人。洗过澡之后，对着镜子里一丝不挂的自己，我突然难受得不行，我告诉自己要马上睡觉。睡了一会儿之后，正好有个朋友的短信过来，说晚上六点黄柯家。我说去。

老朋友见面分外亲切，林林总总十几个人，也有姑娘，互相扯了一些闲话，心情看上去也好了起来，也跟着大家凑热闹把时事点评了一遍。后来又在黄柯家支起牌桌开始搓麻将，一桌人五湖四海，麻将玩法根本统一不了，打了几圈没什么意思，主要是输赢也不大，提不起精神，很快我就回去了。

回家之后，我老婆已经睡了，我一个人坐在电脑前面，四周一片漆黑，只有屏幕上的光反射在我的脸上，开机之后盯了挺久，也不知道要做点儿什么。

很多事情就是这样，如果一个人死了，另一个人闭口不谈，那这件事情就等于没发生过。可我做不到守口如瓶，这种事情有时候忍不住也会和别人讲，或者是在酒后，或者是在昏黄的酒吧里，常去的那几家，抽上一根儿烟的时候，我会跟老土讲，并没有太多细节。

八

老土是我的合作伙伴，说合作伙伴比说朋友显得更省事。我有个写小说的朋友叫王朔，常跟我说——最好的朋友关系就是协议关系。我和老土一起做一家文化公司，却总是避而不谈这件事，公司也不赚钱，如果我们都是因为钱的话，那可能早就分道扬镳了。当然另外一种解释是，我们从没赚过钱，不需要选择，也就至今都还没有分道扬镳，也还是朋友。老土真正的工作是在一家保险公司。我真正的工作是没有工作。很多人觉得我是搞艺术的。我知道这么说不是太瞧得起我就是太瞧不起我，我只是所有人都理解的那种小角色……每当想到这的时候，我就更不知道郭培爱我什么了。

我和老土认识的年头不长，我喜欢他身上那种好色和感伤情怀。我没有那些东西。我尊重那些东西。我有的都是装出来的。我都不敢说我一点儿没爱过郭培。可是在我认识老土的这几年，我看不出他爱过什么人。

当我跟老土说有个朋友撞死了心里有点儿伤感的时候，他就猜出我和死者是那种关系了。他跟我说谁难过谁不是人……老土和我讲这些的时候，他正好坐在酒吧的一片灯光下，整个人被阴影整整齐齐地分成了两份。我觉得可以这么说，如果郭培有机会认识老土的话，她可能更会爱上他而不是我。老土轻松、简单……极少有人能看到他挺伤感的那一面。我有时候甚至觉得郭培就是老土。她跟我在一起的时候总是笑，有时候找情人也就是为了这种简单和轻松，如果那天早晨我不去浴室抱她，我又怎么会知道她哭了。

我和老土之间的谈话气氛出现了短暂的沉默，于是他重复了一句谁难过谁不是人。我回过劲儿来想跟他说，也不是难过，内心就是有点儿触动，挺好一女的。不过这句话我没说出来。因为我要说出来，老土就准得说，这人得运气多好，说死就死。因为老土对人世的所有感情都表现在他的这种粗俗上。

刘琳

旧海棠

“人的记忆就是这么奇怪，有些往事任你怎么不记得，只消有一个饵子在你面前晃一下，立马什么都活了。”

与仲鸿分别十六年后，我在 K106 软卧车厢里遇着他。起初谁也没认出谁，我们都是近中年的人了，模样早已变化。仲鸿有些微微秃顶，发际线明显后退，他现在是酒店用品供应商，自个儿当老板。

我从京九线的阜阳站上车，待东西放停当，铺对面的仲鸿瞅着我说："我怎么瞅着你眼熟呢？"

阜阳是我的家乡，给亲人扫完墓回深圳，有些忧伤的心情还没调整过来，我只听着声音，并没转头看他。我想以拒绝对话的态度让他识趣：不要乱搭讪。

仲鸿并不识趣，本来躺着玩手机，这会子反倒坐起来看我。然后自我介绍说："我是做酒店用品供应的，送你一本画册吧。"

我这时才转头看他一眼，语言不可抑制地表现出了不耐烦，我说："谢谢。我不开酒店，不需要。"

仲鸿说："不需要没关系，你就翻翻看看。别把我当推销的，我的生意虽做得不是很大，但已经不需要推销。”

我心想，你就吹吧，火车上向来是吹牛皮的胜地！但一想我已声明不是开酒店的，他没必要向我推销。我脱下鞋盘腿上铺上坐着，接过他递来的一本画册开始翻，心里仍嫌弃这人嬉皮笑脸的架势。画册是大十六开，铜版纸印刷，沉甸甸的。翻开看后知道他是专门做酒店软装饰的，从窗帘到床上用品、浴巾浴袍到桌布餐巾应有尽有，包括制服。在“制服篇”我看到一款眼熟的，心头一惊，这才正式看仲鸿一眼。这一看我才知道他搭讪的意图，原来他在试探我是不是他认识的那个人。

我自然是以惊讶的语气问他：“你是陈仲鸿？”这之前我当然不记得他的名字，画册上总经理叫这个。

他果断地回我，说：“是。那你就是魏红玉了？”

这情景下，我也只能果断地回说：“是。我是魏红玉。”说完，我脸上立马笑了，指着一款制服说：“你这是抄袭。”

他努嘴得意地说：“用了很多年，从未被告发。”

他那样子让我瞬间想到他拿着水果刀冲桑拿部经理说“不信”的样子。人的记忆就是这么奇怪，有些往事任你怎么不记得，只消有一个饵子在你面前晃一下，立马什么都活了。这个饵子不一定多讲究，因人而异，有时是一首歌，有时是一种气味，有时可能就是一个动作。

我伸出手隔着茶几跟他握手，说："陈仲鸿你好，很高兴又见到你。"陈仲鸿像是早就等着我跟他握手了，模仿我说："魏红玉你好，很高兴又见到你。"这么说完，我们陡然间打通了十六年的时光隧道，一下子从隔阂的当下回到亲密无间的青春时光里。

我们同是一家四星级酒店的员工，所在的部门是西餐厅，兼酒吧。这个部门从筹备就把我们招进去了，仲鸿见习的是水吧员，我是楼面服务员。除部长和厨工外，这个部门另有三名女服务员。分别是来自东北的老徐、江西的九香和湖南的刘琳。西餐厅的制服很漂亮，在此之前，我们五个谁也没有穿过这么好看的衣裳，包括中大出来的研究生仲鸿。仲鸿因为是水吧员，制服上多少与楼面服务员有别。首先不一样的是领结，我们的是蝴蝶结，他的是绳结，看上去更潇洒和自在。除此之外，他的下身是西裤加一条长围裙，我们四个女员工的下身都是长侧开裙。侧开很高，一不小心就会露出里面的平角裤。男女的燕尾服除了大小，形式上倒是一样，但我们基本上都不穿，平时里只是穿奶黄底子的碎花衬衫罩马夹。20 世纪 90 年代初，内地酒店服务员的制服还很正式，大多不会太出位。负责酒店礼仪培训的老师是澳门来的，教了我们整套正规的酒店礼仪，所以，我们虽穿着高位的侧开裙，因为有合适的形体礼仪操持着，让我们看上去并没有什么不得体。现在想来，女服务员的制服最打眼的其实还不是那件高位侧开裙，实际上是那件纯白色的小围裙。还要提及它，实在是因为它非常精致和短小，除去一圈的花边，内围怕是只有婴孩的口水兜那么大了。我们那时也都还不知道，我们这些在酒店的工作人员，无意间也是被当作商品在顾客的视觉需求中出售，制服讲究便是要对其装扮。我的记忆中看不到自己，一幕幕出现的都是刘琳无事时双手插在围裙兜里歪斜着依在吧台上的样子。围裙兜子委实太小，两只手委实是放不下，这让她本来俏皮的模样又多了一份暧昧味儿，有点“小风骚”。那个时候，我和刘琳还不太好意思说出“风骚”“性感”这样的词。多少年后回头看，那么个纯白色的小围裙实在就是性感之物，也就怪不得仲鸿一看到刘琳那模样就要上前去提示她不要用那种姿势站，不要把那件小围裙给扭得那么“性感”。刘琳易恼，这时多半会回他一句“汽线”！“汽”字不恼时音应该是“七”，发这么重的音，我们便觉得怪，听到了便要哄堂大笑，个个学起了刘琳说“汽线”。而仲鸿多半像只被别人识破伎俩的黄鼠狼灰溜溜地走进他的水吧台里，脸上却不恼，有时还会跟着我们一起笑。但不管怎样，下次见了，免不了还是要上去叫刘琳不要那么站。

刘琳那时在读成教，出来打工是为了避风头，因为被男生追求到不能出门，导致大学也没能顺利考上。用东北人老徐的话说，肯定是让那男人尝到过甜头，不然怎么能这么痴迷。老徐也不大，比我们四个人中最大的仲鸿大三岁，二十四岁，被我们称作毒妇。“小风骚”便是她对刘琳的戏谑用词。

这个酒店在海边，十分偏远，根本没有公交通到这里，来这里的客人是直奔酒店其他的娱乐来的，打保龄球、洗桑拿和泡夜总会。因着这局限，来我们西餐厅消费的除了客房的客人多是桑拿部的小姐领着客人来。专门开车来这里吃西餐的实在没有。

仲鸿或者喜欢刘琳，但不知为什么他那时却明着跟桑拿部的一位小姐交往。桑拿部的大块头经理知道这事，突然就跑到西餐厅的水吧台冲仲鸿说：“你一个被学校开除的学生充当什么研究生，嗯？还要挖我的墙根，小子你活腻歪了，信不信我开了你？”仲鸿当时在试制鸡尾酒，刚调配得当，正得意地拿着水果刀切一粒罐头樱桃。樱桃刚捞出来，湿漉漉的，仲鸿提着樱桃蒂突然把樱桃一摔，拿着刀冲着他回说：“不信！”大块头经理没管那把流着樱桃汁的水果刀，冷冷地说：“那你明天等结果。”

根据酒店的情势，这种事无须说，第二天仲鸿当然被开了。

没办法，整个酒店的营业收入都靠桑拿部带动。

那时因为珠海房地产泡沫，酒店后面的别墅群有几栋被拿出来当员工宿舍。两层的小别墅，一层有五六个房间，因为房间里贴有高档墙纸和铺有柔软的地毯并不给员工住在里面，我们只是被安排在客厅或走廊宽阔处居住。高低床，上面放东西，下面住人。女孩子爱整洁，一层楼住下十几个人也并不觉得混乱。仲鸿来告别，九香住走廊，离门近，听到是仲鸿，过去给他开门。她早起了，床帘也已经收了起来，我跟毒妇还没起床，只好让仲鸿先在九香那边坐着。九香上早班，要去餐厅吃饭，待我跟毒妇洗漱好，仲鸿便过来我们这边坐。因为是跟领导干架被开除的，仲鸿脸上并无羞愧，像平时一样跟我们嬉笑着。五人的关系中也没有特别好坏的，只是性格不同，九香喜欢独来独往，毒妇因为嘴不饶人大家有点烦她，但她性格又开朗，所以与人的关系到底也没有坏到哪里去。我跟刘琳的年纪相仿，平时可能走得近些，多出双入对。所以，毒妇便指使我去叫刘琳出来，说："仲鸿人家等着呢。"我其实是多少感觉出仲鸿喜欢刘琳的，心里也知道仲鸿与我们告别多半是为了看刘琳，所以坚持不去，希望他自己去。仲鸿无法，面上有些落寞，嘴里却说："还是我去吧，大人不计小人过。"他这话是指原谅刘琳以往对他的态度不跟她计较。说了这句他脸上又是笑的。厨房的门是实木门，外面的人听不到里面的动静。等我们探出头看时，刘琳已经出来给仲鸿开门。待彼此说了两句，仲鸿便进去了，直到我们要去食堂吃饭准备上中班了也未见他们出来。别墅的厨房窗户是很大的格子窗，里面不拉窗帘站在客厅的露台上能看见一个四十五度的角，视觉深度刚好是水池到中岛柜的距离。我进去过刘琳的宿舍，她的高低床就放在中岛柜的另一边。她坐在床上，中岛柜刚好做她的梳妆台。这时的厨房还没有安装电器，墙上也没有安装吊柜，只在空旷的地方放了连排的多门壁柜。壁柜又大又精致，看起来倒像是衣柜，衬得房间也像是一个姑娘的闺房了。

刘琳本来跟她的同乡共居厨房，同乡是酒店前台的一名接待，会流利的英语，总是跟一个澳门的赛车手出去，几乎不住在宿舍里。

我跟毒妇去上班，路上毒妇恶狠狠地说，仲鸿这不是第一次进刘琳的宿舍，刘琳有次背靠水池站着，仲鸿就跟她面对面。后来刘琳去上晚班，毒妇问及仲鸿要去哪里高就，刘琳傲慢地把脸扭走了。后来，毒妇逮了空又找我说她：“装什么清高，不喜欢人家在人家面前卖弄什么风骚。”这个事情我当时自然是没弄明白，后来猜想，因为避事，只身孤独在外乡的刘琳或者是渴望有一个人来宠爱她的，所以有可能对仲鸿的追求并未能完全拒绝。

我还没过试用期就被姐姐要求换了工作，去了另一座城市做商场营业员。这座城市就是我这次返回的深圳。仲鸿说他换了很多个工作，传销都干过，但也正是传销的那段经历让他后来成了一名优秀的业务员，最后自己当上了老板。我后来早早结婚生了儿女，现在一对儿女都大了，都在上初中。我个人呢，因为要照顾孩子成了一名职业的家庭妇女，随着孩子长大，我的时间充裕，最后成了一名专栏作家。也不出名，顺当的时候，一般能接上两个专栏。除此之外，偶尔也会接到攒书的活忙上一阵子。出于一个写作人的习性，我喜欢回忆，所以接下来我与仲鸿用将近一个下午的时间来讲述我们共同经历的往昔。也因为仲鸿那本画册的帮助，我们都能清晰地记起对方穿着西餐厅制服的样子。那是我们第一次穿上那么漂亮、好看的衣服，脸上露着与衣服不协调的扭捏和装腔作势的优雅。我们穿着那样的制服学习端盘子，学习说“请”，学习说“欢迎光临”，还要学习微微倾身，下腰，然后点头说“谢谢，请您慢用”，或“您慢走，欢迎下次光临”。

我以为我们只能聊到我离开前的酒店记忆。不想仲鸿说他后来做酒店用品的业务员时遇到过刘琳。接下来他又用刘琳的记忆为我讲述了后来西餐厅里的故事。如我期待，那个江西的女孩九香过了试用期，安稳地在那里上班了。又听说她后来变得很漂亮，也很开放。在西餐厅工作了五六个月后终是跟从了带她出来的老乡入了桑拿一行，更名叫阿香。并很快被一个客人看上，成了一个富人的二奶，住在珠海西区一个望海的半山别墅里，院子里有个一亩的荷花池。毒妇的真实身份更是惊人，她原来是一个房地产商的“小老婆”，十七八岁时便嫁了人家，生了个儿子，因为房地产前几年成了泡沫，房地产商逃回台湾，她守着十几栋还没安装门窗的楼房硬是没有吃饭的钱了，所以出来做服务员给人打工。这事没能瞒住大家，是因为有一天她那个台商老公派人来找她要儿子，事情都抖搂了出来。抖出身份后的毒妇后来也离开了酒店，待西餐厅最初的五个人只剩下刘琳一人的时候，她成了领班。这时的服务员队伍已经扩展到十三个人，消夜生意尤其好。但是她也没有在那里做多长时间，因为第二年她要回老家参加考试。说来，她走时应该就是现在这个时节。

故事到这里告了一个段落。我们起身去火车的餐厅吃饭。

这时仲鸿开始谈他的生意，我对他生意上的事没有多大兴趣，不怎么接他的话，他喝着酒自顾自地说，我听着他的故事偶尔陪他喝两杯小烧。火车上的饭菜太难吃了，仲鸿能吃下，我想，全靠了他的诸多回忆把饭菜给送下去的。

火车进入黑夜也就进入了江西地界，这让我又想起九香，开始拾九香的话题。我说："那么老实巴交的女孩怎么会成了桑拿小姐呢？又怎么会成了别人的二奶？十六年过去了，她后来怎样了？"仲鸿没回我，看样子他也不能知道得更多。但不管怎样，能确定的一件事是，她如今也是要进入中年的人了。我只是不知，我与她在我们的此生里是否还有可能再次相遇，又需要怎样的相遇我们才可能认出对方。

从餐厅回软卧后，我与仲鸿又聊了一会儿。睡前，仲鸿说他下周要去长沙，我说："喔，我下周也要去长沙开个会呢。"我说，"不知刘琳现在在哪，若是在长沙，我们或者可以去看看她。"我有点自言自语。我感觉仲鸿不想谈刘琳，因为之前他说又见过刘琳时，只说到刘琳跟他讲的西餐厅后来的故事就打住了。我问刘琳后来怎样了，他没有接话。

我自言自语之后，没想仲鸿却接话了，说："对啊，我们不如去看看刘琳。"

"我走时记了她的通信地址，但这么多年了，早不知道把地址弄哪去了。"我这么说话还是喃喃自语的。没料到仲鸿又接话说："我知道她在哪里。"

“喔，那太好了，下周我们在长沙碰头后去看看她吧。”

火车进入隧道，之前一直隐隐作响的“咔嗒咔嗒”声这时被无限放大，充斥着车厢里昏暗的空间。世界上好像除了这震耳的声音外，什么都不存在了。对面，仲鸿好像在自顾自地说着什么。我看着他，没有接话，因为听不清他在讲什么。我突然有个奇怪的感觉，他好像也不需要我接话，只是想趁着昏暗和喧嚣说点什么。

去看刘琳这个想法在当时的情景下并没有不妥。当第二周我到了长沙，在仲鸿住宿的潇湘华天大酒店再次见到仲鸿的时候却犹豫了，我说：“刘琳会想要见我们吗？”

仲鸿说：“不知道。”我们在酒店的西餐厅共进晚餐。仲鸿先是讲了他的生意，说他是顶着另一家酒店用品供应商的名义来谈这桩生意的。对方像潇湘华天大酒店一样是五星级酒店，这样的级别用他的小公司不太好谈条件，对方会看不上。说着他给我出示了听上去名头更响亮的一个大公司的西南区域总经理头衔的名片。递过来时，他用一个商人的狡诈嬉皮笑脸地说：“小职务，但小职务有小职务的方便，小职务才能灵活办事，也更方便能为魏总经理您效犬马之劳。”这话里有话，肯定是他那一道的双关语，我不解也罢，只配合地笑着“笑纳”他的名片。接下后，我说：“再来张正版的。”

仲鸿便又嬉笑着说：“正版的就是董事长了！”

“那不更假了？！好吧就这张。”末了我又问他，“地址、邮箱什么的都是真的吧，能找到你吧？”

“保证都是真的。离不开我，还给我发着工资呢！”

“专家骗子！”

“这意思差不离。难得是专家级别！”

说笑间服务员撤了扒餐，上餐后水果和甜点。我要的是冰橙和提拉米苏，仲鸿要的是一瓶白葡萄酒。

刚才因为服务员在收拾台面，仲鸿的嬉笑态度也收敛了些，中间约有两分钟的空当我们都是沉默的。在这沉默的气氛下，有那么一刹那的时间我觉得仲鸿与我上次在火车上见到的他有些不同，但哪里不同，我一时又说不上来。等服务员走后仲鸿突然说：“见刘琳之前，我给你讲讲后来我见到刘琳的故事吧。”他自顾晃着杯中的白葡萄酒，“就从我见到她的第一天开始讲。”他这么神经兮兮的，倒是应了我之前一刹那间的疑虑。我们坐的是卡座，周围有些噪音，但并不比餐厅背景音乐更嘈杂。如果心静倒有点闹中取静的感觉。

仲鸿喝过一口白葡萄酒后把杯子放下，开始了他的讲述。

你知道吗？我见到她的时候，她正在餐厅后面分拣脏碗。是西餐厅撤下来的碗，乱七八糟，盘子和食物掺在一起。她在分拣碗的时候偷着往嘴里塞东西。对，这已经是三年后，我刚做业务员不久，去一家酒店送桌布。我坐在车上等酒店的仓管来验货，我在车上抽烟，往外扔烟头时看见她在吃东西，觉得这个人真是恶心，竟然吃那么脏的东西。人是个贱物种，心里反感，却还是要看。我下了车，又点了一支烟装着不经意地走过去，问她："能帮我喊一下你们的黄部长吗？"她听到我说，也不抬头，把嘴里嚼的东西咽下去抿抿嘴继续干她的活。我这么说并不是我一厢情愿认为她听到了，后来证明她当时确实清清楚楚地听到了我的话。她只是不想回我话。我反正无所事事，抽着烟又向她走近了些。在几个盛脏碗的箱子间有两个酒盒子，一个放着从箱子里捡出的餐包，一个放着T骨扒。等我就要接近她了，她忙拿东西掩盖了起来。

我早就看出她是个年轻的女孩子，这么年轻的女孩在后厨打杂很是少见，当时我等不着人极其无聊，向她靠近，心里多少有点挑逗心态。

把东西掩起来后，她倒是不在乎有个人看着她。她右脸上的灼伤露在外面，我一下就看到了。伤早就好了，猩红色的伤痕却是显眼，在右眼那边，右眼伤着一半，也就是在眼角的地方上下眼睑糊在了一块，眉毛也少了半条，再过去，头发也少了一块。全部加在一起也就一个人的掌心大。面积不是很大，但很突兀，看了足以让人心头一惊，就这样，我还是看出了她是刘琳。

我小声问她："你是刘琳吗？"

她在这里可能不叫这个名字，一下子没反应过来，过一会儿才受惊似的抬头看我，全然忘了她脸上的伤疤和惊慌。她认出了我，用粘满油迹和番茄酱的手一下子捂住那块伤疤。你不知道，她这一捂她就又回来了，露出还是三年前一样黑黑的眼睛看着我。

我确认是她心里立即慌了，忙冲她说："刘琳你在这等我，等我把桌布交了来找你。你一定要等我，刘琳，你一定要等我！"

她没有等我。好在有人知道她住在哪里。我跟她同事说我是她表哥，然后很快找到了她。

她只是个洗碗工，连合同也没签，酒店没给她分员工宿舍。她住在酒店附近的出租房里，漆黑的楼道里的一小间，里面还住着她的父亲。

对，这年香港刚刚回归。对，在地王大厦后面的蔡屋围住着。对对对，刘琳上班的那个酒店与你做营业员的商场只隔一条街。对对对对……

事情是这样的。刘琳第二年回家考试，考完试就遇着之前追求她的那个男人。男人知道她考上大学，在夜里放火，烧了她们一家。用的是汽油，把几间房子浇了一圈。她奶奶，她妈妈，都在那场大火里死了，她父亲重伤，浑身没有皮，手指关节因为皮紧不能弯曲。几乎身上所有关节处都需要动手术切皮松弛，且做一次两次还不能解决问题。她除了伤了脸，还伤了腿和脚。我见着她那时，她的父亲还需要天天推拿活络筋骨，那样子难以自食其力，刘琳为了医药费只好带着父亲出来打工。

我们一直有往来。但我再没有见过刘琳像之前那样笑过，你还记得她有两个虎牙吗？她笑起来有两个酒窝，还会露出两边的虎牙。相处了一段时间，我与她父亲也熟了，刘琳不在的时候，能架着他去上厕所——对，你肯定没见过被火烧过的人，他没有鼻翼和嘴唇……喔，不说这个了。刘琳父亲以为他女儿是为了他不肯接受我的追求，一天，趁她去上班服安眠药自杀了。安眠药是刘琳平时用的，父亲爬着找到它，全吃了下去。我不知道刘琳之前有多么悲伤，她父亲死后，她的悲伤好像才一下子爆发出来。

她疯了。她的疯是天天笑。她还那么年轻，才二十三岁，除了脸上的那块疤，她笑起来依然很好看。

为了给刘琳换个环境，我在民治租了一套农民房。我出去谈客户或送货时，只好把她锁在屋里。也是奇怪的，这时我的财运来了，自己接了一个大单，我抛开了老板，自己做下了这张单。我觉得这一切都是因为我帮助了刘琳，我善有善报。我拿到第二笔货款的时候，就把刘琳送到了康宁医院治疗。我一直没少赚钱，但也都给刘琳治疗花了。治疗也是有效果的，刘琳后来能正常生活了。大概是见到刘琳的第五年，我们一起把她父亲的骨灰送回了她的老家跟她母亲合葬。

那个男人判了死刑。要处刑的时候，她突然不见了，回了长沙。然后她住在长沙再也不愿意出来。

我这时娶了妻，但一直无子女。在我一次去长沙看刘琳的时候，她主动与我发生了关系。后来她为我生了一个女儿。女儿很漂亮，跟她一模一样……

仲鸿说到这，严肃的脸上突然笑开了。也似乎是这一笑，使他泄气了，满脸疲态，好像再也说不出话似的显老了许多，人有点堆在座位上的样子。

我都有点认不出眼前这个人了，我说："仲鸿。"

仲鸿说："啊？我讲到哪儿了？"

我说："讲到你们有了女儿。"

仲鸿说："哦。"

我等着他说下去。

仲鸿却突然问道："你觉得我变态吗？"

"不，一点也不。"我说，还摇摇头。

"嗯，你还想去看刘琳吗？"

我冲他点点头。

我自己都觉得点头的时候太用力了。我点头的时候一直在想，原来刘琳带着父亲在深圳的那两年，我们其实住在同一个城中村里，或者我们天天擦肩而过。我竟没有遇到过她。

"那便说定了，明早我开车去接你，我们去看望刘琳。"仲鸿说这话时已经又坐直了身子，只是再没有恢复到嬉皮笑脸的状态。

第二天上了仲鸿的车，车子往城外开，我问仲鸿："刘琳不在市区吗？"真的就要见到刘琳了，我心里才突然升起期盼。要说实话，之前是没有这种期盼的。

"现在不在市区，要远些，要到出了市区的一个镇上。"

"喔，没事没事。"

出了市区，车子驶向一条县级公路，正是初春，郊区阳光明媚，从副驾驶室望出去，视野大好，树木和田野都在飞快地向后移动。看久了，有一种恍惚之感。

再从县级公路驶向乡村，是一条水泥路，路两边远处有些村子。仲鸿在一个丁字路口停下，开始抽烟，也给我一根。

我接过烟，就着他伸过来的火点着，与仲鸿并排站着。隔十来米的田野里有几棵落羽杉，新的枝芽还不显眼，远远看上去更多的是失去绿意的陈年旧叶。几棵落羽杉并不太高大，但也不瘦弱，看上去，长势尚好。

仲鸿抽完一支，又把芙蓉王金装盒掏出来拿第二支，先是递给我，我表示还有，等会儿。他便自顾自又点上了一根。我平时不太抽芙蓉王，以前多是抽些薄荷烟解闷，接了仲鸿的第一根我也并没有抽上几口。仲鸿吐完一口烟突然说："前面那两个大的坟一个是刘琳爷爷奶奶的合葬，一个是刘琳爸爸妈妈的合葬，旁边的那个小坟是刘琳的……"

仲鸿漫不经心地说完这些话后就停下来了，继续抽着烟。

我惊了一下，用力踩灭第一个烟头，然后伸手向仲鸿要烟，仲鸿也默契，给了我一根，又像之前那样打好火伸过来。没有风，火头只在他伸来时抖了一下又纹丝不动地站好。我看了一眼仲鸿，他此时眼里似乎并没有太多的悲伤。我拍拍他的肩膀似谢他又似安慰，然后继续跟他并排站着抽烟。

都到了刘琳跟前了，自然是要上前去看看她的。墓碑上的她笑着，露着酒窝，偏斜的头发上夹着一个红绒绒的发卡，看装束打扮应该还是少女时期的照片。

“这照片应该是去酒店前拍的？”总得找点话题，我说道。

“是去珠海前照的。因为家全烧了，什么也没有留下。受伤后她拒绝照相，这张照片是从她表妹那里的合影上剪下来的。”仲鸿双手插在裤兜里回我，眼睛并没有看着刘琳，而是看着坟墓之外的田野景色。

“你要是早说刘琳不在了，我也带点纸来烧。鲜花也好，总比空手强。”我并不是埋怨仲鸿，是觉得有点过意不去。

“这些不重要，我经常就这样空着手来，来看看就走。难说人死了有灵魂的，一切的形式不过是活着的人自我安慰。”仲鸿这话深沉了，我却不想与他争论什么。

我们都站着没动，仲鸿突然转身往车的方向走，我也只好跟着。走了两步我自然是回头与刘琳做了告别。从我们到刘琳的墓前至离开，总共不到十分钟。

回到车上，我们沿来时的路回市区。不知仲鸿什么时候开始哭泣的，我本来一直看着前方，听他抽泣才看他，已见他泪流满面。我叫他停下来，与他换了位置我来开。一个哭泣的人我实在不信任他的心是镇静的，为了我们两个人的安全起见，我想还是我来开得好。车是小别克，尚有七八成新，车里挂着一个像刘琳相貌的小女孩的照片。水晶的那种，两面可看，细看又像是立体的，像一块玻璃中坐着一个小人偶。应该是一岁多孩子的照片，笑得很可爱，露着两颗门牙。我是否应该跟仲鸿聊聊他们的女儿？几次侧目看仲鸿，他依然在抽泣中，神情恍惚。

到了市区，仲鸿情绪好了，仍换他来开。我让他送我到我住的酒店，仲鸿说："还是去潇湘华天大酒店吧，我之前常带刘琳去那吃饭，权当是再纪念一下她。她的亲戚我都不熟，现在我认识的人中只有你认识她。"

我还有什么好拒绝的呢？虽然与刘琳只是短短几个月的相处，因为一段共有的时光，因为后来的回忆，她现在在我心里几乎成了我最亲密的朋友了。她此刻在我的记忆中是那样的鲜活、俏皮，还有她的两个酒窝及双手插在围裙兜里"小风骚"的模样仿佛触手可及。

已过正午用餐时间，离下午茶的时间还早，西餐厅里散坐着几桌客人，我们昨天坐的位置是空的。仲鸿径直走了过去。

“你还坐那边吧，这边是刘琳以前常坐的位置。”他说着伸出右手示意我说，“右手边是墙，别人看不见她的伤疤。”仲鸿这时已恢复嬉笑语气。

待坐定，仲鸿掏出皮包拿出一张名片来，说：“这是我的名片。小职务……”后面又说了昨天说的那番话。

我知道他在跟我开玩笑，或在做一个能让人放轻松的而只有他自己享乐其中的游戏。我笑着接过名片，看着他，想看他还玩什么花招。

我这么看着他，他把嘴巴反而闭紧了，低下头像犯了错的孩子。“好吧，这个游戏不好玩。我以前每次带刘琳来这里吃饭都做这个游戏逗她开心。很蹩脚是吧，但刘琳就是觉得我很蹩脚才笑。”

“哦，看来把我当她了。不好意思，我不明就里，扫了兴。要不你再来一次？”我自然是笑着这么说。

“没把你当她。是因为你也认识她，让我觉得离她很近。”

我叫了西多士、热奶茶和蛋糕。虽与仲鸿依然说笑着，心里多少还是有些压抑，想吃些甜的食物。仲鸿叫了主食，饮料仍是白葡萄酒。

话已至此，像谜底已经揭开，突然觉得我们再没有什么可聊的了。拾起刘琳的话题显然又会让仲鸿忧郁，我看看他，他看看我，一时间我们就那么干巴巴地坐着。餐厅的背景音乐在进入下午的时光后显得清亮了许多，再没有刀叉的嘶鸣声和牛肉的尖叫声搅乱那些声音的抒情和诉说，它们似乎更容易打通身体，直抵人心。我一时感到仲鸿的内心没有那么简单，他不开玩笑的时候锁着眉头像还有什么事紧紧地抓着不放。可，是什么呢？我们不能再聊下去了，我虽是一个爱收集故事的人，但因为我们曾经有一段亲密无间的青春时光在那里做证，我不能只把仲鸿和刘琳当成故事里的主角，我会一不留神就掉进那些故事的沼泽里，成为故事中的一员，成为一个不合时宜伤感的人。

这么多年生活过来，从一个无知少女到将进中年，我何尝不是因为学会了摆脱种种牵挂和世俗的纠缠才落得一颗清静之心？我常常需要挂一筛漏来清理这个世界与我的关系。我就只是我，我不是别人世界的黏合之物，我想清清爽爽、了无牵挂地活着，所以写作的世界与我再合适不过，似乎只需要与它耐心相处我的世界就已经丰富多彩；而我毅然选择它时，虽也曾撕心裂肺抛弃荣华——也似乎正是因为从中经过，我知道这世界上的每一个人都有一身的黏着关系，一时半会摆脱不掉，这些关系让他们痛苦，纠结，常常在进退两难中煎熬。

待撤了餐盘，仲鸿依然愁着眉。我带着复杂心理起身告辞，仲鸿见我起身突然着急起来，说："红玉，红玉，别走，再坐一会儿，再坐一会儿……"

我看了看手表，跟他说晚上有个宴会要参加，我还得回酒店换身衣裳。他说："就十分钟，就十分钟。"

我犹豫着再次坐下。餐厅里，煞白的餐巾折花像一只只僵死的白鹤孤独地站在高脚玻璃杯里，桌面上的墨绿色暗花桌布是我们记忆中的样子，刀、叉、汤匙依次排着，泛着微光和莫名来的变异的倒影。因为顾客稀少，一个领班模样的人依次关去一些射灯，有些地方就刹那幽暗了。就在这明暗交替的过程中，一些光在毫无准备的情况下出于无力挣脱，只好悲伤地把自己抱成团就地萎缩了下去；它们彼此看着另一个自己，对黑暗压来的世界感到心力交瘁、无能为力……

我坐下后，仲鸿招手叫了一支白葡萄酒，他显然有把自己灌醉的念头。他谢绝了服务员的服务，自己把酒倒入杯中，也给我倒了一杯。

他问我："你想知道刘琳是怎么死的吗？"

我没回答他。我想，此时的我其实无须再做什么，我只须是一个他的朋友的形象在他面前坐着就好。

"我在长沙也有个家，家里住着她们母女，我每次来长沙就像回到了家，因为有个漂亮可人的女儿叫我爸爸。……但是，我赶到长沙的时候，刘琳已经死了，警察说是煤气泄漏使手机爆炸厨房里起了火。说是，她可能把手机落在了厨房，等睡下想起手机还在厨房起床去拿，这时可能是有电话来，也可能是她打开手机看看，手机就爆炸了。然后引起煤气瓶爆炸，家里失了火。我确认她的病好了，真的，我确认，她把孩子照顾得很好，孩子很黏她，对她一点恐惧也没有。要是她还没有好，肯定会在平时生活中流露出来，肯定会影响到孩子。但孩子没有哪里不好，孩子很好，所以我确认她没有再犯。我一直是这么以为的。然而她突然死了，如果是煤气泄漏，她应该能闻到的，她应该有警惕。她为什么没有警惕，或者是警惕时突然想到了什么？我想知道。可我却再也无法知道……她常常在我的梦里认真地看着我，好像不认识我不知道我是谁。我跟她说话，她也不回，就睁着眼睛认真地看着我。"

说到这，仲鸿停下来换了个语气说："好吧，刘琳，你走吧，去参加你的宴会去吧。"

"我不是刘琳，我是红玉，魏红玉。"

"我知道你想走了，你的心里太苦，你想模拟一场大火，确认你在这个世界的遭遇。你无法从以前的阴影里走出来，你不能接受命运已经形成。你想重新拥有一切，拥有童年，拥有爸爸妈妈，拥有一切可以重来一次的可能。可是，每个人的人生都只能前进，不能后退，因为这个，每个人都会犯下意料之外的错误，在以后很长的一段时间里，我们都需要在这些错误中过着黑暗的日子。这些黑暗漫无边际。但也不一定，也有的很短，这取决于天使与你的缘分……好吧，刘琳，世界就是这么黑暗，你觉得苦，觉得苦你就走吧！”仲鸿认真地看着我说完这番话。

“陈仲鸿，我不是刘琳，我是魏红玉。”

“我知道你是刘琳，你换了一个身份跟我说话你也是刘琳，你身上有一种与我挣脱不了的关系，这点你无法改变，也控制不了。”

“我是你十六年前的同事，你会调鸡尾酒，能让酒在酒杯里噼噼啪啪地燃烧起来，冒着火花。我是服务员，跟刘琳一样，是服务员，你的老朋友！”我也看着仲鸿认真地提示他，我发现他的眼睛里什么也没有，只是睁着眼睛认真地看着我。我一时不知道如何是好，只好跟他碰杯，希望他再喝高一点，叫人把他送回客房。

可是仲鸿一口一口地喝下去，并没有与之前有什么两样，我本来还想问问他刘琳的孩子怎么样，现在在哪里。可是他只是那样认真地看着我，眼睛里空无一物。

琴腔

常小琥

“戏台椽角，你我之命，相猜未相伴，拉琴即拉人。”

秦学忠很独，他的京胡就和别人不一样，份大的琴师讲究用上等黑紫竹或是染竹打成担子，不仅花纹养眼，材质坚实，音色还清脆、透亮，跟在角儿身后，提上场，有里有面儿。这种档次的琴，须在琴行定做很久才能拿到。秦学忠不是，他的琴自己做，选材还是次一等的凤眼竹，这种竹子虽也耐用，但往往第一节竹身尺寸偏短，烤成担子总不大得使。年底剧团放幕，盲考席位，角儿都不在，几位老琴师聚在后台扯闲篇。烟气如薄雾般氤氲在化妆间里，正挂着笑靥缓步爬升。资历浅的都拎着琴，挤在门外候着，每人手里跟攥着鸡脖子似的。头把琴徐鹤文左肘支着一张橡木方桌，被围在人堆里，一眼就瞅见秦学忠的这把担子，把头一扭，笑着要借过来试，秦学忠坐朝过道，做闭气凝神状，没搭理他。在身边同行异样的眼色中，老徐咧着嘴摇了摇头，说："这孩子挺各色，家伙有点儿年头，就是琴轴偏了，还是枣木的料，意思不大。"几乎在他语毕的同时，这老先生的脸也耷了下来，没人再言语。很多年来，后台能如此安静，这还是头一回。

大多数琴师都爱拉《柳摇金》和《夜深沉》，熟，可刚到一半，团长刘荣就坐不住了。“没一个是活着的！”他搭着腿，细密的眼睛透出刀片般缝隙，眉心朝小何使劲一拧。“还是板，暮气重，跟放糟了的面条似的，再来一个还这样就算了。”

直到小何捻手捻脚地从后台传话回来，幕后还是没有声音传出，急得她直磕鞋后跟。也就那两三秒的当儿，台上台下，静如空寂，那一刻，甚至连幕布都比以往更加沉重，像是被一股气垒成的墙垛，纹丝不动。她留心瞄到团长却比之前要平静，似乎在等什么，她不懂。当一阵急切的快板过门骤然从幕后蹿出来时，小何着实被惊了一下，她即刻又扫了一眼团长。

“这个行。”见团长张嘴就给出这话，她刚想跟着夸两句，又听到“再等等”。

很快小何就知道，不用等了，团长已经跟起板式敲着膝盖，两只眼睛很努力地朝外瞪，但看上去依旧像一对刀片。一曲《斩马谡》虽不复杂，快板也少，但简里有繁，就算看不到琴师的弓法，光是音准的严丝合缝，包括追求气氛时用劲够足，这就不像其他人那么发干，发涩。拉到“快将马谡正军法”结尾，三弓三字，不揉弦，一股肃杀之气，渗过幕前，弥漫到观众席，他禁不住哼唱起来。

“这人琴中有话，不光包得紧，还能透出诸葛亮悲鸣的心境，该阴之处，如虫潜行，该阳之时，也有拆琴之势。跟前面那票老油子明显不是一茬人，这次我捡到宝了？”刘荣跟自己说到这，眼睛眯了下来。

“刘团您看……”小何不明就里地候在一旁，不知哪句话该接。

“就他吧，直接办正式的编制，至于跟谁，等等再定。先让他住进来，你安排一下。其他人，让老徐再过一道吧，我还有个会。”

“秦学忠！拿好东西跟我走！”小何这声尖嗓，直接砸向后台，把他和其他琴师生生划开，所有人的目光齐刷刷全打在他身上。秦学忠面无表情，夹着琴箱忙找退路，也没跟在座几位老师傅打个招呼就撤了，令在场诸位脸上都有点儿挂不住，臊得慌。很快，左躲右让间，一双懒汉鞋在锃亮的地面上，蹭出冷飕飕的“刺啦刺啦”声，渐行渐远。

“没大出息。”老徐掸掸裤腿上的线头，嘟囔一句。

大院里还是有些闹心，尤其整个剧团，上上下下，都在传一个没评级的琴师，直接被刘团看中，但不知会给哪条出路，扰得秦学忠无所适从。傍晚，灰冷的天色把黄昏裹压得极低，一枚一枚隐弱的微亮，被逼向道路两旁的树干处，闪烁出芒刺般的光束。他穿着一件藏蓝色的粗布棉褂，铝制的饭盒拿在手里，闷头从食堂折回宿舍。一排挺拔平展的油松，裸露着肥厚的鳞盾，晦明交替间，树影随着晚风汩汩摇曳，抻拉出苍劲的黑褐色叶鞘，如带刀侍卫般交错在他的脸颊。走到松树林尽头，一个扁菱形的硕大躯影，忽然挡住去路。秦学忠被迫站住，见身前有个穿军呢大衣的高个儿，直矗矗跨到他身前，扬起眉毛，梗着个脖子，蹭过来问他："云盛兰先生晚上的演出，要不要去看。"秦学忠点下头，说要看，高个儿很满意地一乐，又问："一起呗，托人已在前排占好座儿了，但你要先把琴借我瞅瞅。"他笑了一笑，没说话。高个儿立马再说："那你拉个曲牌看看总行吧。"他应了一声，说成。

等秦学忠真把琴拿出来，高个儿反倒不稀罕碰了。"我看过徐师傅的二鼓子，那都用黑老虎做琴担，琴轴是特选紫檀的料，琴皮专挑惊蛰后的野生乌鞘蛇，那皮子蒙的，花纹真漂亮，白如线，黑如缎，板儿脆。月初刚从店里提出来，不骗你，向毛主席保证。"

"胡琴还是老的好用，这琴是我在家做的，枣木又硬又有韧劲儿，能咬住竹子，不至于滑轴。其实用得顺不顺手，自己知道，不用给谁看。"秦学忠坐在一把铁架椅上，停下手想把琴收好，盯着高个儿，“你信不信？”

高个儿紧闭着嘴，没就这个问题跟他再掰扯下去，只是潇洒地迈步走向他身前，手还埋在兜里，又用下巴朝他一昂。

“我叫岳少坤，那天就排你后一个，谁想到你拉完琴团长抬屁股一走，把兄弟们都晾那儿了。”

秦学忠听了一怔，继续抬眼望着他，眼前的高个儿，不仅身形帅气，面如白玉，五官也很有大将之风，颇显俊伟。尤其脖子一梗，男子气概十足，这么好材料为何不唱武生？秦学忠心说可惜了。

“徐师傅第一个就确定给我转正，可惜让他听和请团长听，终归不一样。”岳少坤这次下巴没有再动，言语中流露出略带羡慕的口吻。

“谁来听还不是一回事。”

“你不能真跟他们说的那么呆吧，那天拔腿就走也不跟别人打个招呼。晚上还是徐师傅给云盛兰拉琴，大角儿，演完我带你进后台，好歹夸夸他新买的那把琴，算是拜会过前辈了。”

“等你真看见他在台上拉那把琴再说吧。”秦学忠小心收拾胡琴的动作就像个老头一样细碎，岳少坤一直在他身后等着。

云盛兰真人有多美，不敢想，但只要她勒戴好七星额子，插翎挂尾，扎好女靠往台上一亮相，不论说白和功架，仅是剪水双瞳，就足能镇住戏院里每一处角落。特别是那套蝴蝶穿花般的舞步，迷乱人眼，连岳少坤都忍不住跟着叫好。但秦学忠真是来看徐鹤文的，老师傅今天特意穿上一身直翻立领、绣有暗纹的中山装，头发梳得纹丝不乱，透着干净、体面，宛如一座古式楼台，烘云托月间随着唱腔的开合起伏而俯仰晃动，他仅用目光与乐队交流，协调节奏、音量，在台上导板过门一拉，观众就开锅了，满堂叫好。把一折《穆柯寨》拉得时而如穿云破雾，时而又似浣纱小溪，而且穿插着加花双过门也很讨巧，犹如金石之声般，动人心弦。但令秦学忠意外的是，徐鹤文今天果真用了那把新胡琴。新竹还没长结实就被砍掉做担子，过嫩，发音太细，师傅必须让出水分，显出竹筋，才能弥补嫩担子出音不足，通常琴师都避免急用新琴。他距离老头并不近，按说台上也瞧不准下面，但他就是能感觉到，徐师傅是在拉给他看，头把琴似乎就在等着这个晚辈。

“老实了吧，一会儿跟我乖乖去后台。”岳少坤又得意了，他终于能全情投入地为云先生喝彩了。秦学忠这才注意到，他的脖子一直梗着，而且发偏，每到激动处，偏得就越发离谱。

当演到穆桂英跨雕鞍忙传一令，秦学忠准备听最见火候的西皮导板转原板时，他却看到了令人揪心的一幕。过场前，徐鹤文忘记换琴了，他仍拉着那把做工夺目的紫檀胡琴不放。舞台灯晕将他脸照得里外通红，更要命的是，下面弹月琴、拉二胡的都在等着跟他来换调门，这一下全乱套了。就连岳少坤都能看出来，云先生快兜不住了，唱“慢说是天门阵一百单八，纵有那千万阵我也能杀”一句时明显不对味，脸都绿了，差点翻场，勉强撑台到最后还是冒调了。后来他们听说，徐师傅鞠躬下台后，干坐了整整一晚上，云先生直接通知刘团，换琴师。

琴师在戏台上的位置，独一无二，坐在乐队左前方显眼的位置，面朝舞台纵深，侧向斜视观众，一分一厘，洞若观火。但自古至今，琴师与角儿，都是君臣关系，永远得傍着。秦学忠不断回想那天演出时的每一个纤细瞬间，他发现老徐居然是朝他这边笑了一下！或许在常人看来，那根本就算不上是笑？那晚老徐操琴如端枪，上好的一把紫竹京胡，浮夸躁动，不安分地像一匹熬到殊死一搏的困狼。徐师傅如果分心到台下，那究竟是想暗示他什么？

在去湖广会馆的路上，他把这个疑惑告诉岳少坤，对方冻得直跺脚，然后却毫不上心地反问了他一个问题。

“你怎么还在想这事？早翻篇儿了，老徐已经办好退休准备挪窝了。”

“徐师傅专攻程派，还懂唱腔，全不是你我所能及，家有一老，如有一宝，何况他不仅六场通透，而且托腔圆润，过门、垫字，疾徐有度，自成一派。剧团就这么踢他走，寒人心。”

“那他也得给你托才行啊，观众看戏，终归还是看角儿，混在剧团，不过四个字，‘托保随带’，咱得跟着行腔随机应变，给演员托舒服了，这戏才好看，人家才愿意带你唱，否则你去哪儿找饭碗？”

高个儿的话，字字在理，这都是琴师安身立命的根本，走到前门饭店门口，秦学忠找个背风的墙角把烟点上，他开始后悔那天在后台没给老徐敬上一棵。

“你现在应该操心的，是云先生换琴，要换上来的会是谁。”岳少坤把烟伸过来想借个火，话递得又近了一步，“多少人在盯着他这个缺，做梦都想给他填坑。琴师和角儿，就是鱼和水，你要想方设法和角儿的唱腔融为一体。记住我这话准没错，早晚有一天你吃上跳虾仁了，你得谢谢我。”

徐鹤文也是个宁折不弯的主儿，团里本意是把他调到业务科，干点务虚的工作，挂起来养老。但他不肯，临走前想辙把关系放到院里去了，阴风暗雨地弄得刘团有点狼狈。他还特意托人给秦学忠带了句话：戏台椽角，你我之命，相猜未相伴，拉琴即拉人。

他听后也没给回话，只是徐师傅那晚的风雨之势，以及若现若无的笑意，总时不常地回荡在脑子里。

云先生把话说得很明白，这次换琴师，就是要用秦学忠。剧团里的人都来探小何的态度。小何把话撂得更明白，大家最好都盼着少有差池，琴师能给云先生拉熟了，团里过年才有钱发，热闹再大，不能当饭吃。

剧团的人也并非外界想当然以为的那样，冬练三九夏练三伏，这里的日子活色生香得很。梨园人吃饭都是吃的倒三顿，晌午前，别说练功，谁敢在楼道里咳嗽一声都是找挨骂。一到饭点儿，不论是角儿是龙套还是敲锣打铙钹的，借葱借煤，挨家挨户抢厨房生火做饭，焖炒烹炸，光是煎鸡蛋和剁腊肉，就能将整栋楼连成一片。酒足饭饱再睡一顿午觉后，才会有人逛荡到练功房，沏一壶铁观音，溜嗓子压腿。

云盛兰也一样，晚上没到演出绝不动筷子，登台前照例灌几口温开水。但秦学忠不是这套练法，他天刚擦亮时，人就必须在法源寺东口拉琴，那有间对外文化研究所，所里空着个半地下自行车库，躲进去坐车后座上，脚踩着车支子，一待就是一天。被地面截掉一半的窗户，只有上半部分能看见外面操场。在这里，就连时间仿佛都被切割，四季随着回荡的琴声在眼前更替，或是烂漫夕照，或是弥漫空际的漫天飞雪。有时候入境了，一曲《夜深沉》，竟能令他回到己亥年腊月，遥见于羽状乌江口自刎的楚霸王。

团里一个打小锣的过来传话，说云先生怒了。

云盛兰压满身的下腰功，就连资格最老的武生都认，平日只要她在房里练鹞子翻身、探海射燕，别人就只有看的份儿。团里少有武旦上台使的左右旱水，她咬牙硬要在木桌上练成精，嫩滑的双臂先撑桌缓慢起顶，全身匀称用力，徐徐下落，同时双腿前够，足尖抻到头部，再落下从后向左旋转，直到一臂独撑桌面，整个身体完美地悬俯亮住，左右旋身，一个台漫，最后从桌上腾空而下。整个过程，一气呵成，空顶时舒展挺拔，摇摆中如同展翅，那是真下血本练就的硬功夫，但这个活儿，别人连看的份儿也没有。

所以见她正在一条军绿色海绵垫上练云里翻，秦学忠刚进门扭头就走。

“走哪儿去你，你是琴师。”

“我以为是杂技团的人来借场地，走错门了。”

云盛兰忍住没笑，仍板着个脸，抻了抻身上朱红色的美丽绸练功服，下身一件淡紫色灯笼裤，把皮肤衬得越发白皙，还特显帅气劲儿。她拉了两把凳子过来，坐近了他才发现，卸下戏妆后的云盛兰，对旁人完全是另一种吸引。标致的鹅蛋脸和一双水润的杏眼，天生就属于戏台的美人胚子，一缕长发黑亮稠密，垂肩时又略带俏劲。秦学忠注意到她脚上一双内联升的轿夫洒鞋，黑面白边，双脸带筋，透着虎势，老舍先生笔下的祥子就穿这个。

“怎么，没见过？这鞋软，吸汗，轻而生风，一师哥送的，穿着舒服。”

这话臊得他不好再看，两人就按商量好的走。

“嘿，你这琴可够旧的，今儿先试试散板《四郎探母》吧，你帮我搭个腔。”她用纤长的手指在他面前一晃，秦学忠心里一提，真看不出这个心劲儿极高的女人，能大上自己三岁。先听她打引子，他明显感觉，云盛兰能在功架上出彩，全靠拿命搭进去磕下来的，行话讲叫山后练鞭。至于文戏，唱腔上必须得有人托着她，时刻点她，注意随情节和人物情绪的需要而变化。单靠她一人找调，离程派“声情美永”的标准还差得远，所以琴师必须多她几个心眼。她的唱功有优点，嗓子亮堂，但瑕疵也很扎眼，到《坐宫》时他的琴一进来，她那种华美委婉，总欠感觉。唱到

“说什么夫妻情恩德不浅，我和你原本是千里姻缘”，一走西皮快板，她就有些跟不上了，竟忘了在哪里偷气，一下子断在那里，也轮不到自己搭腔了。

稍静片刻，云先生没再言语，秦学忠不好多问，依旧继续。不知谁开的窗户，一股凉风顺着缝隙吹进来，霞光折射在窗台的花岗岩石面上，从她的肩头洒到胸前，一股股红晕映得她脸粉扑扑的。他少有地抬起眼皮去观赏云盛兰，见她微垂下颏，似有心事。忽然被她那双圆眼逮个正着，手里的胡琴立刻拉走了一板，这回云先生没忍住，“扑哧”一声乐出来。

稍作磨合后，秦学忠看出她今天情绪和嗓子都不太灵，就把调定低一点，托着她。再到后面，两人便越发默契，哪儿有气口，小腔变化，他都心里有数。云盛兰唱快板节奏也渐入佳境，一句明枝亮叶，一句深情内藏，到后面还和他使了个“鱼咬尾”抢拍着唱，秦学忠的手竟然史无前例地在中途微有抖颤。

“行了，有点累，先在这儿打住，我给你放段音乐吧。”她走到玻璃镜一角的功放音响前，随手打开，里面传来一首低缓深沉的无伴奏大提琴组曲。那旋律盖过风声，仿佛可以为绚丽的夕阳碾成一股朱砂般的金属色。

“你平常听 Bach 吗？”她在说“巴赫”时，特意念成英文原音，所以秦学忠听到的是“巴哈”，她说得很轻，他没反应过来。

“每天听一点 Bach，生活就会更好一些。”她感觉有点自讨没趣，“不过我没看错人，你人是挺面的，但琴不撤劲，也不坠着。你摸对了我的唱腔规律，我喜欢干净、简练，你能托得住，说明不仅会拉琴，还懂人。和你搭戏，挺舒服，真的。”她眼睛里确实有股劲儿，能激起人心底最深的躁动，像被刀刃刺过一道似的，秦学忠没说话，不好意思地回敬了一个笑脸，他觉得心脏烧得慌。

“刘团跟你说了吗，年底剧团在大戏院有个大型演出，我压轴，咱俩这几天抓紧排一下。”天色就快暗下来，云盛兰起身收拾衣服，再去关音响，“你平时一点古典音乐都不听吗？”

“听，一点还是听的。”他撒了个谎。

“我最近想把宫调、念白，尤其是尖团字砸瓷实了，这两天一起去看几场演出吧。”她一通忙活后，走过来，低头直视着他，“屁股够沉的，起来。”秦学忠赶忙松开踩着的脚蹬。

逆光中，云盛兰修长的身形被勾勒出一道柔美的剪影。

对于看演出的时间，云盛兰安排得非常紧凑，两人顺着煤市街，走访前门一带几大戏院的演出。秦学忠发现自己很少留意过武旦的神韵，但这是读懂剧情、深入角色内心的钥匙。演《取金陵》时，云先生目不转睛地盯着戏台，很久，到了八面演员朝中间演张秀莲的武旦打出手的时候，几件兵器轮番连踢带接，每一下，云盛兰就跟着皱一次眉。

“刀马和花衫都可以兼，不必专工，但武旦是硬功，保饭碗的。”她只是说话，眼睛仍是不动，“你看这些演员，生用劲，少弹力，迎面骨和脚脖子一定都是肿的，枪落下来很容易掉块皮，一旦受伤，很长时间就不敢再踢了，这还只是皮毛。武旦的舞台寿命短，不会别的，等着饿死吧。”秦学忠第一次见到坐观众席的云盛兰，他很奇怪，大戏院的演出在即，云先生却不评高下，不品好坏，只谈忧心，但看她始终僵着身子，他不知该怎么接这些话。

自从搭上云先生，秦学忠发现两个同龄人很快就亲近起来，她对自己也远不像别人那般高高在上，逐渐他的生活规律也就完全跟着对方转。所以这天难得有空，岳少坤招呼他一起去买清华池对面的天津炸糕，他就答应了。晨曦穿过枝枝蔓蔓的树丫和有轨电车线，就像给青灰色的早高峰插上一把把利剑。满大街的白山牌自行车和闪耀在摊贩手中、一桶桶黄澄澄的菊花晶，为年关添了几分聒噪的喜庆气氛。一到这，秦学忠就后悔了，三五百米的队伍，一小时也排不完。

“见识了吧，吃炸糕都比看戏的人多，斜对面梨园剧场，最卖座的是录像厅。”岳少坤用胳膊戳了戳他的肋叉子，扭脖子指给他看。他俩站在一起，就像两块没撕匀的布条，一个窄细，一个宽粗，碰巧大院儿里几个同行路过，招来对方默默斜视。

“他们干吗那么看咱俩？”秦学忠感到很不自在。

“不是咱俩，人家就看你，傍上云先生的红人。”高个儿拍了拍他的肩膀，依旧梗着个脖子，“过年在大戏院一压轴，你就成了，当然要羡慕你。”

“至于吗？都是凭本事找饭碗。”

“什么是本事，你告诉我。”高个儿突然很认真地问他。

“这你不懂？托腔圆润、包腔紧凑、弓法纯熟，所谓衬托垫兜、严足帅博，都是老先生传下来的。”

“错，我告诉你什么叫本事，这几百号人排队都想吃着热乎炸糕，你能走过去就吃上头一份，这算你的能耐。同样的道理，团里大家都拉琴，人家就拿死工资，吃不饱，也饿不死，你一个月光奖金都能挣五十块，这就叫本事。”

“你琴拉得不错，活分。”

“我几斤几两自己清楚，他们都管我叫万金油牌琴师。”高个儿把搭在他肩头的手放下来，但还是低着头，大有点儿顾影自怜的意思。

"你进团以前，不是有过几年学小提琴的底子吗，素质差不了。对了，你有巴哈的磁带吗？"秦学忠吃不准英文发音，不中不洋说出来，高个儿听了直纳闷。

"是巴赫吧！"岳少坤敏锐的反应把秦学忠吓了一激灵，"其实西洋乐很有意思，和京戏的乐理也相同，而且拉京胡的琴师，作用之重要远超过交响乐队的首席小提琴。你想搞新路子？不过人家都是西学中用，你胡琴的底子很厚实了，何必再倒过来捡提琴的瓜蒌。我还有两盘格里格和勃拉姆斯的带子，你都拿走听着玩儿吧。"高个儿说完就想走，不再跟着队伍。

"你干什么去？"

"这个队我排不起了。我爸汇了笔钱过来，我要去天桥商场买五粮液和中华烟。你吃肉，我讨汤，过节前得打点一下刘团，再没新戏带我，年也甭过了。"

距离在大戏院演出的日子不多了，练功房里的云盛兰看上去有些焦虑，强逼自己进入状态。秦学忠帮她新沏了一壶铁皮石斛，加了点玉竹和麦冬泡在里面，养嗓子。祖母绿般剔透，跟窗台搁着，很好看，整整一天，她连动都没动。从开嗓找调门，再到对腔，她多一句废话不说，而且整个人都发紧。对着窗边这一枝迷人的剪影，秦学忠实实在在替她捏一把汗，有时竟会从心底涌出一股想紧紧搂住她的冲动，两个人也好都能停一停，想一想。

他拉琴有个习惯，左手不一定和演员一样，音符如果一样，很难听。拉快板只能裹着走，演员唱一个音，他就拉两个音，托保随带，他觉得只要右手步伐整齐，记住多少句，在最后一句找齐，正拍，往里拉，齐活，但并非所有人都适应这种习惯，尤其是角儿。

“‘听他言吓得我浑身是汗’这段，旦角西皮流水比老旦、花脸的流水要慢，除第二句‘十五载到今日才吐真言’是过板起唱，其他各句都是板上起。这种在全段里碰着板唱多于过板唱的流水很少见，你在这地方用点心。”两人还在磨《坐宫》，听她对细节这么一嘱咐，秦学忠愣了一下神，角儿这意思很清楚，不要欺负人。直到拉西皮流水板的《锁麟囊》，托腔时，他特意熨帖她的气口顿挫，拔倒刺似的想把症结剔出来。

“调门起低了吧？而且跟得我很不舒服。”她停了下来，很严肃地问他，但架势依旧摆着。

“你今天唱得不太痛快，是不是受凉了，嗓子是风火衙门，我要跟着你的状态定弦。”见他一番关切后，云盛兰没再说什么。她的嗓子尖亮有余而低柔不足，从刀马旦改唱青衣会吃亏。秦学忠愿意帮她这条路，所以随着她渐入状态后，他特意在小垫头上做了些变化，用连弓、快字填补空腔。

“能不能别在我的唱腔里加这种垫头，容易乱，另外你跟得我太紧了。”她发髻下渗出的汗珠接二连三朝下滴淌，皱起双眉的样子令秦学忠心疼了一下，他一时没答上话，“我不是让你去听巴赫吗？他的音乐精髓就在于中庸之道，你不能借鉴借鉴？”

“我听了，这么说吧，西洋乐所谓的板式，指的是情绪，与京戏的快板慢板不是一回事，它的节拍并没有改变……”

“你知道我为什么把徐师傅换掉吗？”云盛兰收起架势，手叉腰上，身子正对住他，一条长腿朝前迈了一步，突然把秦学忠问蒙了，“他就爱在我的唱腔里用花字过门，又不肯随我的腔。当初看你抓腔不错，而且也不看谱，才轮给你，你是要走他的路吗？”她语透寒意，冷而发狠。

“徐师傅的花字我见识过。”秦学忠从容地把琴横着放好，轻拿起垫在腿上的毛巾，擦拭着酸胀的手，不再碰触她追问的眼神，“他的技巧说好听了，像珠滚玉盘一样，华丽，漂亮。说难听的，就是贼，我们做晚辈的，无从指摘。你的嗓子尖而单，他在有意丰富你的情绪。过门是琴师的领域，他怎么选择，有他的道理，不见得你就都对。如果完全随腔，那不变三弦拉戏了？”

“你跟得我太紧了。”她无意再争辩下去。

“嗓子就像猴皮筋，不抻即回，调门的高低，琴师自有把握，况且我们都是根据你的状态和自身条件来定调，所谓衬托垫兜，针齐相投，我不失职。需强需弱，不能死板随唱。”

“我说！你跟得我太紧了！”

或许是意识到自己失礼的过激反应，云盛兰当天晚上就托两个师兄来找秦学忠，意思很清楚，别太往心里去。这帮唱花脸的一向很少跟拉文场的琴师打交道，站在宿舍门外用鼻孔往里探，秦学忠狭细的身条甚至掩不住门缝的空隙。一个国字脸师兄驼着背，瞪个大眼，先朝他点一下头，又借个火儿就在门口抽起来，其实那不是抽，而是用食指和拇指捏着烟蒂往嘴里嘬。大致是说，角儿再大终归是女人嘛，不看僧面看佛面，她从没跟男人服过软，是爷们儿明天接茬过去拉琴。递完话，这帮人就进对门锣鼓师的屋里打牌去了，把他晾在门口，气不打一处来。

“明明是正大光明探讨业务，弄得却像娘家兄弟劝和。”他越想越窝火。

半夜，这俩师兄从对屋出来，国字脸临走前还特意敲了一下他的门，提醒他明天一早就进练功房。

“不去了。”门没开，里面传出来的话，丝丝薄薄的却透着一股尖酸劲儿，“都听角儿的不结了吗？那就没什么好排的了。”

“眼下都什么时候了，你他妈跟谁耍娘们儿脾气！”国字脸推门就闯进来，一掌把门栓上的螺丝直接弄崩了，“团里新从院上挖来一个女旦，刚过二十，工青衣，也会武旦，你能体谅一下她吗？我这算是跟你掏心窝子的话吧。”

领口被揪得老高，国字脸右手就差攥一把铜锤，令他想起《二进宫》里的徐延昭，还有戏里那一句“我好比鱼儿闯过了千层罗网……”

清早，冬至前的珠市口，砖路蜿蜒多翘，再被刷上一层绵薄的霜气，凝结成令人疑心的镜面。从校尉营胡同，一直往西到粉房琉璃街，他习惯迈开双腿随意走进哪条岔路，任由脚腕去逐步适应那不令人信任的冰面。心里一绷一松的，比跟人打交道有意思多了。回想这些天拧起劲来，一心闭门练琴，竟真舍掉了回练功房排戏的事。云先生毕竟是角儿，到头来耽误的还是剧团年终演出，不应该。

他麻着头皮磨蹭回剧团，却发现院里走动的人格外少，即便零星几个录音师，瞅他的眼神也很不自然。他感觉被拽进一座吊诡的城门，不明就里地进楼后，瞧见行政科楼道口黑板上，排好了年终演出的戏目表和人员配备，很多人已经看得差不多了，稀稀散散地议论着什么，说话前还要先瞥他一眼。

他顺着方向看过去，直勾勾地在黑板白字上扫了一个遍，发现自己的名字，而且整日泡在家磨好的选段，全换了。云先生压轴不错，但戏份全是刀马，她名字后面的琴师，跟的是岳少坤。

“角儿就要能听话，肯卖命的，不是反客为主的榆木疙瘩。”终于有句话传进他耳朵里了。

他被队伍挤出过道，正要抬腿上楼，刚好跟何主任走了个照面，她走路从来都是风风火火扭动着髋骨，依稀能看出当年唱花衫的旗鞋步底子。没来得及打招呼，两人已并肩错开了，但这并不妨碍她的指令叮入耳：“你跟倪燕唱小轴，垫场。”倪燕是谁？秦学忠不认识。云先生肯找万金油，合情合理，但总该给自己一个说法吧？

一进房间，积郁多日的烟灰随着穿堂风四处飘散，他拎了拎裤子，一屁股坐在钢丝床上。嵌在老榆木橱柜上的玻璃花棱面，将光线晃得他心烦，却懒得再起身移一下。那扇屋门刷着薄厚不匀的蓝漆，上面结有滴垂的凸起漆块。随手没关严，风一起，门缝就嘎吱嘎吱地越敞越大。

门还是被完全推开了，外面是一张清秀的脸，隐在楼道，满是怯怯的歉意，看着不像是经过。

“何老师叫我来找您，碰一下年底的演出。”女孩一头齐整短发，望过来的眼神发飘，可能屋内缭绕的烟雾迷糊着她了，看上去有点儿眼大无神的意思。她紧闭双腿，一张白纸被双手拧成卷状，文静而稚气未消的脸，里里外外都透着一股恳切的拙朴，颇有些程门立雪的心气。

就算只找了间窄小的办公室，秦学忠也听得出，拥有一副清丽娇音的倪燕，是一块唱戏的好材料。刘团看人是把好手，这嗓子到哪儿都缺。同样唱一折程派《三娘教子》，却是另一番韵味，那是云先生踮着脚也够不到的一个地方。这丫头只小嘴一张，全有了。只是他发现倪燕的骨架很细，而且身段的劲头和眼神还差得远，在板眼上缺经验，没学活，得细磨。

“秦老师，‘将身儿来至在机房织绢’，到了‘织绢’二字，这四拍您怎么都不一样？一拍比一拍快。”倪燕两手扶膝，燕语轻吟般地问。

“你到这块儿气就没那么长了，我就有意识地给你往前拱一点。”秦学忠回答得很简练，眼皮都没抬。

“可我师父说……”

“是你师父拉还是我拉？叫你师父垫场去。”

倪燕不再说话，两人刚要重来，屋外就有人敲门：“谁在里面拉琴呢？这是办公室，下午检查卫生，练功房排去……”

秦学忠有阵子见不到岳少坤了，大戏院的演出一落幕，都说云先生的台功是更上一层楼，他就趁势跟进各大机构内部系统演出，和团里其他精英一样，都不会在过年前后出现在大院儿里。这期间，团里还给他调了一间朝向好的两居室。偶尔几场大型演出才派人把他接过去，若是重头戏在后半场，直接一切两开，岳师傅只坐镇大轴。整天跟着秦学忠的，就只有倪燕一人了，三番五次找他聊戏谱，谈唱腔，找神气。她的天资真是好，就像是一棵嫩竹，通亮，干净，还有些小聪明。而且嗓子从不过分追求满宫满调，总爱欠着点。每每出了岔子，只要他脸色稍变，她就会轻咬舌尖，用手拨弄着裤线，让人张嘴说不得。“壶冰自洁中无玷，镜水非求下见鳞”，他觉得可能说的就是倪燕。时间久了，在秦学忠心里，倪燕这面清水，是什么意思，他当然能猜到。掩藏在薄弱的冰面下，那纯真轻盈的青春朝气，谁又能不被吸引。但他总会想到云盛兰，那是多么严烈的一团火，这根弦他不敢轻易再碰。

过年的喜庆气氛，跟枯旧院墙外，此起彼伏的爆竹声一样，都侵不透秦学忠的心里。倪燕去师姐家串门吃年夜饭，说好给他带消夜回来。剧团大门口，二踢脚崩向夜幕，像是呼应着漫天星空。写字台上的白瓷茶杯，被震动出细微的水波纹，靠着冰凉的床帮，电视正在播春晚，演到戏曲联唱，他还幻想过有朝一日，能跟云盛兰一起走进央视演播大厅，或者也陪她上个春晚。这个念头再次一晃而过时，秦学忠不由得苦笑一下。有时他也会拿倪燕与云盛兰对照，一个青衣，一个武旦？这么比还不够贴切。应该说，一个是麦芽糖，一个是尼古丁，想戒掉这个瘾，就得多吃糖。这块糖，又黏又糊嗓子，但至少他能掌握得住，他吃得起。想得太深，有人敲门他也没听见。

“老秦在吗？喝一杯吧，你出来还是我进去？”是岳少坤，秦学忠心里被什么东西坠了一下。

“进来吧，不过我这没酒。”他赶紧理了理衣裳，把折叠桌支起来，错身让高个儿坐里面的床沿上。

“我带了。”岳少坤也没客气，拎着两瓶竹叶青落座后，张开宽阔的肩膀，两条大胳膊往桌上一搭，床都跟着沉下去一截。左手掌一扒拉，示意秦学忠也坐下。秦学忠没挂出任何脸色，也没按指示坐下，而是去旁边的橱柜拿了两只玻璃杯。

“老秦呀，你那丫头呢？日子过得挺热乎嘛。”高个儿这话立刻把秦学忠逼到门轴，他又从橱柜里拿出一盒烟，倪燕刚从菜市口买回来的“黄鹤楼”，想送给刘团，从年关到现在一直没碰上，就放他这了。

“尝尝我这个，这个柔。”刚被他拆封的“黄鹤楼”，岳少坤看都没看，就从兜儿里掏出一盒“大熊猫”，立出两根在他面前。秦学忠把嘴唇往死了咬，终于还算体面地拿到手里点上。

“你这阵子没在团里，忙什么呢？”秦学忠几乎是掐着大腿，逼自己提了一个毫不关心的问题。

“别提了，跟刘团去了趟海南。”

秦学忠感到有东西在刺自己的心口：“哦，那一路上一定很辛苦吧。”

“还行，坐飞机去的，当天走当天到，何主任给订的票。”岳少坤将两只手拢在一起，帮着自己的歪脖撑起头，腕子上一块大表金光烁烁。秦学忠这才觉察出，他一身皮尔·卡丹的卡其色暗纹西服和金利来领带，与这个鄙陋的房间有多不协调。

“我这儿没菜。”

“干喝吧，正好说说话。”酒被迅速剥开，咚咚倒满两杯，透明的液体挂在瓶里，垂露出一股股缓流，没等秦学忠反应过来，高个儿一仰脖，先一干而尽，那脖子和别人喝酒不一样，是朝侧后方一猛子翻过去，乍一看像在练甩发功。“咣”的一声杯底硬磕在桌面后，两眼煞红。

“你要是这个喝法，我可陪不了。”秦学忠心头一软，估计高个儿是遇到什么难处了，想到这他的身子忽然一阵热乎，拉凳子坐得近了些，“光喝不能解决问题，你就往外掏吧，我这儿给你兜着。”

“兄弟我这回搭进去的可有点儿大了。”

“搭什么进去了？”秦学忠觉得有戏可看，他忽然很埋怨自己为何如此兴奋。

“都搭进去了，在海南，就差嫖了，刘团见识广，胃口大，我真盖不住他，最后送了一尊纯金的欢喜佛。妈的，他妈的！”可能是酒精的缘故，岳少坤的话，他似懂非懂。

“你图什么？就为了傍角儿，压轴，值吗？”话赶话说到这，虽然心里还是有些间隙，但秦学忠被自己的同情心感动得暖意融融，他想等对方说完了，也倒一倒自己心里的苦。外面的爆竹声太吵，两人说话的声音听着都不太真切，他站起来把窗户关上，也缓一缓激动的心情。

“我疯了我？”岳少坤脖子一抻，两眼一瞪，“不说了，麻烦。”

秦学忠见高个儿不提这茬了，他就像走夜路当头挨了一记闷棍，还找不着人。

“开春儿团里要有一拨人事调整，你什么时候回来演出？”秦学忠心想从倪燕那里听的这个消息，应该能套点话，至少让他知道些云盛兰的近况。

“演出？演不了，角儿不在。”再仰脖，又是一杯，玉盘般的脸庞已微微泛起紫光。

“那人呢？”秦学忠兴致一上来，自己先紧张起来，身子一缩，跟高个儿碰了一杯。

“在海南呗，她想再多玩些日子，把婚假歇足了再回团，然后在人事变动前……”

“婚假？”秦学忠的面色，像被窗外的爆竹劈焦了一样，“谁的？”

“哦，对了！老秦呀，这酒不能喝得没个由头，你也替我高兴高兴，我和小云要结婚了。”

“……云盛兰，看来还是喜欢你那一路的琴……”秦学忠人已傻眼，他都不知自己说的是什么。

“老秦呀，琴你是一门灵，但对这个女人，你真不行。我和她，各自看对方，窗明几净，你想知道她是怎么一女人吗？”

秦学忠又从橱柜提出一袋子咸瓜子，一边嗑一边看着他继续掏。“云盛兰这个女人，这个女人呐，老秦呀，你是不知道，你就记住了，我这次搭进去的，可太大了。走着看吧。你不要怪我，将来你会明白我的。”高个儿开始带着哭腔，就差撒酒疯了，这可能就叫喜极而泣？

外面开始放花了，突然旋空闪耀的烟火，就像戏里猛然吹响的海笛，在耳边停留很久，不肯散去。

岳少坤被两个拉二胡的背走后，他关上灯，把窗户重新打开，散掉酒气。一个人对着冷风，站了很久，奇异而曼妙的繁花一阵闪耀后，逐渐疏离。空气中混淆着硫黄和硝的刺鼻味，向屋里扩散。倪燕回来时吓了一跳，她呆立在门口：“老秦！看我给你带什么来了？你出来还是我进去？”

秦学忠猛然回身，看见这个俏丽的女孩，精神抖擞，在等他回话。

“对不起，我师姐总这么称呼她师兄，两人刚分的房。待一晚上，见你就顺嘴学起来了……”尽管没有灯光，看不到脸，但爆竹溅起的光亮下，秦学忠沉寂的身影足以令倪燕不安。

“叫老秦挺好的，这一声不能白叫，你嗓子要紧，从今往后，这屋里再不会有烟味了。”

那晚倪燕终于留下来了。

整一个月，剧团头一次在没有云先生的情况下运转，所以文戏比重被有意增大。这为有心想唱出头的倪燕提供了难得的契机，加上她悟性不错，底子本来就好，大路活扎实，颇有长进，很让团里放心。所以秦学忠知道她被排在周末场的折子戏里唱女二号，还是中轴子时，并不意外。团里不少人也都有意拿她和云先生比，说两人交汇，好似大刀如水，刚柔并济。何主任传话说，剧团可以有头牌，但台柱子如果只有一根，被动的终归是团里。云先生的武场功夫错不了，而且美得不可方物。但在唱腔上，也不是一点毛病都挑不出来，这又恰恰是倪燕的赢面，二人若同台演一出对儿戏，连刘团都好奇是什么效果。

云盛兰和刘团一起从海南飞回来时，有点发福，她对这个演出计划没有反对。进大院儿当天，练功房里人声嘈杂，她把行李箱在门口一横，直视屋内，所有人都停下手头的事。倪燕当时正背朝着她，一针一线地在练醉步，隔着练功镜，两人互相望了一眼，算是打了招呼。

何主任特意去了云盛兰那一趟，问她在练功房和乐队班子上，是否有什么需要，针头线脑的事情，都可以吩咐。她因为正在换衣服，就没开门让对方进来，小何站了好一会儿，屋里才传出来三个字：“不必了。”何主任托了托鼻梁上的眼镜框，决定还是下楼走开，刚走到楼梯转角处，屋门悄然打开，由里面递出来一双鎏金绣红莺的薄底快靴，放在地上。轻语一声：“人呢？”门随之再被关严。何主任看得真切，干站在原地，上下不是。

“能和云先生同台唱戏，我想都不敢想。”回到房里，倪燕甜润的神情，明白无误，秦学忠光凭来回走动带进来的那一股股热气，就知道她有多亢奋。“对儿戏的安排还是没通过，我本来也没敢想，这我已经很知足了。”她把身体舒展在钢丝床上，小腿亲昵地搭上他的膝盖。

“这轮演出虽不盛大，但直接影响下半年的人事安排。琴师完全是跟戏走，你们的《穆桂英挂帅》分到我头上了，别紧张。”

“不是岳歪脖吗？刘团没看上他？”倪燕像一只欢快的布谷鸟，叽叽喳喳个不停，将心底话脱口而出，立即被他用一个捂嘴的手势制止。

“小点儿声，隔壁都能听得见。”

她的腰可真软，上身弯过来，双臂像竹藤一样缠住他的脖子，那股柔媚的样子，令他都不好意思侧目。

“这可是个好兆头，你也该在刘团面前露回脸了。”

重回戏台，秦学忠的心思格外简单，就是实实在在地保一次倪燕。一阵走马锣鼓，九锤半后，他才感觉到自己又回来了，三道幕，小水牌子和挂琴的挡围子，一切都那么舒服、妥当。他对两个女人分不了心，台上有的，只是杨家母女。云盛兰这场戏算是铆上了，不仅依旧保持着难以名状的华美光彩，而且她的穆桂英，比往日更多添几分淑美和持重。唱到“我一剑能挡百万兵”，“兵”字因是高切落音，力度强，她便在“百万”行腔时小心填铺，积聚力度，然后一举出“兵”，一吐为快。武旦唱腔难免落有定式，此次云先生细致、讲究，令台下观众为之一振，莫说刘团，自认摸透了她的秦学忠也意料不到。到第五场《捧印》，她向来为人担忧的唱词，近乎完美，更难能可贵的是，云盛兰始终把梅派的人辰辙，活学活用。而且一句“大胆胡为你累娘亲，手执绳索将儿捆”，悲戚中渗着孤绝，听得秦学忠汗毛倒立。

倪燕的嫩还是显出来了，青衣给了云先生，她自然要钻锅杨金花的武旦。按说她能吃准这个看似简单的角色。问题是看似简单，不该真简单，往云盛兰身边一站，倪燕的机敏劲儿全没了。念白单薄、呆滞，一度甚至吃了栗子，从上前对母亲说“女儿我也射了个金钱落地”后，更是挂起失魂般的死脸子。直到第八场，穆桂英唱到“见夫君气轩昂军前站定，全不减少年时勇冠三军。金花女换戎装婀娜刚劲……”秦学忠的过门铿锵有力，再看倪燕，还在愣场，彻底扒鳖子了，他便知今日同台，高低立判，白使这么大劲。

谢幕后倪燕没在后台多待一分钟，到家跟霜打了一样，一夜不张口。直到第二天醒来，秦学忠才发现被头泪湿了一整片，这丫头连哭都是在梦里。

“你还觉得挺冤吗？”说归说，秦学忠是真替她可惜。

“我一直姐姐前姐姐后地哄她，想不到她在戏上阴我，捋叶子！”就算她把头埋在被子里，声音也过于尖锐了。

“穆桂英的青衣确实更适合你，但不能说你唱得好，别人就不能按你的法走，她的肢体动作，确实跟你不合拍，但你要贴她，她唱‘金花女换戎装婀娜刚劲’时你在干什么？”

“我唱‘金钱落地’后，她那声‘真不愧我杨门之后’明显把气势坠下去了，我就蒙了。”

秦学忠隔着被子，摸了摸她的头，不再说下去。

倪燕在团里的上升势头被明显搁置了，但最让她难以接受的是，身边打不散的几个师姐，都开始莫名其妙地疏远她。紧跟着，团里分派全年演出任务，出国外访这一项，除了罗马尼亚、斯洛伐克这些去烂了的东欧穷国，居然新增了一个美国的拉斯维加斯。倪燕说，几个角儿在会上都跟饿狼似的，听刘团一通报，两眼全都放绿光。

“去美国这种事，听说除了部里的领导，司长院长，以及外带记者随行，咱们院的院长、团长，都要去。要住百乐宫的，开玩笑，那可是最贵的酒店。但真落到演员头上，这名额就得一层一层筛沙子了。琴师更少，只能去一个，你说会是你吗？”即便是明知故问，她那股子天真劲儿也确实很暖秦学忠的心，两人都笑了。

“演员都要挑，乐队就更紧张了，琴师恨不得当驴使，连小锣都能敲才行，我只能拉琴，轮不到我。”倪燕就当没听见，说能轮到去东欧也算赚了。

名额分下来，倪燕这回是真哭了，她每抽泣一下，秦学忠就狠攥一下拳。岳少坤去美国这很正常，万金油牌嘛。倪燕不去东欧也就罢了，身上还背了一百场下乡慰问演出的任务。刘团的原话是，新人嘛，总是要历练历练的。可如果当新人来用，当初又何必兴师动众把人从院里挖过来？

“你是晚辈，年轻演员都要背的，一百场，苦是苦了点，但毕竟不是你一个人。”他咬着后槽牙，胳膊伸过去够倪燕的肩膀。倪燕并不靠过来，身子发冷发僵，一吸一吸的，张不开嘴。“要不我帮你去跟刘团说？”他换了一种自认为更有力的安抚方式，将右手轻搭在倪燕肩头，那一端传来止不住的颤抖。

“算了吧你，当年你自己被云盛兰换掉，一点辙都没有。人事调动说是开春后进行，其实早内定好了，岳少坤不知道有多大能耐，一下子迈过艺委会这道台阶，直接竞选副团长。”她在极力控制自己的喉咙，以便能将一句话完整地表达清楚，“你以为我在意去不去美国吗？况且我们也是从慰问演出里磨出来的。”倪燕的情绪逐渐平定下来，话留了一半没说，好像藏着心事。

倪燕的言下之意，令秦学忠心里阵阵发寒。其实她越对这次演出分配不甘心，他就越踏实，但听她突然这么一说，他立刻有点没着没落的。

“我们还是算了吧。”她说得小心翼翼，但却很坚定，“我的确需要一个男人在这时候做点什么，但你不行，你也别为难自己。我们能缘分一场，就算可以了。”

一阵很强的失重感，令他倒吸了一口凉气，这种堵心的感觉他从未有过。秦学忠知道，自己连这颗绵软酥甜的麦芽糖也把握不住了。

倪燕是个聪明姑娘，也就是一个白天的工夫，她就跑到刘荣办公室，应下去慰问演出的任务。何主任考虑今后长三角一带会是剧团重要的演出据点，就把她先行派往宁波挑大梁。

几场演出下来，倪燕的青衣折子戏倾倒一片戏迷，特别是她在演《三娘教子》里王春娥的扮相，无须任何一件花艳的戏服衬托，只需一张淡色绸巾带银头面包在头上，面若冰山，素美动人。最可贵的是，当她唱到“想起了我的夫好不惨然，春娥女好一比失群孤雁”这句时，周身颤抖，一双水袖来回搓揉中，眼中似带泪花，肩头不断抖泣，哀婉的哭韵，托了一个长达七八拍的长拖腔，而且由轻到重，层次分明，将积郁已久的悲腔奔放甩出，紧扣剧情。

当地的团长和刘荣是至交，没见过这么好的苗子，硬是不准她走了，并且信誓旦旦许给她将来在上海剧院的编制。倪燕说身份这事自己做不了主，得问刘团，那位团长说不用问，刘荣把你这样的演员送到宁波来，就肯定能算到我要留你。今天这杆旗你算插下了，别人就算熬到十年，也没戏唱，你三年后就能和北京的角儿平起平坐。

梧桐叶紧贴着行政科的玻璃窗，像一双潜心偷听的绿耳朵。谁若巧遇何主任推门走出来，她依旧会扭着胯，脸上凝固着公事公断的笑容。这次她还主动放出消息，刘团不想让演员担任行政职务，所以今年选副团长，要从乐师里投票。剧团里的人都在传，云先生锋芒太盛，找一个会办事的，大家面子上都过得去。那个被冠以“万金油”美誉的琴师，巧借访美演出的空隙倒外汇，狠赚了一笔，几尊金佛的钱都回来了。回国时在机场，大家买东西超重，他直接打电话给航空公司一把手，全团的行李居然不用检查，直接放行，刘团眼睛都乐没了。后来有人说就云先生他们家那位吧，也别投票了。当然这些事只有跟剧团的人私下去外地演出时，才会传进老秦的耳朵里。

岳少坤升任那天租下两辆大公共，去先农坛办了场盛大的仪式。秦学忠练琴没赶上，独自骑自行车赶过来时，永定门外护城河正冻得瓷实，护栏冰人手心，靠近了还能闻出一股生铁的气味。时间走得很快，岳少坤也一一兑现了就职时的承诺：既要对剧团负责，也要为大家服务。他讲话时总爱用手捏着下巴，好令自己的歪脖不那么扎眼。不知什么时候起，岳歪脖这个称呼，也没人再叫了。

岳少坤刚赴任就扩大了剧团的演出范围，对以前涉及不多的商演，十分热衷。就算云盛兰被忙到积劳成伤，也不敢轻下火线。一个国有机构的下属集团，派中介公司来请他们去演年会，本以为打点一下刘团就搞定了。岳少坤一听说，立即从中间截下这件事，张嘴就要五万，场地还要团里自己挑。中介的人说你们穷疯了吧，带个班子唱堂会要这个价？岳少坤不再多说一句，直接送客。没多久又来人了，说上次那个不懂规矩，这个价钱就签了吧。岳少坤一翻手，十万，那人还没等送客扭头就走了。半个月后，一个自称是另一家中介的人，说贵团都是真才实干，我们也诚心想请，您看还有没有得商量。岳少坤说十五万，场地我定。你走，再回来就是二十万，那人当即掏出合同。后来岳少坤拉一支最精锐的演出队伍，包括秦学忠也被叫上了，全团不仅拿出压箱底的活，还在京剧团里史无前例地自己去找舞美公司搭台，这十五万，里里外外的人都能看清是花在什么地方了。后面排队找上门的公司更多，大家都说，万金油现在变中石油了，果然是路遥知马力。秦学忠也没想到，老岳上台后，自己的职称就被调到二级了，更令他措手不及的是，小何竟然亲自为他跑下一套自带厨卫的一居室，连带装修的事也一起办了，只等他年后就搬，原来那个背阴的宿舍，匀给新招进来的一个鼓师住。

大年二十九，秦学忠从祥和清真拎回两斤鲜羊肉来涮，团里几位角儿偷着攒了个去东北的活，钱不少给，叫上他了，得谢人家。锅子是管隔壁现借的，里面灌好几碗干干净净的白开水，时间还早，不着急点火。靠着温热的暖气片，他随手吸上一口烟，在屋内四周扫了一眼，好像除了那把琴，也没什么值得搬的。烟灰像淋漓的小便一样，撒了他一裤腿，秦学忠注视着折叠桌上，那个孤零零的铜锅，怎么也高兴不起来。

有人敲门，还没到点儿呢，他也没问是谁就去开门。抬眼一看，胸口堵了一下。

“老秦呀，干吗这么看我，不认识了？”

“眼熟。”

秦学忠退回到床边，对方干笑了笑，轻掩好门，抽了把马扎蹲坐在门前。

“岳团莅临寒舍，蓬荜生辉，可惜没什么好招待您的，倒杯茶吧？”他只是说，并没动手。

“你都支上锅子了，不给我下羊肉，一套一居室，拿杯茶就打发我了，不合适吧。”岳少坤话里有话，但听他的口气，善意的成分更大一些，甚至透着几分迎合。老秦回给他一个不好意思的浅笑，没搭话。“我知道你在等谁，他们来不了了，过年期间，你怕是也出不了这个大院儿了。”

秦学忠把烟头往锅里一扔，燃叶上的火星一触碰清水，便挣扎出“呲呲”的湮灭声，听上去很不友好。

“你要干吗，还想动手？”岳少坤仰着脖子，看对方端起锅子就朝自己走过来。

“让开，没人吃我就把水倒了。”老秦是真生气了。

“你放下，先放下，我是人吧？我吃行吗？”

见秦学忠哭丧个脸又坐了回去，高个儿讪讪地一笑，解开亚麻色西服的连排扣，把腿一伸，将里面的白衬衫从皮带里使劲往外揪，给快要流出来的肚皮匀出一点空间。接着他后背往门上踏实一靠，耷拉个脑袋，这才想起还是叹一口气吧。

“老秦呀，你心里肯定在想，怎么这孙子一来，准就没好事，对吧。”岳少坤虽然话说得客气，但却并不看他，直到他点了点头后，高个儿才又满意地笑了笑，“可是老秦呀，我这次来，你得谢谢我，否则这件事真等传到你耳朵里，黄花菜都凉了。”

对方的一举一动，秦学忠尽收眼底，见岳少坤一缕油腻的头发垂到眼帘，怎么看都是一副丧家犬的败相，但他没吭声，只是心里嘀咕了一句，觉得高个儿不唱戏真是可惜了。

“我要离婚了。”等了半天没人搭话，岳少坤终于还是把实情吐出来了。秦学忠眉毛一跳，递过去一根希尔顿，本来是给那几位角儿准备的，岳少坤虽然接过去夹在手间，但摇了摇头，并没立刻点上。“本来戒了。”然后把手伸出来，像拍皮球似的叫他坐回去。秦学忠用尾骨下仅有的一丁点儿肉，搭在床边。直到门外几个刚从戏曲学院分来的女生，欢快的脚步渐行渐远，岳少坤才舒展开一直佝偻着的宽大肩胛，把烟点上。

“她的伤其实不轻，岁数也到了，像以前那样毁自己，不可能了。”岳少坤缓了一口气，脸涨得粉扑扑，鼓起的两颊泛出血丝，“不是我要离，她这人，你也知道，心高，我拿不住她。”

高个儿想站起来找个碟子，老秦把嘴一努，示意没那么多事儿，他就直接把烟灰弹在地上了。

“我说过，我不像你，我知道自己几斤几两，她肯嫁我，我就送她一程，这婚结的，彼此心知肚明。犯病前，她演出费有多高，说出来吓死你。就是现在，几份空白的演出合同还搁在我办公室，多少钱她自己填。”岳少坤抬头看了看屋顶上的灯管，像在回忆一段惊心动魄的峥嵘岁月，“她疯起来，真让人上瘾。她知道怎么借用我，当然这也谈不上谁欠谁，但我不是以前的岳少坤了，这个团能走到今天，论功行赏，得有我一份吧。再让我干绝户的事儿，得问问我乐不乐意吧？”

“你得惜福……”秦学忠这算是劝了一句，他紧攥住床单，把屁股挪好，一口气就卡在嗓子眼，闷得他心直咣咣跳，“女人和琴毕竟不同，琴是越拉越开，她们呢，是越过越散。”话讲完，一股钝刀割肉般钻心的撕裂感，像电流一样从他左脑太阳穴一直绵延向前额，那种伴随着开瓤似的剧痛，仅持续两秒就消失了。老秦紧闭着眼，用右手蒙住脸，等这阵劲儿过去后再睁开，岳少坤已经从马扎上站起来了。

“你上嘴唇一碰下嘴唇，高风亮节，但我咽不下这口气。这日子如果是浅着过，她也不会找我。我和她之间的这笔账，不能细算……”说着，摇了摇歪着的脖颈，将衬衫别进裤腰，西服系好，再度恢复团长的身份。

剧团头牌跟副团长离婚这种事，在大院里肯定算重磅炸弹，但谁也不敢乱传，充其量找准走穴的时机跟外面聊。不过今年开始团里自己的演出安排很紧，除了上不得台面的，也没几个再往外面跑。所以能看出表面很平静，或者说，像是被敷上一层保鲜膜。

自从走穴被停，周一到周五，老秦都会到法源寺西边一个工人俱乐部里，看票友拉琴、说戏。不过近来他更大的乐子，是蹲在佛学院后门的煤厂门口观棋，支招。他屁股后面，挂着写有“高高兴兴上班来，平平安安回家去”的白底牌匾，那幅本该鲜红的仿宋字，已经快被熏成浮雕，油光可鉴。寒风乍起时，煤场上方的铝合金棚架子，被吹得叮咚作响。凉气掺杂着煤渣，不时吹打在脸上，偶尔还往眼睛里钻，特别招人讨厌。棋局进退维谷之际，正是要出思路的时候，一股醇美且馥郁的芳香，令秦学忠的精气神儿为之一振，他像是意识到有人要从自己屁兜抽走钱包一样，未及站起便猛一转身，敏捷得像一只跳蛙。

“身手不错，你不唱《三岔口》真是剧团的损失。”云盛兰外撇着八字腿，轻抱双臂，笑吟吟地看向他。秦学忠迷迷瞪瞪地仰望着她，心尖长出毛刺般，千头万绪，分不清该让哪一句先挤出来，他还是死死地望着她，一如最初在戏台上欣赏她一样。

直到云盛兰露出嗔怪的表情，秦学忠才决定站起来：“快来，扶我一把，腿麻了。”

云盛兰故意做出嫌弃他的样子，眉头一低，伸手去够他，两人在对面找到一个适合说话的角落。等老秦站好，她才慢慢收回颀长而白净的双臂，就那么直直地站着，像一杆湛金枪，仿佛车来车往的凡尘俗世，与她毫无瓜葛。

“你们平时排戏不带护具？真伤得那么严重？”瞅见她的状态比自己还好，秦学忠不无试探之意。她那件米黄色的羊毛开衫可真好看，一条浅红色棉麻围巾护住嗓子，一直垂到腹部，将匀称的体型轮廓巧妙地遮挡得起伏有致。“你们的事儿，岳团长跟我讲了，不至于吧。”

“岳少坤什么德行，我最了解，我提离婚，就是为给自己留张脸。至于伤势，没那么邪乎，一次演《锯大缸》，三张桌子，纵身翻下。落地的时候，掌声四起，但腰腿告诉我，算了吧。我跟院里的戏曲学校联系了一下，手续办好，就到那边带带孩子，团里的演出，偶尔给大家助助兴就算了，不要碍着旁人。”

云盛兰的架势还端在那里，但她越是这样，那种由骨子里往外溢的孤独，就越加刺人。秦学忠注意到，她的脸像被点了卤水一样凝冻着，固执的面孔刻意避免正对向他，他心里开始发毛，明明是她找自己，怎么总要他主动开口。离婚前后两人也见过几次，彼此都还挺客气。

“没事演什么《锯大缸》，你不要命了。”

“人家点了钱的。”她小声说。

“有伤就好好养伤，离婚那么好闹的？”

“这是你的心里话吗？”云盛兰忽然吸了一下鼻子，往后退了两步，轻垂着头，用手背顶在人中，穿在脚上的森女鞋反复碾着石子，“怎么样，你还跟我搭帮吗？”

“你都不唱了，还搭什么，咱俩一块儿饿死？”

“谁说是搭戏了。”云盛兰终于肯走近到老秦身边，近得他几乎可以感受到她的体温，“‘说什么夫妻情恩德不浅，我和你原本是千里姻缘。’还记得吗？咱俩第一次见面，我让你帮我搭腔，怎么唱的来着？”

“没忘。你没跟上我的快板，连偷气都忘了，也就没轮上我开口。”

“现在轮上了。你开吧。”

他感觉眼窝开始不停地充血。

黄昏像一面丝滑且柔亮的绸缎，逐渐收拢回缩的同时，令原本尚有余温的角落更显灰冷。残存的几缕夕阳，松松散散地落在云盛兰肩头。

秦学忠随手点了一棵烟夹着，清冷的空气含混着煤渣味，一阵阵阴风卷起路牙上的落叶，顺带着把从他口中冒出的烟气一起吹向云盛兰。她捂住嘴，硕大的眼睛直视着他，秦学忠赶紧把烟掐了，留下的半根顺手揣进兜。看着她拇指尖上依旧俏媚的面容，细藤般延伸开的眼纹，令得那张脸不再锐利。尽管那只手遮住了半张脸，但从她的眼神中仍可轻易看出，她笑了。

趁着剧团集体南下演出的空档，两人去西边南菜园的民政局领了证，出来后，因为错过了中午的饭点儿，进了两家馆子，都被轰出来了。不知道是怕让谁看见，他们一前一后，相互隔着很远，跟做贼似的。站在光秃秃的街面上，身后是61路公交车总站，馊臭的绿色果皮箱上，黄锈斑斑，北街简易楼的炉子里生出来的煤烟，飘荡过来，白生生的呛人嗓子，不细瞅以为是在下大雾。等红绿灯的间隔，秦学忠走上来，说到南面那家挂着红灯笼的饭馆看看？图个喜字。云盛兰张望了一眼，说："以后这个家你做主。"

变灯前，一辆菜车刚好停在两人身前，"吧嗒吧嗒"的马蹄声愈走愈近时，云盛兰忍不住伸手摸了摸那头看上去饥困交集的灰马，他怕车斗上挂着的烂菜渣和化肥水溅到她身上，就想轻轻地往外拉她。但她不为所动，轻声说："在戏台上骑了小半辈子马，竟连真马都没仔细摸过一回，以后怕是也没机会了。"

撩帘进门一问，果然营业，不过看着椅子都四仰朝天倒在桌上，很让人有种还没吃就想走的念头。墙面上的挂历还没来得及换，木桌上也遍布熏黑的暗圈。楼上有沿街玻璃窗可以落座，尽管上面油腻腻的有些粘手，但窗外阡陌相交的枯树枝，将整条街割裂成万花筒般颠鸾倒凤的影像，悠远处，偶尔有“零零”的车铃声送来，俯瞰下去，这条纵贯南北的窄街竟也十分绵长，像是一条海带鱼。

“这儿下午都营业，人还这么少，手艺好不了。”秦学忠开始为自己的选择感到后悔，言语中略带歉意，女服务员白了他一眼。云盛兰却跟没听见一样，眨眨眼睛，麻利地翻起菜谱。

“别看了，能有什么新鲜玩意，垫垫肚子，晚上吃正经的。来个尖椒土豆丝、西红柿炒鸡蛋吧。”

“时令菜这时候一律不做，要吃回家吃去。”女孩硬给了他一句，云盛兰乐了。

“那你们这儿能吃什么？”秦学忠有点急，他努力让自己看上去更像一家之主。

“我们这招牌菜就是烤鸭，大师傅是全聚德出来的。”

“就这地方还烤鸭？”他下意识想到烤鸭超过预算了，话音有点发抖，“那，就来一只吧。”

“这时候做不了，师傅睡觉呢。”女孩忽然想到这个关键的问题。

“那你说得这么热闹。”秦学忠松了一口气，“睡觉也得给我把他叫醒了，那不行，既然你把话说到这儿，今天就……”他可捏着软柿子了。

"今天不吃烤鸭。"云盛兰抬眼看了他一眼，很坚定地说，"来盘糖醋里脊就好。"她又忽然和气下来，软软地笑对女孩，将菜谱合好递了回去。

折腾一上午，两人难得安静地坐下来歇歇脚，秦学忠看她握住茶杯暖手，随性望向侧窗的街景，那双明媚的眼眸蓦然沉落下来，竟也流露出一丝戳心的倦意。他想到要是并排坐着就好了，肩膀或许还能借她靠一靠，面面相对，郁气太重，怎么看都像要说戏，不大自在，这就是两口子了？云盛兰像是看穿了他的心思，懒懒地瞅向他，进而嘴角暖融融地挤出了一个弧度，弄得他竟觉出有些热。

等菜时，云盛兰稍用手轻抚着头发，发鬓处竟闪出丝丝白刃，时隐时现。秦学忠真想再细细摸一摸那个红本子，他反复遏制这个想法。可她却对这回事意兴阑珊，或许因为是二婚吧。

"糖醋里脊好，今天这个日子，吃点甜甜的东西，能记一辈子。"菜端上来后，她用这句话宽慰他，还帮他把竹筷劈开，"来，趁热吃。"

"这菜熘得不讲究，油不够宽，没热透就放里脊。挂糊也不匀，淀粉一进锅就脱浆，吃嘴里就面了。"稠密而浓烈的糖色散出一股腻人的焦味，看上去发乌。他用筷子扒了扒，又搭在盘子上，不吃了，“照这么糊弄法，真点烤鸭也好不了。你嗓子行吗？我弄杯热水蘸一蘸，去去油。”

“那以后做饭你包了吧。”她夹起一块里脊就往碗里送，没看他。

“我包就我包，包腔你看不上，包做饭还是没问题的。”

云盛兰故意不屑地冲他一挤眼，轻翘着嘴的样子，比这道菜要甜多了。

剧团里能压住台面的，都走了，院子里难得冷清一阵子，地上焦脆的枫叶踩在脚下咯吱作响。两人进院后直奔团长办公室，想趁这个节骨眼办点正经事。但她还是让秦学忠站在门外等，自己一人进去。云盛兰只想告诉刘团一人，算是正式跟团里明确两人关系。她还提出住进秦学忠那间新分的一居室，岳少坤原来留给她的那套两居室，她想给自己以后在戏曲学校的学生做练习室。“但本团的人不能用。”

刘团眯着眼睛，用手抠住太阳穴，像在精算一道复杂的函数公式：“你的关系一起转到院里吗？”

“不转。”她立刻回答。

“两边职称都想要？也就前任老团长有过这待遇。团里现在这方面很紧张，你知道多少人惦记这个缺呢。”刘团没给个明确的说法，“小何跟着去南方盯演出了，等她回来你找她吧。”

云盛兰僵硬着身子，拔地般钉在刘团办公桌对面，不动，不坐。

“那秦学忠呢？”他揉了半天太阳穴，轻描淡写着，终于吐出一句。

“你别动他。”她把声音压得很低，牙齿甚至有些打战。

办公室里，一阵静默。

刘团放下手，重新把眼镜戴上，镜架调整了好一会儿，脸上重又堆起熟悉的笑容，仿佛刚才那个人不是他。

“那我就再祝你，百年好合。然后，多为咱们团里，培养人才。”

怀孕的时候，云盛兰总长吁短叹的，说一定是闺女，因为她老想吃这吃那，馋起来没够。秦学忠每日煎炒烹炸，手脚并用，把琴师那点底子都用在灶台上了。而且他发现，她再也不提巴赫了，就连胎教阶段，古典音乐也没听过一次，都用琵琶和古琴等民乐古曲代替。

“咱家以后谁做主？”有时他还会问。

“不都说是你了吗？”

“我是问对付孩子。”

“那也是你。”她想了想。

真等小孩生下来一看，原来是个儿子，抱回来两人才知道这个一居室还是小了，腾挪不开，也不隔音。每到夜里这小子张嘴一哭，隔壁就烦了，一开始还仅是猛开电视，再往后甚至传来故意叫床的哼唧声。云盛兰想下地找对方理论，被她男人劝住了。

“都是新冒起来的角儿，没咱们那辈讲究脸面，算了。”老秦反复劝也没用，她心思乱，睡不着，怔怔地盯着洒在床单上的月光，干硬干硬地靠在床头。

“咽下去吧，人活着，就是得把气往下咽。”他把腿贴过来，暖她的身子。然后抬起头，看着躺在摇床里的孩子，那张红亮莹润的圆脸上，长着一双被信封刺过似的细隙。似笑非笑，鬼机灵的样子，一看便知浑身上下都是心眼儿。

“咽了吧。”他重复了一遍。

当然也有等孩子过完满月，不怎么哭了才抱回剧团住的，比如岳少坤。剧团里很多去吃满月酒的人，私下都在传，岳团在外演出期间，相中了当地剧团的一个好女子，说是工花衫，其实就是个底围子。和岳少坤一样，会的太杂，只是生得标致。岳团碍于职务，才不好过于声张，如今名分办得妥当，何主任还专程帮她跑下了户口，关系也直接落进了团里。

秦学忠很久没摸琴了，在厨房捣蒜的时候，她问给孩子取个什么名字好。他从厨房端着黑沉的蒜臼过来一坐，凿击钵底的

“哐哐”声和刺鼻的蒜泥味令她烧心，但这些都比不过老秦的一句话。

“就叫秦绘吧。”名字是绘画的“绘”，明摆着不愿孩子学戏。云盛兰看得出，蔫人出豹子，他掖着这个想法不是一天两天了，就没硬较这个劲。最配合的要数副团长，秦绘的名字一传开，就像抢注商标一样，立刻给女儿取名岳菲。云盛兰知道后瞒着秦学忠，找自己的师兄们帮忙，要他们抄家伙干姓岳的一顿再说。头天电话里连时间地点都说好了，有人还要帮着找面口袋，说先套起来，方便动手，他也看不见是谁。云盛兰不让套，就是要让他知道她也有人，还得要往死里打。结果第二天郊区有个部队辖属的度假村要剪彩，哥儿几个全跳上车走穴去了。

即便秦学忠不乐意，秦绘还是在母亲的耳提面命下，整日拿着一根白马鞭，粗学了些最基本的手眼身法步。云盛兰的说法是，权当调教性情，她男人便不再多话。日子久了，夫妻俩就发现，这小子浑身上下透着就一个字：滑，谁也拿不住。这点儿随谁呢？吃饭的时候，老秦总爱端着饭碗，冷不丁斜着眼瞅他儿子，每次还都被这小子贼溜溜的黑眼仁儿逮个正着。

冬天除了大白菜，团里还要储煤，当然是各家囤各家的。煤车由何主任从法源寺后街的煤厂统一调度，几辆小货，掰几个大弯一拐到楼下。这时再看，武生、老生、花脸、花旦、净角和青衣，像演《西游记》一样，全抄家伙跟出来了。男的抱着竹筐往里招呼，女的有几个利索的，就端着铁簸箕少搬几块。阴湿的天气像煅造出无数钢针一样，扎在云盛兰腰窝，疼得她只能趴在硬板床上，看着家里俩男人一起换鞋抄家伙。

“爸，快着点，赶晚了就剩碎煤渣子了。”秦绘早已端好簸箕，脱缰小马一样要冲出去。

刚一下楼秦学忠就傻眼了，满车蜂窝煤，像一颗黑稠稠的马蜂窝，上面围满密密麻麻的同行，生平积攒的腿脚功夫都用在这了，连整日在练功房走老旦步的几位前辈，也都一扫戏台上的神韵与矜持，直接扒车皮，能多搬一块是一块。秦学忠刚要上去，就被儿子拽住了衣角。

“爸你再等等。”秦绘高不过他屁股，嘈杂中声音更显细小。“搬煤，咱们还是等中间的。上面的多有颠簸，少不了挂着裂缝。下面的吃重最多，压出碎末也不经用，就中间的好，咱们再等等。”他一边说一边横着步，把煤车四周的情形扫了一遍，那眼神颇有《空城计》里诸葛孔明的意思。老秦将信将疑，只好生生按住焦心，爷儿俩就那么傻站着。旁边过来一唱花脸的师兄，一脸黑汗顺脖子直流，知道云盛兰有伤下不来，又觉得这家男人靠不住，主动匀了一筐煤下来给秦学忠。父子都没要，一个不想接别人的好，一个还在等着中间的煤。

“俩傻帽儿，揍性。”师兄抬起筐就走。

实际搬的时候，也不指望小孩子能帮点什么，老秦个头有限，也没力气，搬煤就知道倒腾小碎步。三层楼，说高不高，说矮也不矮，儿子就跟在后面，小簸箕一次也能盛上个三四块。但反复次数多了，连大人都觉得小腿肚子要转筋，何况孩子。慢慢地秦绘也就跟不上父亲的节奏了，煤渣撒得满头发都是，太阳光照下，闪着的光亮如同星钻般耀眼。老秦的步子越迈越沉，薄滑的懒汉鞋“腾腾”地凿在地上跟砸夯一样。奇怪的是，搬煤任务接近尾声时，小家伙的效率却不降反升，来回几次都比他爸还快，小肩膀一晃一晃的还越搬越来劲。老秦突然发现，儿子的簸箕里搬的不是煤。

“你先站住，你从哪儿搬的？”秦学忠的眉头和煤糊在一起，拧起来像是黑包公。

“楼下……”

“你再说一遍，这是煤吗？这是炭！只有二楼楼梯口何主任家窗户底下才有这东西……”话还未及讲完，秦学忠就一巴掌贴到儿子脸上，这手一辈子除了拉琴，没动过人，那一刻，他说不清自己哪来那么大气。秦绘顿时感觉两耳发闷，嗡嗡的就要往楼梯台阶上倒下去。老秦想把孩子拽起来，就被一只手一把推开了。

秦绘终归还是躺倒在母亲怀里，云盛兰披着棉袄，把他全身裹住。她的腰实在用不上劲，抱不动孩子，母子俩干脆都坐在台阶上。

“虎毒不食子，今天起，你敢再碰他一手指头，别怪我不念夫妻之情。”在她杀气四溢的眼神里，秦学忠感到整个楼的人都在盯着自己。

秦学忠的琴，越拉越老。不过在家里他从不当着秦绘的面使用这把京胡，顶多用棉毛巾轻拭一下松香面，或者松一松外弦。长年累月的拉奏，琴筒外的鳞纹皮块难免开冲，干缩的担子也爬上了色绺和隐裂。蒙新皮，烘烤竹丝，重续千斤钩，扣轴眼，秦学忠在保养胡琴时，动作上的每一处细节，都被秦绘仔细盯着，小嘴不时还发出唾液未汲干的“啧啧”声。

“去，别碰。”当秦绘的手小心掠过琴弦，眉头跟着一皱一松时，他会用更轻的口气这么阻止他，“你出去瞅瞅，谁的琴有我这个好，一般人见都没见过。”

“别美了，全院儿都知道你好修琴，该都往咱家送了。演出没你份儿，光收拾它谁给你发工资。”秦绘这是故意逗自己拉琴，他不能钻套。实在技痒难耐，就反复催云盛兰把孩子带街上看耍猴的，自己好查验多日养琴的成效。

老用这招，秦绘就提前在那台纯黑的飞利浦双卡收录机里，插一盘带子进去，照旧铺好一块绢布。那把老胡琴的音韵便在父亲演奏时，被浑然不觉地灌入颗粒状磁层里。母亲当年买的整整一盒古典音乐磁带，赛璐珞带基上被再三抹录后，他独自戴上耳机。琴声沉淀着时间，蒸馏出一种几乎可以触碰到的遒劲浑沉，润泽在琴弓竹膛上。

云盛兰偶尔在饭桌上，也先要察言观色一番，想的却是另一回事。等到睡觉前秦学忠给她揉腰时，她装作不经意提起儿子将来的出路。

“听说姓岳的开始收徒了，还带着他闺女。”她趴在床上，脑袋陷进淡粉色的枕巾里，嘴唇紧沾着上面的绒线，吐字不很方便，“还真有人往他那儿送。”

后腰已被搓得热乎，但依旧是一阵沉默。

“一师妹看了，说那小妞儿，了不得，一开嗓就把《拾玉镯》学得有模有样，幸亏没遗传他爸那个歪脖。”云盛兰仍不见回应，就继续说，“我的儿子，我知道，在练功房只能干瞪眼看人家唱，那滋味我尝过。”

"你知道什么？"秦学忠停了下来，用毛巾把一手的红花油擦干净，口气听上去不轻不重。

"角儿都是捧出来的，这我太懂了。过去唱武旦都离不开练鞭，上扔三百六再去接，这叫掏鞭空法儿。这帮丫头早不练了，改用双头短枪，什么好接用什么，居然还有人留长指甲。这一茬孩子都不行，打出手也不再讲究把枪拍回去，都用手抓枪杆再扔。虽是稳了，可不好看，我们当年哪敢当师父的面伸手抓枪？听说有女孩连顶功都放下了，嫌容易肩宽，不美，还说对嗓子不好。笑话，我练顶功长大的，我肩宽吗？"

"不窄。"

她把老秦的手一扒拉，不让他再动自己。

"我云盛兰的儿子，多少人在盯着他，眼见骨头一天比一天硬，你好歹给他一句话吧。"

"嗯，你云盛兰的儿子。"老秦跟着重复了一下，她就喘了个粗气，不吭声了。"就让他跟岳少坤去学吧。"

云盛兰一听这话，赶紧弓身一缩，鲤鱼翻肚似的直坐起来，用一只光脚垫着老秦的肩膀。

"你不是不让他动琴吗？"

"父不授子业，这是规矩，既然岳少坤不讲究这个，让他教吧。"

刘团要办退休前，岳少坤亲自找到他在菜户营桥西的鹏润家园高档公寓里，意思只有一个，“先缓一缓”。几只橘色的薄砂镂花吊灯，挂在吊顶上，将视线烘托得懒散而迷倦。高个子下属正坐对面的意大利真皮沙发上，坐势挺秀，不像别人那样整个身子都歪斜着陷进去。脖子一梗，仿佛他是上级。话讲得不软不硬，刘团手里捧着一盏松花泥紫砂壶泡的大红袍，半天没放下。

岳少坤腰一用力，探身前倾，就像半蹲一样，一只大手伸到刘团面前，替他把壶放好。然后沉了沉嗓子，说这一年团里打算和院里附属的戏校去江南巡演，光只是唱戏，收益不大。最近周日场连演《女起解》和《失空斩》，唱工繁重的双出，上座率也到不了五成。所以想借机一次性推出个“京剧小神童”的旗号，把那些功底不错的孩子捧到台前，既响应政策扶植新人，又是一个吸引商业合作的好噱头。艺委会的几个台柱子也都点头了，小何那边跟电视台也打好了招呼，只等刘团令旗一挥，开始雀屏中选，这节骨眼怎么也不能放着正事不办，办退休。

“这不是还有你吗？”刀片般的两眼照例一眯，削出一道光扫在岳少坤脸上，“你现在都玩出花儿来了。”

“我顶多是个干脏活的廖化，我出来，外面都知道蜀中无大将了。再说这个活动刚要办，您就往下退，不合适嘛，给全团老小来个起堂，这也不是您的作风。”岳少坤的身子又伸过来了些，看上去像要半跪下来似的，“刘团的心，我懂。当年云盛兰的事，你我都不想再闹起来，风言风语的总是不好。这次她硬要那个不成气候的儿子，来出风头，疯婆子随时都能撕破脸，而我搭进去的那可是……”

岳少坤的话，如同一把双刃刀架在他这一身肉上，堵住心口。

“我能做到的，只有不退。其他事，你自己上心吧。”刘团一口答应，生怕他再说下去。

“到时需要我做评委，尽管说，别的忙帮不上，看人，我还是很准的。”

临走时，刘团重又闭上眼，半认真地给了句客套话。岳少坤收敛起满足的笑意，打开门，不再说什么。

几轮面试后岳少坤亲自授课，家长们都知道，副团长这是有意加快节奏，要遴选几个真能年少成名的“科里红”。何主任也传话，到了拼真功夫的时候，怕被淘汰的就赶紧撤，最后推出来的孩子不会超过十个，推得太多，等于一个没推。

除了从票友大赛真刀真枪杀出来的外地孩子，以及想学点硬货的戏校生，团里的人只剩不到一半还能硬挺着，秦绘就站在这里面。他被分到缺乏竞争的二胡，还跟在刘团身后学，这在其他家长看来，完全是无法想象的待遇。

“你二胡有师父了吗？”秦绘被何主任领进一间昏沉灰暗的琴房里，刘荣正襟危坐，手里不断揉搓着一串小念珠，面前桌子上摆着一个搪瓷缸。

“没有，我爸不让我碰琴。”

刘团没再说话，他摘下左腕上一块上海牌全钢手表，然后用手势示意秦绘把脑袋伸过来。

“闭眼。”

秦绘照做。

咔咔嚓嚓的秒针走起来真好听，还没听够，就听到刘团叫他睁眼。

“刚才哪边响？”

秦绘蒙了，光顾着好听了，没记着声音的方向，他慌慌张间举起左手。

刘团依旧没有任何表情，他又用手指甲轻敲几下缸子。

“我刚才弹了几下，你重新把节奏给我敲出来。”

“嗯？什么？”他还没反应过来，团长又给出了新指示，不过他只是在问自己，不等团长再说第二遍，他就按吩咐又敲了一遍。

“你妈心高，生把你往这道上领，遭罪的是你。”刘团低垂着眼皮，好像是要考虑什么，不再吭声。秦绘不知所云地掰着指头，他感觉刘团面色玉润，白中透红，而且看他的眼神，也没外人传的如刀片一般冷飕。当刘团再度撑开眼皮，俯身轻摸了摸秦绘的头，然后请何主任进来带他出去时，秦绘忽然察觉到这位一团之长，对自己流露出一丝疼怜的关切笑容。

熬到最后公布决赛名单时，他并没过分高兴，但趁着化妆间没人，他还是对着镜中的自己笑起来。

“明天妈不去教课了，给你站台。”云盛兰一手捂着腰，坐在棉絮沙发上，一手摸捋着儿子的头发，望着他。

“其实也没什么看头。”吃饭时，秦绘光用筷子拨弄着盘子里的香菇菜心，“别人都拿枪使棒唱戏，就我一人拉二胡。我听别人说，这些都是下手活儿，我这名字丧气，报幕时怕有尴尬，所以只配拉这个。”

孩子的话音越说越小，秦学忠坐在对面，仍是不说话。

“爸，你能给我改个名字吗？”桌子在晃，老秦看过去，云盛兰整个人都愣住了，身子在不停抖动，这是儿子长这么大，第一次跟大人张这个嘴。

“明天你陪孩子去吧，过年前要搬到那套两居室去，我在家收拾东西。”秦学忠没接这个茬，朝妻子耳边低语着，“二胡拉不好，就专心读书吧。”

正式演出前，玩闹般地要选几个小琴师，刘团坐着岳少坤安排的子弹头轿车过来坐镇，他特意赶到后台给小演员打气，还嘱咐比赛就不要拉幕了，这几块料的师父是谁，一上弦他就能听出来，大家就笑。秦绘越是朝刘团的脸张望，刘团似乎就越有意避开他。吵闹而混浊的后台，他穿着母亲特意托人做的一身蓝缎面小长褂，躲在休息间，是当年父亲候场时的座位。开锣前，他竟能听见自己的心跳，手脚冰凉，全不见平日要滑头的鬼劲儿。两只脚不由自主地在往前迈，透过舞台光，他能望见青灰色的幕帘下，有无数粒灰尘在浮游。

“太紧张了。”云盛兰看儿子一上台，那张呆滞苍白的脸，就想起自己的第一次登台，她全身紧缩，反倒笑了。

不只是她，全场的家长和观众都笑了。秦绘拉琴的坐相僵板，回滑有上腕没下腕，律动和响度干涩不说，指法和手音儿都错得离谱。竟然还有缺德的喝起倒彩。怎知下面越起哄，秦绘拉得越来劲，最后在主持人的搀扶下，他一个瞪眼，拎着琴就下台了。云盛兰使劲鼓掌，手发麻的那一刻，仿佛她的心愿，就算给了却了。

中间演了几个小戏，底下大人也没进入状态，该聊的聊，该撒尿的撒尿，指指点点，但最后主持人一报岳菲的名字，折子戏，《定军山》、《击鼓骂曹》和《辕门斩子》。包括云盛兰在内，所有人都安静了。谁都清楚，对一个小演员，这几出戏难度有多大。

须臾间，小岳菲忽然挑帘上场门，踱步而出，神气充盈，一脸老成，光这一上场先迈左腿，三步后一个小垫步，不仅满腿着地，而且跟步紧凑。最后亮相时，眉眼间既自然舒展，又凝神节气，活脱一个久经沙场的老黄忠。开头一句“这一封书信来得巧”后，云盛兰当即在台下倒吸了一口凉气。在难度最大的拉弓上，她扎着靠，肩腰腿把劲使到一处，顺着靠旗的劲走，形似一阵风，很多老演员都拿不准这个意思，致使靠旗乱抖。但台上这小姑娘，竟能做到协调幅度，维护整体，让胡子、跨腿一气呵成，该动的动，不该动的绝不动。看到这时，云盛兰下意识用手紧紧捂住嘴，周身微微发颤，两腿不由自主地打晃。旁边不会有人注意到，她即便用眉头极力拧死，泪水仍止不住滑出眼眶。这一瞬间，只被坐在评委席的刘荣注意到。为避免挂不住脸面，没等宣布名次，她就跑回家了。

后来团里有人说，其实所谓“京剧小神童”，就是岳少坤给闺女一个人插的大旗，没别人什么份儿。不过这些云盛兰没听见，直到秦学忠把儿子从少年宫里带回家，她还趴在客厅沙发上没哭完。因为就要搬家，周围的家具和锅碗瓢盆，凌乱地胡搭乱放着，将她围裹起来。秦学忠把衣架挪开，腾出一条窄道，关上门就把儿子往里屋领。

“我妈怎么了？”

他还是没回答儿子，但能看得出，他这次至少是在想着怎么回答。

“爸，给我改个名字吧。”

“你妈活这么大，这算刚从戏里分出来，等你有能耐，自己给自己改吧。”

窗外寒凉的湿气透过墙皮砖缝，呲呲地往屋里冒，高大的梧桐树蜕变成一道黑漆漆的裂缝，上空是幽蓝且透彻的星夜，楼里很少还有住家开着灯火。秦学忠独自继续收拾屋子，他没想再开灯打扰她，刚好灯也都被收进编织袋了。月色下，他弓下腰，动作迟缓、乏力，像是一口气被泄出来，没地方找补，地上散乱的零碎玩意被当破烂一样挑挑拣拣。秦绘站在屋里的最深处，靠着墙，看着眼前这一幕。

“马上就要到新家过年了。”他轻轻地碎碎念着，努力睁着疲累的黑亮瞳仁。

很早，云盛兰就换上了一件紫色亚麻西装，里面还套着织有浅色亮片花纹的羊绒衫，头发扎起来，一个人，梳妆利落地站在楼道边。阳光透过东面的玻璃，折射在她肩头，乍看上去，像是在她身后竖了一枝挺拔而斑斓的花朵。往来的师兄弟见她气色不错，客气地点个头，都不再提昨天的事。

秦学忠还在屋里，倒腾一晚上，几块修琴剩下的边角料，被他又捡了回来，用一块丝绵方布包好，说毕竟是好竹子，能留就留着。能扔的东西，越捡越少，甚至连调味盒都原封不动准备搬走，最后就收拾出半袋子废报纸。出门前，他特意嘱咐儿子老实看家，等收废品的一进院，把这袋子递过去就好。话没说完，云盛兰就催他快走，当母亲亲昵地探头看进来时，秦绘沉默中，下意识避开她的眼神。

"我儿子长大了，懂事，你别老絮叨他。"

夫妻俩想把这间一居室留给一个刚领证的师妹，所以跟何主任约好，去她那交钥匙。不过老秦没进门，他站在大院的空场上等，今天的阳光格外晃眼，照得眼睛竟有些恍惚。他点了一棵烟，架起胳膊，看着收废品的把车推到远处自己家楼下。秦绘在三层伸出脑袋招呼那人上楼，然后朝他这边望了一眼，小圆脑袋像枚硬币般闪亮。指尖上冒出稀薄的烟流，很快消融进冬日的晴空中，在平静中凝视这座大院。容他回念的工夫不多，云盛兰身姿绰约地朝这边走来，直到她一把挽住他胳膊，满满地占据了视线。他还在努力想记起她最初的样子，但总会越想越模糊。

“都办妥了，我上楼叫儿子，外面吃吧。”收废品的错身走过时，她故作娇嗔地挪开丰韵的臀部。秦学忠拉住她的手，笑着摇了摇头。

“一起上去吧。”

上楼梯的时候，趁中午师兄弟都出去吃饭，她始终紧紧拉着他的手走到三层，在空荡荡的通道里，他劝她别跟何主任闹得太僵，团里对咱不薄。说到这他稍用力地攥了一下那纤滑的手面，又讲，其实生活待咱不薄。

云盛兰没听太明白，还正想着，看见儿子直愣愣站在家门口。

“爸，你给我改个名字吧。”秦学忠摸了一下他的头，进屋拿钥匙，准备下午正式搬家。云盛兰笑着把孩子搂在自己腹部，手指反复搓揉他的耳朵。她注意到丈夫很快从屋里走出来，定在门里，脸色凝重得甚至有些惊悚，这表情让云盛兰很是不安。她松开孩子，侧身绕开呆滞中的秦学忠，快步依照他之前的样子又走进去，手慌乱地拨弄着家具，朝屋里扫视一遍，然后迅速回身，面带绝望地看向这对父子。

“别追了。”秦学忠用鼻腔深擤出一口气，紧紧咬住嘴唇，无助地看着儿子。

“爸，你给我改个名字吧。”

过了很长一段时间以后，团里的人还在议论这件事，秦家儿子为了改名，把他老子的京胡卖给收废品的了。后来有人说，你们别再叫这孩子秦绘了，人家正经给自己改名了，叫秦子恒。

“哦，秦子恒。”很多人都这样反复念叨一遍，觉得还不如叫秦绘呢。那个在他们眼里永远等着搬中间煤的滑头，忽然改一特正经的名字，人家都不适应，就各忙各的去了。

说起来，“秦子恒”这三个字，算是给卖琴事件，在众人口中封了一道令。

云盛兰不是没拉下过老脸，求下海早、做穴头的师兄，带儿子出去演出，就算见见世面。师兄连东西都没收，说“多一张嘴，少一份钱”。秦子恒和几个弹月琴的，整日在院南墙边水泥砌起的高台上斗地主，听他们说今后这个院子不仅地砖重新翻修，说不定还要拆哪栋楼。还说现在团里人心浮动，都飘得很，整天都寻思怎么到外面扎钱，而且姓何的要搞人事改革，到他们刚要毕业留关系的这一届，一律先是实习身份，再签合同，像以前那种终身正式，熬年头评职称、分房的事，没戏了。据说，乐队的指标还要往下砍，一个剧团顶多养两三个拉京胡的琴师，鼓师就更别提了，其他一律改为聘用制，弄不好都滚蛋。秦子恒盘腿趺坐着，牌散在地上，也不打了，有一个人说，只要能挤进这次岳菲在大戏院的专场，编制就好安排了，最后反而说得大家都没心思玩牌了。

秦学忠把烟戒掉得有阵子了，儿子生平第一次想跟他平起平坐地谈点事时，他却忍不住地手里老想攥个什么，于是就在桌下不停地捻。云盛兰刚换好新挂历，拿不准爷俩要干吗，也小心地坐过来，悄悄把指头伸到丈夫紧张的手心里。

“爸，我想去南方。”

“去南方好，你的琴还算可以，又有二胡的基础，要不让你妈跟何主任……”

“爸，我不是想去演出。”秦子恒打断了他的话，他把手攥得更紧了些，“法源寺后街的海波服装厂在招人，我有朋友在那，他们要培养管理人才去深圳盯生产线，我想跟他们一起。”

“是国营的吗？”云盛兰抢着问，见儿子始终直视着秦学忠，在等父亲的反应，她不再说话。

“你的意思，毕业后，不想把关系落在团里了？”老秦看着儿子那张圆圆鼓鼓的脸，似乎和自己没有任何干系，“你从小到大，连街口的裁缝店都没去过……”

“爸。”儿子忽然笑了，他好像敏锐察觉到父亲的心思，“说这个就没劲了，你养过猪吗？照样没耽误你吃糖醋里脊。”

云盛兰把手从丈夫的掌中抽走，按了按他的肩膀，然后走开了，只留秦学忠一人坐在藤椅上。

父子俩就这么对坐着，不知过去多久。

“将来，能帮着给团里做点戏服吗？”琢磨半天，秦学忠这么着才算是答应了。

秦子恒愣神好一会儿，等明白过味儿来，特不屑地瞄了父亲一眼，笑了。

过日子就像放风筝一样，时间撒出去，想收回来就难了。在这批孩子里，秦子恒是唯一一个主动拿走关系，离开剧团的，这个本该比当年卖琴更加悲壮的举动，却并没引起谁的注意。到了腊月，岳菲的演出拉走一帮主力，其他人也都忙着走穴，留在团里的所剩无几，以至于院里很显萧条。儿子不在身边，云盛兰就想回娘家住几天，两居室房子空荡荡的没意思，秦学忠只好每日去食堂打饭吃，坐在更加空荡的高顶大厅下，他冻得直跺脚。瞅见窗外光秃秃的梧桐树枝，他又想起和妻子领证那天的情景。

“老秦呀，一个人吃大锅灶，下不去嘴吧。”

回头见岳少坤正乐着凑过来，想坐下。秦学忠连忙搬把椅子，看着他高大的肢体，歪着脖子一点点费劲地往下折。

“闺女现在美国，大年二十九回来，三十儿晚上去唱春晚。”岳少坤笑得五官簇在一起，像被冻上了一样，“你听说了吧，大院儿要扩建，明年我还要给团里弄个新练功房，比这食堂还大，还透亮。”秦学忠看他眼睛始终瞪着屋顶下不来，仿佛是在自说自话：“过几天新院长上任，约我第一个过去谈。”

“哦，那挺好。”两手搭在仿青石的圆桌上，秦学忠往嘴里送了一筷子猪肉酸菜，点了点头。不咸不淡的几句话，令岳少坤的笑意越发干瘪，他抽过椅子又坐近了些，门口进来几个同行来打饭，抻着脖子往这边看了看，扭头走了。

“老秦呀，我知道，这个院儿里，说我什么的都有。我和刘团，没法比，和你……”

“别和我比。”

“成，咱俩不比。听说你儿子，他撂挑子了？”

“嗯，人在深圳，做衣服。”秦学忠放下筷子，不吃了，穿堂风嗖嗖地往后脑勺灌，“他明天回来。”

“做衣服好，团里正缺做戏服的厂子，等回来你替我问他。”

秦学忠笑着点了一下头，露出一口牙，算是答应了，站起来就要走。

“老秦呀，你是不是觉得，这辈子是我对不住你？”他还没迈步，就被这个疲态尽显的声音给拽住了。

秦学忠回眼看着岳少坤，把桌上的碗筷用手扫开，露出一片空地。

“你搭进去的，下次，我请。”他说完这句话后走开时，只剩下岳少坤一个人留在剩菜旁边，那张歪斜的脸上，始终放不下那夸张且略显悲凉的笑容。

后来听说，剧团大院的规划，不配套整区的建制，没到申报就被砍下了。新练功房也被要求只能在食堂的地基上翻建。新院长说京剧团的这个团长太能折腾，早点退休大家都省心。

自从云盛兰在屋顶搭好小彩灯，她就闹个没完，秦学忠吹一个欢乐球，她就踩一个，越踩乐得越厉害，最后上气不接下气时，她说踩了那么多年台步，都不如这个过瘾。机场大雾，差一点就停飞了，天黑透了秦子恒终于赶回家。秦学忠打开电视，央视正直播春晚，还是云盛兰眼尖，发现岳菲在一个名为“锦绣梨园”的栏目中几乎是一闪而过。不过一张嘴就知道是假唱，她就把台给换了。秦子恒让母亲快把折叠桌支好。红蓝相间的小彩灯，粉艳粉艳的闪照下，他取出一个两把装铝合金的京胡盒，内里木板构架，嵌有海绵衬布，外面还包了一层手感极好的帆布袋。打开后小心翼翼地拿出一把南方特制的湘妃竹京胡，琴弓马尾，漂亮，得眼。硬塞进秦学忠手里，非要他拉来听听。柔和的灯光打在琴身上，煞是好看。他始终注视着秦子恒的脸，一说起话却再也不好意思看儿子。想半天，才回了一句，好久不拉了。秦子恒说，从小你就跟我见外，今天还要苦我一番孝心，那我来。重又夺回来就上手了。老秦说你快别拉了，太难听，早知道你就只有这个悟性，当年真不该藏那么多心眼，直接让你听我拉琴也无妨，白糟践那么多卷巴赫磁带。